古典文獻研究輯刊

十二編

曾永義 主編

第 10 冊

小說與閱讀公眾
——明代通俗小說傳播與接受研究

藺文銳 著

國家圖書館出版品預行編目資料

小說與閱讀公眾——明代通俗小說傳播與接受研究／蘭文銳
著 -- 初版 -- 新北市：花木蘭文化出版社，2015〔民104〕
目 2+166 面；19×26 公分
（古典文學研究輯刊 十二編；第 10 冊）
ISBN 978-986-404-408-5（精裝）
1. 明代小說 2. 文學評論
820.8   104014983

ISBN- 978-986-404-408-5

9 789864 044085

古典文學研究輯刊
十二編 第 十 冊   ISBN：978-986-404-408-5

小說與閱讀公眾
——明代通俗小說傳播與接受研究

作　　者　蘭文銳
主　　編　曾永義
總 編 輯　杜潔祥
副總編輯　楊嘉樂
編　　輯　許郁翎
出　　版　花木蘭文化出版社
社　　長　高小娟
聯絡地址　235 新北市中和區中安街七二號十三樓
　　　　　電話：02-2923-1455／傳真：02-2923-1452
網　　址　http://www.huamulan.tw 信箱 hml810518@gmail.com
印　　刷　普羅文化出版廣告事業
初　　版　2015 年 9 月
全書字數　122909 字
定　　價　十二編 26 冊（精裝）新台幣 48,000 元

小說與閱讀公衆
──明代通俗小說傳播與接受研究

藺文銳　著

作者簡介

蘭文銳（1972 年～），古代文學博士，中國戲曲學院戲文系副教授。主要從事古代小說傳播與戲曲文獻的相關研究，先後到日、俄、英等著名大學進行教學交流。主持北京市教委社科科研專案（《詩與聲：中國戲劇的詩樂綜合研究》、《程硯秋藏戲曲抄本整理與研究》），在中文核心期刊發表學術論文若干篇。編著《大學語文》（北京科學技術出版社，2001 年，21 萬字），《藝文類聚‧祭文》（中華書局，2010 年，15 萬字）。

提　　要

　　明代通俗小說的文本傳播是否達到大眾化程度，小說文本傳播的受容層如何，研究者眾說紛紜。本文立足於「小說的印刷文本」，著眼於小說文本傳播的兩極——傳者和收容層，以「小說與閱讀公眾」為中心，側重討論作為商業印刷媒介文化一部分的明代通俗小說文本傳播的特點。

　　小說，尤其以文本的形式，能夠在大眾中傳播、被大眾所接受，特別依賴物質條件的成熟和傳播環境的形成。明代社會中後期，商業資本介入圖書出版發行領域，促進民間書坊的規模化發展，使小說文本的大眾化出版成為可能；商業交通與郵驛發達，拓寬了小說文本傳播的管道，小說社會流佈方式多樣。可以說，明代中後期，一個雛形的大眾傳播社會已基本形成。小說從此進入到主要以文本形式和讀者閱讀為主的傳播時代。

　　以江南為中心的明代城市化進程中，市民階層不斷成長和壯大，成為通俗小說最可能的閱讀公眾。小說的閱讀依賴於一定的物質環境與精神環境，在性別、年齡、教育、經濟、審美、地域、文化及宗教等因素影響下，通俗小說的閱讀公眾形成不同的讀者層。讀者群的差異不僅形成不同的閱讀傾向，也影響到小說編撰者——邊緣文人與書坊主對於小說的編撰方式，甚至也影響到小說文體、流派及文本特點的形成。明代通俗小說是大眾讀者的文學。

目

次

緒　論

　　我們生活在物質的世界裏，依靠物質而生存，使用物質手段改造環境。這是關於人類活動的一個基本事實。如果以此為依據來觀察文學，那麼，文學便會表現為一種生存和改造環境的方式，表現為因某種社會需要而產生、依靠特定物質手段而傳播的事物。我們會看到，文學的內容往往反映了人們的社會需求，而文學的形式則是關於傳播的各種物質因素的凝結。

　　關於文體變遷，通常是被當作審美風尚變遷的外在表現；事實上，精神的選擇須接受物質條件的制約；一切完整的文學過程都包括創作、傳遞、接受三個環節，作品的形式由這三者的聯繫方式決定。每一種文體都有其物質承擔者。文學是發端於口頭而貫穿於書面的運動，傳播手段和傳播方式的嬗替是文體變遷的最直接的動機。

　　提及明代小說，或稱其「通俗小說」、或稱其「市民文學」、或稱其「大眾文學」，種種稱謂意味著明代小說確乎具有廣泛的社會影響。考慮到小說文本傳播的實現需要更高的物質成本，研究者多將小說的這種「通俗化」繁榮局面歸功於小說的口頭說唱傳播和戲曲改編傳播；而對於小說的文本傳播能否達到大眾化程度表示懷疑。〔註1〕但事實是，通俗小說以印本大量行世始於

〔註 1〕相關討論見石昌渝《通俗小說與雕版印刷》，《文史知識》，2000 年第 2 期；郭英德《元明的文學傳播與文學接受》，《求是學刊》，1999 年第 2 期；陳大康《明代小說史》，上海文藝出版社，2000 年，頁 173～177；磯部彰《關於明末〈西遊記〉的主體受容層研究》，《集刊東洋學》第 44 輯；大木康《關於明末白話小說之作者與讀者——據磯部彰氏之論》，《明代史研究》，1984 年第 12 期；何谷理（Robert E.Hegel）《Economic and Technological Factors in the Development of the TraditionalNovel（章回小說發展中涉及的經濟技術因

明代。〔註2〕作爲商業印刷文化和消費文化的產物，小說必然是在滿足旺盛而多樣的閱讀需要和閱讀欲望。那麼，明代小說的文本傳播究竟在多大程度上實現了「大眾化」？小說的「閱讀公眾」包括那些群體？對於小說來講，這應該是一個重要的問題。因爲閱讀並非完全是靜態的、被動的行爲，「我們的考察應該從作品的創作一直追逐到讀者閱讀後的反響，其中包括作品到達讀者手中的方法與途徑，而讀者群體帶有傾向性的反響，反過來又是制約後來創作的重要因素」；〔註3〕這些「傾向性反響」最終沉澱在小說的文本之中，甚至形成文體特徵。但是由於「公眾」在任何時代實質上都是一個「能指」明確而「所指」含糊的概念，更由於除了文本，難以得到其他可以分析古代公眾閱讀小說的眞憑實據，因此對於明代小說的所謂「大眾化」問題，總是難得其眞。本文的出發點之一，即是試圖借助對明代社會各階層的經濟學的分析，討論通俗小說文本接受的最大可能性。

一、明代小說傳播研究綜述

明代小說家在什麼意義上稱定小說？他們創作小說的動機、目的怎樣，又如何構思、寫作小說？明代的讀者怎樣欣賞、接受小說？明代小說批評家怎樣批評小說？傳統上對每個問題都有研究，但顯得相對孤立；現代傳播學理論將之構成一個有機的、相互影響的過程，並借鑒社會學、心理學、人類學、接受美學等理論，形成比較開放的理論體系，具有很強的實踐性、操作性，比較適合動態的分析與研究。傳播學理論爲全面觀照小說提供了一個很好的視角，讓我們更加關注過去忽略或重視不夠的問題。同時明代通俗小說也屬於「大眾文化」的範疇。西方的「大眾文化」概念，強調大眾文化的生存境態的「市場性」（市場需求第一）、生產目的的「盈利性」（投資效益至上）、製作手段的「資本性」（資本運作壟斷）和「製作性」（機械複製、批量生產、科技含量）、傳播方式的「廣告性」（廣告策略、媒體炒作）和「壟斷性」（文化資源及文化市場壟斷）。〔註4〕這種文化屬性也特別提醒我們關注明代小說在商業化文化背景下形成的傳播特點。

素）》，Han-hsueh yen-chiu.

〔註2〕石昌渝《通俗小說與雕版印刷》，《文史知識》，2000 年第 2 期。

〔註3〕陳大康《明代小說史》，上海文藝出版社，2000 年，頁 14。

〔註4〕童慶炳等《「人文精神與大眾文化」筆談》，《文藝理論研究》，2001 年第 3 期。

大量運用現代傳播學的理論與模式研究明清小說始於 90 年代中後期。這不是說此前沒有這方面的研究。〔註 5〕盧明純《明代坊刻小說興盛探因》一文就指出，明代嘉靖以後，書坊集編輯、出版、發行於一體，成為刊行小說的主力軍；書坊主有時也是小說編者，或聘請文人編撰小說，促進了小說的創作與出版，充分滿足了市民的需要；書坊間的競爭使小說插圖爭奇鬥妍。這實際上就是傳播學意義上的「傳播者」、「傳播媒介」研究。稍後的研究者自覺運用傳播學理論或就元明清小說傳播的某一環節，如傳播技術、傳播方式、傳播者進行研究，或對小說傳播進行宏觀的、系統的觀照。前者如白永達、白蕾的《作者・受眾・傳播條件與市民文學》，論及印刷技術的革命促成明清小說的傳播方式由口頭向書面轉變，市民階層的出現形成廣泛的受眾群，形成「民間口頭創作 —— 低層文人加工潤色 —— 學者名家品評倡導」的創作、推廣機制。後者如郭英德的《元明的文學傳播與文學接受》，宏觀地分析了包括明代小說在內的元明文學書籍，通過交換、書坊、書市、藝人等傳播媒介與渠道，以人際傳播、商業傳播和娛樂傳播的方式，被不斷地傳抄、傳唱、刊刻、翻刻、選刻，「實現從傳播者到受眾的所有權轉換」，形成不同的抄本、印本和選本；元明刻書的接受對象不出皇家、貴戚、富商或文人的範圍；受眾需求與書籍生產之間因傳播而具有密切的互動關係。這是一篇分析較全面的單篇論文。而李玉蓮從 1998 年起陸續發表的四篇論文（碩士論文的一部分），以及她的博士論文《中國古代白話小說戲曲傳播論稿》（未出版），都著眼於「是誰（傳播者）用什麼方法（媒介與渠道）將這些白話小說戲曲保存傳播至今」，從傳播者、媒介與渠道兩方面，比較系統地勾勒了宋元明清以來小說戲曲的傳播狀況，是一部古代白話小說戲曲的傳播史。

特別關注明清尤其明代小說傳播現象的，有石昌渝、陳大康、宋莉華、李舜華等研究者。〔註 6〕石昌渝《通俗小說與雕版印刷》指出，嘉靖時期印刷業的繁榮促成通俗小說的商業化，出版商的運作又影響到通俗小說的創作；

〔註 5〕盧明純《明代坊刻小說興盛探因》，《四川圖書館學報》，1991 年第 1 期；白永達、白蕾《作者・受眾・傳播條件與市民文學》，《陰山學刊》（社科版），1997 年第 3 期；郭英德《元明的文學傳播與文學接受》，《求是學刊》，1999 年第 2 期；李玉蓮《中國古代白話小說戲曲傳播論》，山西教育出版社，2005 年。

〔註 6〕石昌渝《通俗小說與雕版印刷》，《文史知識》，2000 年第 2 期；陳大康《明代小說史》，上海文藝出版社，2000 年；李舜華《明代商賈與通俗小說的繁興》，《中國典籍與文化》，1999 年第 4 期；宋莉華《明清時期的小說傳播》，中國社會科學出版社，2004 年。

翻刻帶來小說的不同版本和內容的改變；小說刻本高昂的售價，表明通俗小說的讀者不是底層人民，而是官紳地主商人及其子弟，由此造成通俗小說熱衷穿插詩詞和駢文儷句，講史小說大量照搬史書。李舜華的《明代商賈與通俗小說的繁興》分析明代萬曆前後，作為通俗小說出版者、編撰者的書賈（書坊主）發生變化，由此形成小說題材、章回體制、版本刻錄等方面的特點。她的博士論文《小說的興起 —— 以明萬曆嘉靖以後的小說為中心》（未出版）特別考慮了傳播因素在小說文體形成中所起的重要作用。宋莉華 1999 年起發表的有關論文，側重仔細解讀現存的明清小說文本，分析總結小說插圖、小說評點、小說方言的特點及其傳播功能和傳播效果，探討明清小說與傳播機制之間的關係。陳大康《「熊大木現象」 —— 古代通俗小說傳播模式及意義》不僅僅關注傳播現象與事實，而是通過透視傳播現象，分析小說發展史的某些問題。陳大康對小說傳播學的研究成果，體現在他的《明代小說史》中。小說史採用「明清小說在作者、書坊主、評論者、讀者以及統治階級的文化政策這五者共同作用下發展」的研究模型撰寫。

目前對於明清小說的傳播學研究在不斷深化，由圖解傳播學理論而逐漸深入文本，揭示了小說傳播的大量現象與事實，分析了小說傳播各個環節的特點及某些環節之間的互動關係；中國古代小說獨特的傳播現象漸漸凸顯出來；傳播與小說文體的關係受到關注，傳播問題開始進入文學史研究者的視野。但由於運用傳播學理論研究中國古代小說剛剛起步，研究中也存在一些傾向，比如格外關注傳播者、傳播媒介與渠道的研究，對作者、受眾的研究不夠深入；重視傳播過程中各個環節及傳播現象的線性研究，對傳播過程各個環節之間的交互特性重視不夠；討論傳播對小說的正面作用，較少談及負面影響。有些薄弱環節如傳播與文本的互動關係、社會文化對傳播的影響等問題，有待進一步的研究。本文擬在前人研究的基礎上，著重探討有關明代通俗小說傳播的兩極 ——「傳者」和「受容層」的問題。

二、本文的論述範疇及研究方法

小說傳播研究的理論基礎大多是基於著名的傳播學「五W」傳播模式，即美國政治學者哈羅德・拉斯維爾（Harold Lasswell）在 1948 年發表的題為《傳播的社會職能與結構》的文章中用來說明傳播過程的一個問句，誰（Who）說了什麼（Says what），從什麼途徑（In which channel），向誰說（To whom），

有什麼效果（With what effect）？

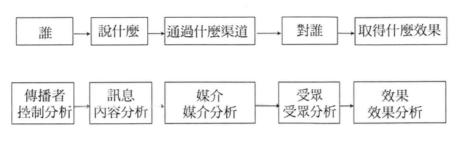

傳播模式

小說的傳播同樣是由傳播者、傳播內容、傳播媒介與傳播渠道、受眾、傳播效果形成的一個較為完整的傳播模式。

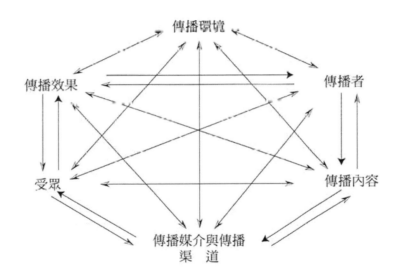

本文著眼於「小說的印刷文本」，以「小說與閱讀公眾」為中心，側重研究作為商業印刷媒介文化一部分的明代通俗小說文本的傳播與接受。

第一章著重討論明代小說與印刷媒介的關係。小說閱讀行為的實現以小說文本為前提。明代商業資本的介入促進民間書坊的規模化發展，印刷媒介的商業化使通俗小說文本的商業化出版成為可能；明代商業交通與郵驛的發達，開拓了通俗小說文本傳播的渠道，小說社會流佈方式多樣，擴大了通俗小說的閱讀範圍。印刷媒介的發達程度決定了明代通俗小說傳播與接受的階段和特點。

第二章探討小說文本接受的最大可能性問題。明代中後期，以江南為中

心的商業經濟極度發達，促進了城市化進程與市民階層的發展，拓展了通俗小說的閱讀公眾。通過市民收入及消費與書價的分析，初步判斷通俗小說的接受層應當是大眾的。

第三章主要討論小說閱讀的制約因素。小說的閱讀依賴一定的物質空間與精神空間。地域文化、宗教及小說觀念構成小說接受的公共空間。個體閱讀行為受教育水平、經濟能力、性別、年齡及審美趣味等因素的影響，明代通俗小說的閱讀公眾形成不同的群體。並著重分析了女性讀者、商人讀者與才子佳人小說、歷史演義及豔情小說的接受關係。

第四章從小說文本出發，探討構成文本的諸要素如文體、語體、題材、評點及插圖對於閱讀的影響。

第五章則從小說編撰者 —— 邊緣文人與書坊主的編撰方式說明通俗小說的商業化和大眾化傾向。

第一章　商業傳播媒介與小說傳播

　　小說，尤其以文本的形式，能否在大眾中傳播、被大眾所接受，特別依賴物質條件的成熟和傳播環境的形成。而明代前期，洪武到成化（1368～1488），印刷技術尚不發達，書籍刊刻主要集中在官府，「國初書版，惟國子監有之，外郡縣疑未有，觀宋潛溪《送東陽馬生序》可知矣。宣德、正統間，書籍印版尚未廣。」^{陸容《菽園雜記》卷十}刻書規模小、效率低、成本高，抄寫仍然是書籍流傳的主要方式。〔註1〕因此明代前期通俗小說的傳播以說唱傳播和抄本傳播為主。永樂年間（1403～1425）編纂的《永樂大典》中抄錄了26卷元明之際的「平話」。成化（1465～1488）時書坊刊印的小說雜書，「農工商販抄寫繪畫，家蓄而有之。」^{葉盛《水東日記》卷十二「小說戲文」}民間書坊尚未普遍發展，以書坊刻本為主的小說文本形式和以讀者閱讀為主的小說傳播方式遠未普及。小說閱讀帶有偶然性和傳奇色彩。〔註2〕按照當時的印刷技術和出版狀況，明初問世的長篇小說《三國志演義》和《水滸傳》似乎還不大可能大規模出版和廣泛傳播。〔註3〕《三國志演義》問世之後的一百多年因此被稱為

〔註1〕《明太祖實錄》卷 246 記載，洪武十五年（1382）從福建、湖廣、江西、浙江、直隸招 1910 個書工，專事抄寫。元末明初華亭人孫道明抄書數千卷；宋濂《宋學士文集》卷二「每假借於藏書之家，手自筆錄」；《明史》卷 137「劉菘傳」：劉菘「家貧力學，寒無爐火，手皸裂，而抄錄不輟」。《藏書紀事詩》卷 2 記載崑山人葉盛「服官數十年，未嘗一日報書，雖持節邊檄，必攜抄胥自隨」。

〔註2〕錢希言《桐薪》卷三記載，明武宗（1506～1521）曾令太監深夜出宮，以五十金重價購回《金統殘唐記》小說，以供「御覽」。

〔註3〕洪武七年（1374）刊刻《宋學士文集》，122000 餘字，10 個工匠 52 天完成，平均每個工匠每天可刻 200 餘字。以此推算，《三國志平話》8 萬字需一個

小說傳播的「空白期」。〔註4〕

　　明代中後期，嘉靖萬曆時期（1522～1620），商業經濟的繁榮才使小說的商業化出版和社會化傳播成為可能。

第一節　小說的商業化出版

　　小說大眾化接受的物質基礎是小說印本的規模化出版，而作為非主流意識形態表現物的小說，其規模化出版只能有賴於印刷媒介的商業化操作；利潤是小說商業出版的決定因素，至明代中後期，商業印刷業發達後印刷成本不斷降低，小說因有利可圖而獲得大規模商業出版。

一、商業書坊和小說的規模化刊刻

　　通俗小說自誕生之日起就帶有濃重的、無法抹除的商業色彩，與書坊結下不解之緣。現存最早的話本、平話皆為書坊所刻。書坊最早開始搜集整理和刊刻小說，不但刊行了許多單篇話本小說，而且早在元代中葉就首開書坊結集刊印話本之先例，如福建建陽虞氏務本堂在至治年間（1321～1324）刻印了《新刊全相平話五種》。明代話本小說、章回小說的興盛與前代的基礎固然密不可分，也受益於明代的文化氛圍，但書坊更扮演了非常重要的角色。

　　雖然印刷業受官府的控制與干預，商業化發展與其他產業不同，但明代中後期商業經濟的發達已經使印刷業成為重要的經營行業。僅以明代最大的官方印刷機構 —— 司禮監經廠為例，洪武時（1368～1399）的規模是刻字匠150人、裱褙匠320人、印刷匠58人，共計500餘人；嘉靖十年時（1531）經廠擁有箋紙匠62名、裱褙匠293名、摺配匠189名、裁曆匠81名、刷印匠134名、黑墨匠77名、筆匠48名、畫匠76名、刊字匠315名，總計1275

　　　月，《三國演義》70萬字需十個月。

〔註4〕游國恩等主編《中國文學史》：「明代的小說創作，在《三國演義》和《水滸傳》出現之後，曾經沉寂了一百多年。」人民文學出版社，1978年，頁103。《中國大百科全書・中國文學》「明代文學」條：「從明初到正德年間是明代文學的前期……至於小說創作，這時幾乎是空白。」大百科全書出版社，1986年，頁564～565。齊裕焜《明代小說史》：「元末明初出現《三國演義》、《水滸傳》兩部巨著，其後將近百年，小說創作幾乎一片空白。」浙江古籍出版社，1997年，頁3、140。郭英德《懸置名著 —— 明清小說史思辨錄》，《文學評論》，1999年第2期。

名，《明會典》卷一百八十九人數相當於現代的大型印刷廠。可見明代中後期的印刷出版業比之於明初有了很大的發展，規模達到了很高的程度。

商業資本的介入，使民間以牟利爲目的的商業印刷出版業更爲繁榮，包括出版（刻印）、發行（販賣）在內的圖書出版已經充分商品化。〔註5〕福建建安（建陽）、四川眉山（成都）、河南汴梁（開封）、安徽徽州（歙縣）、江蘇金陵（南京）、浙江武林（杭州）、山西平水（臨汾）以及北京等地的商業印刷出版業迅速崛起，成爲著名的刻書印書中心。〔註6〕尤其經濟發達的江南〔註7〕，由於雄厚的私人商業資本介入，出版業在全國獨佔鰲頭。〔註8〕不僅江蘇、浙江和福建是全國有名的出版中心，而且天下三分之二的印刷商業資本都集中在蘇州和南京。胡應麟（1551～1602）《少室山房筆叢・甲部經籍會通・四》云：

> 凡刻之地有三，吳也、越也、閩也。蜀本宋最稱善，近世甚希。燕、粵、秦、楚，今皆有刻，類有可觀，而不若三方之盛。其精，吳爲最，其多，閩爲最，越皆次之；其直重，吳爲最；其值輕，閩爲最；越皆次之。

> 吳會金陵，擅名文獻，刻本至多，巨帙類書咸會萃焉。海內商賈所資，二方十七，閩中十三，燕越弗與也。然自本方所梓外，他省至者絕寡。雖連楹麗棟，搜其奇秘，百不一二，蓋書之所出而非所聚也。

印刷商業資本集中支持的書坊普遍快速發展，無論數量還是規模，都達到相當的程度。《建陽嘉靖縣志》有「書坊圖」，堂號姓名可考的書坊約64家。〔註9〕南京書坊每以「三山街書林」、「三山書坊」胡應麟《少室山房筆叢》甲部經籍會通・四字樣宣傳，萬曆年間（1573～1620）達到鼎盛，多達93家。蘇州書坊則有

〔註5〕葉燮元《明代江蘇刻書事業概述》，《學術月刊》，1957年第1期；李致忠《明代刻書述略》，《文史》，第23輯；張秀民《明代南京的印書》，《文物》，1980年第11期；范金民《明清江南商業的發展》，南京大學出版社，1998年，頁41～42。

〔註6〕葉德輝《書林清話》卷五「明人私刻坊刻書」。嶽麓書社，1999年。

〔註7〕江南地區，包括明清的蘇、松、常、鎮、寧、杭、嘉、湖八府。參見李伯重《簡論江南地區的界定》，《中國社會經濟史研究》，1990年第4期。

〔註8〕大庭修《江戶時代日中秘話》，中華書局，1997年，頁6162。

〔註9〕謝永順《福建古代刻書》，福建人民出版社，1997年，頁333。

37 家，杭州 24 家，北京 10 餘家，徽州 10 家。〔註10〕周弘祖《古今書刻》著錄明版書共計 470 種，其中 367 種為坊刻本（其中多數又為嘉靖以後的產品）。

書坊刊刻以營利為目的。書坊刻書考慮市場需要與經濟效益，這決定了書坊主要將目光盯住市場，考慮什麼樣的讀物才是最受讀者歡迎的。從當時的傳播與出版後的熱銷可以看出，新興的通俗小說無疑有廣大的市場。〔註11〕出版通俗小說的可觀利潤，使通俗小說成為書坊刻書的重點。各書坊爭相物色作者，收買小說作品，書坊成為通俗小說的主要刊刻者。

書坊在正德、嘉靖年間（1506～1567）開始出版小說，到萬曆時小說的商業化規模化出版達到鼎盛。《小說書坊錄》所錄現存的 225 部明代小說中，有 120 種出於萬曆。建陽所刻 66 種小說中，除 5 種不明年代，3 種是正德、嘉靖時期，3 種是天啓、崇禎（1621～1644）時期，55 種是萬曆間刻本。萬曆後南京蘇州書坊所刊刻小說超過以數量著稱的建陽坊本。〔註12〕小說從此進入了主要以文本形式和讀者閱讀為主的傳播時代。

二、商業印刷與小說的大眾化出版

印刷出版業走向商業化，首先必須具備這些條件：政府政策的支持、刊刻技術的發達和商業資本的介入。商業資本的介入已如前所述，政策的支持則體現在，洪武元年（1368）起書籍、筆、墨一律免於徵稅；《明會要》卷二十六嘉靖八年（1529）廢除工匠輪班役。明代中後期刊刻技術的發達主要體現在刻印成本的降低和刻印效率的提高。

小說的鈔刻、印刷有賴於一定的物質和技術基礎。物質指紙、墨、木材（雕版用梨、棗木），技術指工藝流程。在降低成本方面，主要是紙、墨等原料和刻工成本的降低；在效率方面，主要是刊印技術、字體、裝幀等的改進。

首先，造紙技術提高，紙張成本降低。明代是我國造紙技術的成熟時期，商業資本的介入，促進了造紙業的發展。〔註13〕紙張生產主要在兩方面

〔註10〕張秀明《中國印刷史》，上海人民出版社，1989 年，頁 369～372。
〔註11〕馮保善《明清小說與明清江蘇經濟》，《江蘇社會科學》，1999 年第 3 期。
〔註12〕張秀明《明代南京的印書》，《文物》，1980 年第 11 期。張秀明《中國印刷史》，上海人民出版社，1989 年。
〔註13〕明代造紙業廣泛存在於南方和北方，江西、福建、浙江、安徽、河南、四川、湖廣、南直隸都是重要產地，而以江西、福建、浙江、安徽為中心。造紙業

影響小説印刷：一是竹紙的大量使用；二是技術上防蛀技術和再生紙的應用。

竹紙的製造，始於隋唐，發展於宋元，而盛於明清。據不完全統計，我國竹子資源分佈廣、產量大，適合造紙的竹子不下五十種。長江流域和江南地區尤其江西和福建地區，從宋元開始就廣泛運用竹紙印刷大眾讀物。嘉靖、隆慶以後商業化造紙生產日益發達，出現專門的規模不小的造紙槽坊。萬曆二十八年（1600）僅江西鉛山縣石塘鎮一地，「紙廠槽戶不下三十餘槽，各槽幫工不下一、二千人。」_{康熙《上饒縣志》卷十「要害志」陳九韶《封禁條議》}由杭州人經營的「蘇城紙業一項，人眾業繁，為貿易中之上等。」〔註14〕竹紙產量超過棉紙躍居第一。

竹紙雖然質量比不上棉紙，顏色暗黃，既薄且脆，易碎不宜久藏，但產量大，使小説的批量印刷成為可能；而且價格低廉，降低了小説印刷成本：「凡印書，永豐棉紙為上，常山柬紙次之，順昌書紙又次之，福建竹紙為下。棉貴其白且堅，柬貴其潤且厚，順昌堅不如棉，厚不如柬，只以價廉取勝。閩中紙短窄黧脆，刻又舛訛，品最下而直最廉。」嘉靖、隆慶以後隨著技術的改進，竹紙的質量又有所提高，萬曆以後竹紙的使用就更加廣泛。胡應麟談到當時的竹紙：「近閩中則不然，以素所造法，演而精之，其厚不異於常，而堅數倍於昔，其邊幅寬廣亦遠勝之，價直既廉而卷軸輕省，海內利之，順昌廢不售矣。」_{胡應麟《少室山房筆叢》甲部經籍會通・四}竹紙還具有了「防蛀」的功能：「印書紙有太史、老連之目，薄而不蛀，然皆竹料也。若印好板書，須用棉料白紙無灰者，閩浙皆有之，而楚閩滇中，棉紙寶薄，尤宜於收藏也。」_{謝肇淛《五雜俎》卷十二「物部」四}

小説印刷用紙，價格是關鍵。低廉的竹紙當然是首選。以竹紙中質量較好的江西、福建的「連史」、「毛邊」紙為例，沈榜（1540～1597）《苑署雜記》卷十五記載萬曆二十年苑平縣支付的內府用紙各類紙價：「梨版三塊，價一兩二錢；大紅紙十二張半，價減七分五釐；毛邊紙五十張，價三錢；咨呈紙五十張，價一錢七分五釐；連四紙二十五張，價一錢七分五釐；大瓷青紙十張，

<hr>

的產量有了極大提高。《明會典》記載洪武二十六年全國向朝廷提供的紙張數量可見一斑：陝西 15 萬張，湖廣 17 萬張、山西 10 萬張、山東 5.5 萬張、福建 4 萬張、北平 10 萬張、浙江 25 萬張、江西 20 萬張、河南 2.5 萬張、直隸 38 萬張，累計 150 萬張。造紙業的發達為印刷業提供了足夠的原材料。

〔註14〕張曉旭《蘇州碑刻》，蘇州大學出版社，2000 年，頁 101。

價一兩。」「毛邊紙五十張，價三錢」，這個紙價，還高於南方。胡應麟《少室山房筆叢》「燕中刻本自稀，……輦下所雕者，每一當越中三，紙貴故也。」如果按這個比例，南方的毛邊紙應當「五十張價一錢」。另外將用過的竹紙回槽，「其廢紙洗去朱墨污穢，浸爛入槽再造，全省從前煮浸之力，依然成紙，耗亦不多……名曰還魂紙。」^{宋應星《天工開物》}這種再生紙的出現，更進一步降低了印刷成本。

其次，印刷所用墨及刻木價格低廉。明代印刷所用的松煙墨，沈榜《苑署雜記》記載萬曆時的墨價爲二笏一錢。書坊用墨大多是質量較差的次等炭墨，一斤約爲五錢。書坊刻板多用烏桕板，因爲容易刻寫上去，以便提高效率。「閩本多用柔木，易就而不精，杭本雕刻時亦用白楊木，他方或以爲烏桕板，皆易就之故。」^{胡應麟《少室山房筆叢》甲部經籍會通·四}

其三，商業化刻工市場及低廉的工價。明代出現專門的商業刻字鋪，正德時南京 104 行中就有「刻字行」，明人彩繪《南都繁會圖》繪有「刻字」、「鐫碑」的市招，明代後期更出現流動性的刻工市場。蘇州地區以雕刻書板聞名的可知姓名的刻工就有 600 餘人。^{崇禎《吳縣志》卷二十九「物產」}如有名的徽州黃氏刻工，刻書的鼎盛時期是自萬曆至順治年間（1573〜1661），約計八十八年左右。〔註 15〕蘇州還有多人合作共同刻一本書的特點，有助於縮短蘇州製作書籍印刷成品的完工時間，「縮短出書時間」。〔註 16〕明代刻字工價很低廉。〔註 17〕據葉德輝《書林清話》卷七「明時刻書工價之廉」記載，嘉靖四十三年（1564）福建刻《豫章羅先生文集》木記：「刻板八十三片，上下兩帙，一百六十葉，繡梓工資二十四兩」。以一版兩葉平均計算，每頁合工資約一錢五分。萬曆四十年（1612）刊刻的《徑山藏絡律異相》卷一「題記」云：「字八千七百七十個，該銀四兩三錢八分五釐」，折合每百字三十五文。崇禎末年，江南刻工工資更爲低廉。天啓崇禎時毛氏汲古閣招刻工刊刻《十三經》、《十七史》，「其時銀串每兩不及七百文，三文銀刻一百字。」^{葉德輝《書林清話》卷七「明}

〔註 15〕 周蕪《徽派版畫史論集》，安徽人民出版社，1983 年，頁 20。

〔註 16〕 葉樹聲《明代南直隸江南地區私人刻書概述》，《文獻》，1987 年第 2 期，頁 221〜222。

〔註 17〕 葉德輝《書林清話》卷七「明時刻書工價之廉」。張秀民《中國印刷史》「歷代寫工、刻工、印工生活及其事略」。楊繩信《歷代刻工工價初探》，《歷代刻書概況》，印刷工業出版社，1991 年。白莉蓉《一份珍貴的明代刻書價銀資料 —— 從〈方洲先生文集〉說起》，《圖書館工作與研究》，2008 年第 11 期。

^{時刻書工價之廉」}每百字二十文。張秀民《中國印刷史》討論「明代刻工及刻書工價」時提到邵氏刻印《弘簡錄》，每百字爲銀二分七釐，爲錢二十文。

其四，刊印技術、字體、裝幀等的改進與效率的提高。

字體。萬曆以後，橫細豎粗、橫平豎直的特徵更爲規則，宋體字已經成爲獨立的印刷字體。版本學家稱宋體字爲「明匠體」。「匠體字者，流俗通用刻書之字體也。……明隆萬時始有書工專爲寫膚廓字樣，謂之宋體。刻書者皆能寫之。」^{徐珂《清稗類鈔》「藝術」}規則的字體雖然呆板缺乏流利生動而不甚美觀，卻更易於施刀刻字、上版刻寫，提高刻字效率，有利於縮短出版周期，與出版的商業化適應。

版式。明代小說的版式安排比其他書籍密集。《三國演義》的刊刻說明萬曆以後小說的版式安排越來越密集。這樣可以容納更多的字數，從而減少紙張而節約成本。

明代小說版式的變化

書　名	刊行時期	行　字	半頁字數
《三國演義》	嘉靖 1522 年 萬曆蘇州舒載陽刊本 萬曆余氏雙峰堂刊本 萬曆誠德堂熊清波刻本 天啓黃正甫刊本上圖下文	9 17 10 20 16 27 14 28 15 34	153 200 432 392 400～500

裝幀。明初到嘉靖隆慶書籍的裝訂一直流行包背裝，至萬曆開始廣泛使用線裝形式。線裝書工藝簡易，更節省了包背所需的硬封皮；又比如書皮，福建刊刻的書籍多不加封皮，既節約了紙張，降低了書的成本，又提高了出版效率。〔註 18〕

活字版的應用。活字印刷術未見用於明代江南官營出版印刷業中，可以說是明代私營出版印刷業中特有的現象。明中期「明人用木活字板刷書，風乃大盛。」〔註 19〕活字印刷比雕版印刷效率高，費用低。「今世欲急於印行者，

〔註 18〕 胡應麟《少室山房筆叢・甲部經籍會通・四》：「吳裝最善，他處無及焉，閩多不裝。」

〔註 19〕 參看張秀明《明代南京的印書》，《文物》，1980 年第 11 期；王毓銓《主編中國經濟通史・明代經濟卷（上）》，經濟日報出版社，2000 年，頁 617：木活字印刷在明代藩府、書院、私人的書籍印刷中已有使用；而在私營印刷業應用尤其廣泛，遍及全國。木活字應用簡況：嘉靖二十一年（1542），蜀王府木

有活字。」胡應麟《少室山房筆叢》甲部經籍會通·四無錫華呈「多聚書，所制活板甚精密，每得秘書，不數日而印本出矣。」康熙《常州府志》卷二十五「人物」但活字印本與雕版印本相比：欄線——活字板框拼和而成，欄線銜接不密，時有時無；字體——字行排列不很整齊，大小粗細不一律，字體獨自成形，筆劃不交叉。墨色深淺不一。嘉靖時無錫華氏、安氏銅活字製作雖精巧，仍有「參差不齊」、字句多所脫落」、「校讎甚疏，或上下互倒，或形近而互偽，亥魯魚，無頁不有」的垢病。葉德輝《書林清話》從目前所存的活字印本來看，活字印刷雖然在嘉靖年間福建的書坊已經用來印刷通俗類書，但還沒有廣泛適用於小說文本的印刷。明末始有木活字小說印本：《于少保萃忠傳》、《花幔樓批評寫圖小說生綃剪》。

綜合紙、墨、木、刻及裝幀的成本，結合《宛署雜記》的記載「萬曆十六年潞王之國刊《之國供應事宜書冊》五百本，梨版刊字匠工食，江連紙，藍紙，裝訂麵糊，煙墨，水膠，印刷工食錢，共該銀四兩二錢三釐一毫。」再比較萬曆前後幾部書籍刊印的費用：1、正德五年刊刻《明文衡》，九十八卷「總爲費計二十萬有奇」。2、北京國子監刊刻《廿一史》，「靡六百萬金有奇」。3、萬曆四十年刊刻《經律異相》第一卷，「字八千七百七十個，該銀四兩三錢八分五釐。」4、萬曆年間刊刻《方洲先生文集》，共 280935 字，用銀 141.57 兩。可以推算萬曆時期平均書價每卷在 1.8～2.5 錢。〔註20〕

可以看到，嘉靖萬曆時期造紙業、印刷出版業的商業化進程使出版向著低成本、高效率的方向發展，小說的商業化大規模刊刻成爲可能。比較元至正年間刊本《全相三國志平話》和嘉靖刊本《三國志通俗演義》，《全相平話三國志》全本三冊，共 140 頁，嘉靖本《三國志通俗演義》共三帙二十四冊，全書共 1920 頁。數字的差異顯示了不同時期技術水平和需求多寡的差異性。

活字印刷蘇轍《欒城集》84 卷：萬曆二年（1574）益王府活字印行謝應芳《辯惑篇》。正德五年（1510）《古文匯編》、嘉靖十六年（1537）《續古文匯編》，每頁板中縫下部印有「東湖書院活字印行」。常熟人錢夢玉曾以東湖書院活字印書。私人用木活字，正德時（1518）有人曾借得南京國子監生胡敏的「活字印」。萬曆時南京拔貢李登用家藏「合字」印行自己的書籍。萬曆初嘉定徐兆稷借得活板，印刷其父著作百部。銅活字以無錫爲中心，弘治以後流傳到常州、蘇州、南京及福建；印本據統計約有 110 種，計 2700 多卷。

〔註20〕潘建國《明清時期通俗小說的讀者與傳播方式》，《復旦學報（社會科學版）》，2001 年第 1 期。白莉蓉《一份珍貴的明代刻書價銀資料——從〈方洲先生文集〉說起》，《圖書館工作與研究》，2008 年第 11 期。

比較洪武和嘉萬時的印刷水平，更可見萬曆後商業印刷的效率和水平。洪武七年（1374）司禮監經廠刊刻《宋學士文集》，122000餘字，十個工匠五十二天完成。按此時平均每個工匠每天刻兩百餘字的效率，則《三國志平話》8萬字，需要花一個月，嘉靖本《三國演義》70萬字需要十個月。隨著技術的革新、物質成本的降低和效率的提高，明代後期出書更爲迅速，從交稿到印出，只需要　個季節就成了。武新立《明清稀見史籍敍錄》記載畢自嚴的《留計疏草二卷》「於天啓六年秋引疾辭歸，是年冬此書即出。出書之迅速，頗爲罕見。」《歷年記》記載明季「京師之變未及兩月，即有賣剿闖小説一部。」

第二節　小説的社會化流佈

書籍廣泛而迅速地傳播，依賴傳播空間的擴大。而傳播空間的擴大，其前提除了符號的複製即紙張印刷外，就是連結媒介和讀者的社會交迪網絡的發達和出版印刷自由的確立。〔註21〕

一·商業交通與郵驛的發達

明代的交通依託運河和長江，形成四通八達的水陸交通網絡，爲信息的傳播提供了便利的條件。明代商人所著的《明一統路程圖記》、《商程一覽》、《江南繪圖路程》、《士商規略》、《士商十要》描述了明代的交通路橋狀況。〔註22〕、明代「國家統一寰宇，遐陬僻壤，罔不置驛。」「自京師達於四方設有水馬驛，在京曰會同館，在外曰水馬驛並遞送所。」^{嘉靖《青州志》}永樂時水驛41所、陸驛29所，急遞鋪「十里一鋪」，^{《明會典》}共有14430所。驛路有十萬大軍把守，「吳舸越艘，燕商楚賈，珍奇重貨，歲出而時至，談笑自若，視爲坦途。」爲政府服務的驛船「私貨多於官物，沿途售賣，牟取暴利，習以爲常。」^{張萱《西園聞見錄》卷三十七「漕運前」}成化元年（1465）南京吏部郎中「運貢物不過一箱一櫃，輒用一船，架待客三，多載私物^{徐學聚《國朝典彙》}卷一百六十二</sup>或「滿載私貨，附運閒人」。^{《成化實錄》卷二十一}

隆慶四年（1570），徽商王汸歷時二十七年編成《天下水陸路程》（又稱《士商必要》），列全國水陸路程143條。南京至全國各地的長途路程11條、

〔註21〕〔日〕竹內郁郎《大衆傳播社會學》，張國風譯，復旦大學出版社，1989年。
〔註22〕劉廣生《中國古代郵驛史》，人民郵電出版社，1986年。

江南至鄰近區域路程 12 條；15 條水路連接蘇松二府和各市鎮縣城。天啓六年（1626）徽州人憺漪子編《天下路程圖引》（又稱《士商要覽》）列出江南、江北水路 100 條，「江湖連接，無地不通」。葉適《水心先生文集》卷一交通費用也很低廉。北方車馬正德時「凡一車必銀一兩」。《明武宗實錄》卷十三《士商類要》記載的船價，從揚州到瓜洲三文，瓜洲南門渡大江至鎮江碼頭二文，杭州府官塘至鎮江諸港有船，二文能搭二十里程。杭州至普陀山一線，三分至寧波府。

江南以太湖水系和江南運河爲主幹的水網，以較低的運費和較大的數量，實現商業流通。四川西部山區建昌（西昌）地區，「商販入者，每住十數星霜，雖僻遠千里，然蘇、杭新織種種文綺，吳中貴介未披而彼處先得。」王士性《廣志繹》卷五「燕趙、秦晉、齊梁、江淮之貨，日夜商販而南；蠻海、閩廣、豫章、南楚、甌越、新安之貨，日夜三反而北。」李鼎《李長卿集》卷十九「借箸篇」嘉定布「商賈販鬻，近至杭、歙、清、濟，遠至齊、遼、山、陝」。萬曆《嘉定縣志》卷六「物產」

隨著交通的發達，民間郵政制度開始建立。登載在 1921 年交通部郵政總局《郵政事務總論》上的《置郵溯源》，認爲，充分組織起來的或加以系統化的民用郵政 —— 民信局，即所謂「信行」，其產生不更早於明朝永樂大帝年間。也就是說，明永樂年間出現專營民間通信業的民信局，海外華僑民信業，在十五世紀的明朝期間就已出現。〔註23〕

> 他們利用各種運輸工具，經商巨舶、運河小舟、腳夫等，盡一切可能便利公眾。「有需要特別快遞者，就維持特別快班只要業務上有需要，不惜把營業時間延長到深更半夜；並且在中國最有吸引力的是讓收信人也攤付一部分郵費，通常是一半」（引馬士 H·B·Morse 語）

> 民信局處理信件卻以迅速著稱，當輪船還沒有下錨停泊前，信件已被搬到小駁船上，邊向岸上劃去，邊由信局代理人在舟中分揀信件，遠在正規郵件之前，妥投到收信人手中去。

> 服務的取費總是很低廉的，按路程遠近，酌收二～二十分（即制錢二十～二百文），但往往要討價還價；按年結帳，折扣優待，也不少見。如須快遞，寄信人在信面上注明較平時爲高的資費，於投

〔註23〕劉廣生《中國古代郵驛史》，人民郵電出版社，1986 年，頁 265、267、303。

遞時由收信人付給。

　　「通常付給民信局的資費是非常低廉的，對比起來，歐洲的資
　費好像貴得幾乎令人望而卻步。」

二、小說社會化流佈方式

　　依賴於發達的交通網絡和郵遞發行渠道，明代的圖書買賣相當發達。
〔註 24〕在書籍的發行、流通方面商業資本也大量介入。衢州府龍遊商人投
資經營著蘇州的書籍業。歸有光《震川先生集》卷九《送童子鳴序》：「越中
人多往來吾吳中，以鬻書為業。」童子鳴即龍遊人。明末「龍遊余氏開書肆
於婁，刊讀本四書字畫無偽，遠近購買。」^{民國《太倉州志》卷二十五「雜記」}徽商
業書籍業者甚多。明末南京的十竹齋主胡正言就是休寧人。值得注意的是許
多讀書人棄儒從賈、從事書業。徐北溟「補縣學生，家酷貧，無以自給，乃
赴杭州販書為業」；^{朱端爾《肯論文齋筆錄》卷六}鮑雯「急欲以功名自奮。既而連試
有司，不得志……不得已脫儒冠往武林運策以為門戶計。」〔註 25〕

　　圖書發行業已形成了一個完整而嚴密的體系，在當時書籍數量不斷增
多、讀者需求不斷增長的情況下，這個發行體系能夠有效地將大量的圖書輸
送到它的需要者手中。常熟毛晉刻書，「至滇南官長萬里遣幣以購毛氏書」，
有「毛氏之書走天下」之說。^{葉德輝《書林清話》卷七「明毛晉汲古閣刻書之二」}崇禎間曹
溶《流通古書約》說：「近來雕板盛行，煙煤塞眼，挾資入賈肆，可立致數萬
卷。」

　　圖書流通渠道多種多樣，專業的渠道如書市、書坊、書肆、書攤、書船
等；業餘的渠道如考市、負販、貨擔郎、雜貨鋪等。

　　書市　圖書發行集市一般分為兩種，一種是專門售書的集市，這種集市
一般帶有批發性質，其地點多在刻書發達的地區，購買者多是書商。如嘉靖
《建陽縣志》卷三記載，福建建陽縣崇化鎮，「比屋皆鬻書籍，天下客商販者
如織，每月以一、六日集」。當地人稱之為「書市」。書市最發達的地方是北
京、南京、蘇州和杭州：

〔註 24〕劉大軍、喻爽爽《明清時期的圖書發行概覽》，《中國典籍與文化》，1996 年第
　　　　1 期。
〔註 25〕《歙縣新館鮑氏著存堂宗譜》卷二「人物」，引自張海鵬、王廷元主編《明清
　　　　徽商資料選編》，黃山書社，1985 年。

「今海內書，凡聚之地有四，燕市也、金陵也、閶闔也、臨安也。」

「燕中刻本自稀，然海內舟車輻湊，筐篚走趨，巨賈所攜，故家之蓄，錯出其間，故特盛於他處。第其值至重，諸方所集者，每一當吳中二，道遠故也。輦下所雕者，每一當越中三，紙貴故也。」

「越中刻本亦希，而其地適東地之會，文獻之衷，三吳七閩典籍萃焉。諸賈多武林龍丘，巧於壟斷，每瞰故家有儲蓄，而子姓不才者，以術鈎致，或就其家獵取之。楚蜀交廣，便道所攜，間得新異，關洛燕秦，仕宦橐裝，所攜往往寄鬻市中，省試之歲，甚可觀也。」

「吳會金陵，擅名文獻，刻本至多，巨帙類書，咸會萃焉。」

胡應麟《少室山房筆叢》甲部經籍會通・四

書市另一種為兼售圖書的綜合性商業集市。胡應麟《少室山房筆叢》：「凡燕中書肆在大明門之右及禮部門之外，及拱宸門之西，每會試舉子，則書肆列於場前，每花朝後三日，則移於燈市，每朔望並下浣五日，則徙於城隍廟中。燈市極東，城隍廟極西，皆日中貿易所也。燈市歲三日，城隍廟月三日，至期百貨萃焉，書其一也。」陸費逵在《六十年來中國之出版業與印刷業》中曾對此加以介紹：「平時生意不多，大家都注意『趕考』，即某省鄉試，某府院考時，各書賈趕去做臨時商店，做兩三個月生意。應考的人不必說了，當然多少要買點書；就是不應考的人，因為平時買書不易，也趁此時買點書。」

書坊 刻（抄）售合一，從事圖書出版、發行工作，明末清初毛晉的汲古閣即屬於這一類型。

書肆 書肆是單一的圖書發行店鋪，只發行而不雕刻（抄寫）圖書。書肆多在交通便道。胡應麟《少室山房筆叢》：「凡燕中書肆在大明門之右及禮部門之外，及拱宸門之西」、「凡武林書肆，多在鎮海樓之外，及湧金門之內，及弼教坊，及清河坊，皆四達衢也」、「凡金陵書肆，多在三山街及太學前。凡姑蘇書肆，多在閶門內外及吳縣前。」蘇州書肆多開設在閶門內外。閶門南浩街和胥門一帶是萬商雲集、檣桅林立的碼頭，蘇州書坊開設在附近，便於將所刻印的書籍裝載、運散到全國各地。

書攤 即售賣圖書的攤點，一般設在市廛店鋪周圍。北京「凡徙非徙其

肆也。肆中所有，稅地張幕，列架而書置焉，若棋繡錯也，日昃復輦歸肆中。惟會試則稅民舍於場前，月餘試畢，賈歸，地可羅雀矣。」杭州「省試則徙於貢院前。花朝後數日，則徙於天竺大士誕辰也。上已後月餘，則徙於岳墳，遊人漸眾也。」明代馬佶人著《荷花蕩》傳奇中有「不免在書鋪廊外，擺個書攤，賺他幾貫何如？」

　　雜貨鋪　兼售圖書的雜貨鋪，又叫「星貨鋪」。它們遍佈城市和鄉村，甚至一些極偏遠的地方也有分佈，售賣雜貨為主同時也兼售圖書。

　　負販　即是將書籍從出版地帶到另一地區發行銷售。或者是出版者託人順路將書籍運送到其它地區的發行店鋪。小說《儒林外史》中文瀚樓主人道：「目今我和一個朋友合本，要刻一部考卷賣，……我如今扣著日子，好發與山東、河南客人帶去賣。」謝興堯《書林逸話》：「按昔日刻書習慣，……刊成後，先以紅色印刷，次乃用墨。以紅印本分贈師友，墨印本送各地出售。」或者是商販自己買下書籍再負販於其它地區。商旅官宦去某地時順路帶一些書籍放到當地書肆寄賣，「寄鬻市中」。

　　貨擔郎　在銷售其它貨物的同時也有兼售圖書的。其所售圖書一般為通俗性讀物，如兔園冊子、戲曲唱本等。一些從故家大戶散出的善本、稿本偶而也會落入貨擔郎手中。如明代學者陳繼儒即曾在貨擔郎手中買到過明代另一位學者王世貞的著作抄本。

　　書船　南方水道發達地區利用船舶作為圖書的販運、發行工具。據滎陽悔道人《汲古閣主人小傳》記載，明末毛晉為搜求善本，經常在門外貼上告示，以高價收購圖書，「於是湖州書舶雲集於七星橋毛氏之門矣」。葉德輝《峭帆樓叢書》卷首稱崑山趙元益「但見異本即插架，估船市舶爭前驅」；曹溶《絳雲樓書目題詞》談到錢謙益以重貲購古本，「書賈奔赴捆載無虛日」。

　　可見，發達的商業交通網絡之上形成一個立體的靈活的圖書銷售網絡；依賴這一傳播空間的拓展，小說有可能在地理空間上達到傳播的最大範圍。

　　綜合上述，小說閱讀行為的實現以小說文本為前提，明代商業資本的介入促進民間書坊的規模化發展，印刷媒介的商業化使通俗小說文本的大眾化出版成為可能；明代商業交通與郵驛的發達，開拓了通俗小說文本傳播的渠道，小說社會流佈方式多樣，擴大了通俗小說的流通和閱讀範圍。

第二章　城市化與市民階層的發展

　　法國著名漢學家雷威安，提出了一個深刻的命題：起源於口頭藝術的中國小說，具有「無可否認的城市性」，以城市為「搖籃」，「在一切文化現象中最具城市化」。〔註1〕宋元話本小說就產生於繁榮的城市文化，明代中後期大批市鎮和城市的繁榮更促進了小說的新變化。

第一節　城市化進程

一、商品經濟繁榮

　　明初重農抑商，全國各地的商業非常凋敝，商業利潤極低，貿易多是短途販運。宣德時（1426～1436）北京昌平的商人「奔走負販二三百里外，遠或一月，近或十日而返，其獲利厚者十二三，薄者十一，亦有盡喪其利者」、「計其終歲家居之日不一二焉」。《明宣宗實錄》卷六十四農村中從事商業的人更少，福建「凡可以養生送死者皆不待外求」、「乘勢射利者亦鮮」。王直《抑庵文後集》卷二十、卷十八

　　嘉靖萬曆時期農業開始商品化，突出表現在蠶桑和絲、棉生產上。江南蠶桑業極為發達，「鄉間隙地，無不栽桑」、「尺寸之堤，必樹之桑。」蘇州吳江縣境內，洪武二年（1369）僅植桑18032株，宣德七年（1432）增至44746株，明末「絲棉日貴，治蠶利厚，植桑者益多，鄉村間殆無曠土，春夏之間，綠蔭彌望，通計一邑，無慮數十萬株」。謝肇淛《西吳枝乘》嘉興海鹽，原先「素

〔註1〕錢林森《中國古典戲劇、小說在法國》，《南通大學學報》（社科版），2008年第2期。

不習蠶」，萬曆時期「蠶利始興」，到天啓時發展到「桑柘遍野，無人不習蠶矣」。^{天啓《海鹽縣圖經》卷四}湖州烏程「無尺地之不桑，無匹婦之不蠶。」^{天啓《海鹽縣圖經》卷四}浙江 11 郡中湖州最富，就因「湖多一蠶，是每年兩有秋也。」^{宋雷《西吳里語》卷四}江南松江和嘉定所屬的楓涇鎮、朱涇鎮、新涇鎮、羅店鎮、朱家角鎮等，都是棉布業中心和棉花集散地。吳偉業描繪江南棉花市場時云：「眼見當初萬曆間，陳花富產積如山，福州青襪烏言價，腰下千金過百灘，看花人到花滿屋，船板平鋪裝載足。」^{吳梅村《梅村家藏稿》卷十「木棉吟」}

　　嘉靖中後期的 1550 年（嘉靖二十九年），歐洲和日本的白銀不斷輸入〔註2〕，進一步刺激了長江地區經濟的發展。東南沿海被納入世界規模的商業革命時，其影響遠及於內地。〔註3〕以販商、牙商、鋪商、錢莊、票號為主要成分，以江浙、湖廣、山西、安徽商人為主要代表的商業資本應運而生。

　　農家開始視土地為累贅，「近村織絹，鄉人賺錢甚易，……而田地荒蕪，入不敷出，鬻田稱貸，漸至凍餒者有之。此等村落田地不足貴。……所謂田為累字頭也。」^{民國《雙林鎮志》卷十五「風俗」}百姓多從事生意，「民逐末於外者八九」、「民多商賈……俗十七服賈。」^{《陝西通志》}地主對土地的興趣減低，雖有餘資「多不置產業」；^{顧炎武《天下郡國利病書》卷三十二}而是「縮資而趨末」，甚至賣掉土地「力求於市場，以牟利四方」^{張瀚《奚囊蠹餘》卷十六}常熟毛晉，家中原「有田數千頃，質庫若干所」，^{錢泳《履園叢話》卷二十二}後來把土地與質庫全部售出，投資經營印書工場。徽商因經商出賣田地留下很多賣地契約。〔註4〕

〔註2〕正德九年（1514）年葡萄牙人將歐洲白銀輸入中國。萬曆元年——崇禎十七年（1573～1644）期間僅通過合法貿易墨西哥輸入中國的銀元即超過一億。萬曆二十九年——順治四年（1601～1647）期間日本對中國輸出的白銀多至7000 萬兩。李伯重《江南的早期工業化（1550～1850）》，社會科學文獻出版社，2000 年，頁 24。

〔註3〕比如，僅生絲一項，在日本，嘉靖時每百斤值銀五六百兩；1600 年前後，澳門上等絲每百斤約銀 80 兩，廣州各種綢緞每匹約銀 1、1～1、4 兩，而同時日本為 140～150 兩和 2、5～3 兩；萬曆至順治則 1622 年百斤為 280 兩，1631年為 550 兩，1641 年為 225 兩，1643 年為 355 兩。明末值銀百兩的百斤中國湖絲，在呂宋（馬尼拉）得價二倍；1573 年開始，從馬尼拉流向中國的美洲白銀每年平均 22 萬比索。在歐洲市場上，中國生絲價是意大利絲的 3 倍，波斯絲的 1、69 倍。參見梁方仲《明代國際貿易與銀的輸出入》，《中國社會經濟史集刊》卷 6 第 2 期；范金民《明清江南商業的發展》，南京大學出版社，1998 年，頁 98～129。

〔註4〕劉紹泉《試論明代徽州土地買賣的發展趨勢》，《中國經濟史研究》，1990 年第4 期。

二、市鎮興起

農業商品化必然帶來市鎮化。市鎮是商業貿易集中地帶。「郊外民居所聚謂之村，商賈所集謂之鎮」^{正德《姑蘇志》卷十八}、「村墟百貨於焉，往求之，曰市鎮」^{天啓《海鹽縣圖經》卷一}、「以商況較盛者爲鎮，次者爲市」^{民國《嘉定縣續志》卷一}、「邑有鄉村，農聚焉；邑有鎮，商賈聚焉^{光緒《嘉善縣志》卷二}」；鎮植根鄉村，是鄉村的中心地，「乃鄉曲之走集焉」^{萬曆《秀水縣志》卷}。市鎮之間經濟聯繫越來越緊密，再加上水道交通便利（太湖流域盛澤鎮距王江涇鎮 6 里，南潯鎮距震澤鎮 9 里，其他市鎮之間不過 20、30 里。如濮院鎮與王店鎮、王店鎮與硤石鎮相距 20 里。盛澤與震澤相距 30 里，濮院鎮與烏青鎮相距 32 里，長安鎮與臨下鎮相距 35 里，南潯與雙林、雙林與菱湖、烏青與雙林、南潯與烏青之間各距 36 里〔註5〕），從正德嘉靖開始，大量市鎮（market towns）興起並迅速發展。據史料記載，明代中後期，全國共有大、中型城鎮 100 個，小城鎮 2000 個，農村集鎮 4000～6000 個。〔註6〕

市鎮農業人口高度集中，市鎮化進程迅速。以江南蘇州府爲例，蘇州府盛澤鎮，「古爲青草灘一荒村，弘治年間（1488～1506）尚爲村落，居民僅五、六十家，」後來由蘇州傳入絲織業，「居民附集，商賈漸通」。蘇州府的震澤鎮，「元時村市蕭條，居民數十家」，「明成化中至三四百家，嘉靖倍之而又過焉」，明末已成爲擁有五萬人口的大鎮。^{乾隆《震澤縣志》卷四}江南市鎮居民一般在 1000 戶以上，巨鎮可達萬戶。〔註7〕據統計，明代末期江南五府中，五萬人口以上的大鎮有四個，三萬五千人口的有 1 個，一萬至二萬人口的有 7 個。〔註8〕

第二節　城市娛樂文化與市民階層

大量市鎮的興起和城市的繁榮，使明代中後期城市化水平越來越高。所謂城市化（Urbanization），城鄉人口之間的比例。明代後期（1600 年左右）蘇

〔註 5〕王毓銓《中國經濟通史·明代經濟卷（下）》，經濟日報出版社，2000 年，頁 929、975。

〔註 6〕胡煥庸、張善余《中國人口地理》，華東師範大學出版社，1984 年，頁 251。鄭宗寒《試論小城鎮》，《中國社會科學》，1983 年第 4 期。

〔註 7〕樊樹志《明清江南市鎮探微》，復旦大學出版社，1990 年。

〔註 8〕人大歷史系編《中國資本主義萌芽問題討論集（下）》，三聯書店，1957 年，頁 909。

南諸府的城市化水平，據專家估計，分別為：蘇州府 —— 15%，松江府 —— 19%，常州府 —— 13%，應天（江寧）府 —— 18%，鎮江府 —— 5%。五府合計，總人口 1200 萬，城鎮人口 180 萬。〔註9〕同時，傳統工商業大都市進一步繁榮，城市化水平越來越高。比如北京，嘉靖末內外城 18 萬戶，84 萬人，萬曆年間京師人口已達百萬；〔註10〕宛平、大興的商鋪多達 132 行，總數四千家。南京，洪武 4 年（1371 年）僅 20 萬人，洪武 24 年（1391）增至 47.3 萬；還有 20 萬的駐軍；洪武末年達到 70～100 萬。洪武時南京有手工業匠戶 45000 戶，正德時有 104 種鋪行，^{正德《江寧縣志》卷三「鋪行」}萬曆時僅絲織業者就達到 20 萬人。開封嘉靖時人口已達 174 萬。^{順治《開封府志》卷十「戶口」}蘇州萬曆人口 50 萬上下；杭州萬曆時 50 萬左右；揚州明末 80 萬；松江府隆萬間人口不下 20 萬，明後期約達 103 萬。另據 1620 年數據，江南人口 2000 萬，城鎮人口達 300 萬，城市化平均水平 15%。〔註11〕

大量人口聚集市鎮和城市，城市社會生活包括上層統治階層皇帝貴族、官僚文人、土豪富商，中下層的商人、文人，底層的手工業者以及邊緣的軍人、僧道特殊群體，逐漸形成城市市民階層。市民有較多的空餘時間，對業餘生活有較高的要求，這是城市娛樂消費文化發展的動力。「嘉靖以來，浮華漸盛，競相誇詡，不為明冠明服，務為唐巾晉巾，金玉其相，錦繡其飾，揚揚閭里。」^{沈朝陽《皇朝嘉隆兩朝見聞錄》卷六}「民間風俗，大都江南侈於江北，而江南之侈尤莫過於三吳，自昔吳俗奢華，樂奇異，人情皆赴焉。」^{張翰《松窗夢語》卷四}蘇州「不論富貴貧賤，在鄉在城，男人俱是輕裘，女人俱是錦繡。」^{錢詠《履園叢話》卷七}「吾邑僻處海濱，四方之舟車不經其地，諺號為小蘇州，遊賈之仰給於邑中者，無慮數十萬人，特以俗尚奢，其民頗易為生爾」、「俗奢則逐末者眾」。^{陸楫《論禁奢黜儉》}

元末明初時「每夜至二鼓，一唱眾和，其聲歡然，蓋織工也。」^{徐一夔《始豐稿·織工對》}到萬曆時期，這種境況更加熱鬧。石門鎮「每薄暮，帆檣雲集，夜市頗盛。」^{光緒《桐鄉縣志》卷一「市鎮」}蘇州「每漏下十餘刻，猶有市。」^{正德《姑}

〔註9〕 葛劍雄主編《中國移民史》第五卷，福建人民出版社，1997 年，頁 424～425。

〔註10〕 韓光輝《建都以來北京歷代人口規模蠡測》，《人口與經濟》，1988 年第 1 期；《松窗夢語》卷四。

〔註11〕 李伯重《江南的早期工業化（1550～1850）》，社會科學文獻出版社，2000 年，頁 39。

蘇志》卷十三「風俗」開封「天下客商，堆積雜貨等物，每日擁塞不斷。各街酒館，坐客滿堂，清唱取樂，二更方散。」張翰《松窗夢語》通俗小說以其突出的娛樂消遣性受到市民的歡迎和青睞。「夫小說者，乃坊間通俗之說，固非國史正綱，無過消遣於長夜永晝，或解悶於煩劇憂態，以豁一時之情懷耳。今世所刻通俗列傳並梓《西遊》、《水滸》等書，皆不過快一時之耳目。」〔註12〕嘉靖時洪楩出版的《清平山堂話本》分「雨窗」、「長燈」、「隨航」、「欹枕」、「解悶」和「醒夢」六集，也暗示出小說供閒暇時閱讀的消遣傾向。

一、統治階層

明代的統治階層包括皇帝、「宗藩」、官僚和宦官。宗藩迄明之亡，人數有十多萬之眾〔註13〕。帝王藩侯官員對於小說興趣濃厚。

明武宗（正德帝）夜半傳看《金統殘唐記》，錢希言《桐薪》卷三明神宗（萬曆帝）「好覽《水滸傳》」。劉鑾《五石瓠》卷六萬曆皇帝還「每諭司禮監臣及乾清宮管事牌子，各於坊間尋買新書進覽，凡竺典、丹經、醫卜、小說、出像、曲本靡不購及。」劉若愚《酌中志》卷一

武定侯郭勳嘉靖年間刊印《水滸傳》，而且《水滸傳》自郭勳刊行後，「自此版者漸多」，「雅士之賞此書者，甚以為太史公演義。」武定侯郭勳還自己撰寫《英烈傳》，「自撰開國通俗紀傳，名《英烈傳》者。」沈德符《萬曆野獲編》卷五都察院於嘉靖年間刊行《三國演義》。周弘祖《古今書刻》《文華殿書目》收錄有《三國志通俗演義》。

宮廷中另一類特殊的人群，就是宦官。洪武初年宦官人數不足 100 人。

〔註12〕佚名《新刻續編三國志引》，《古本小說集成》據萬曆三十七年刊本影印《三國志後傳》卷首。

〔註13〕洪武 3 年（1370）大封諸王。徐光啓《處置宗祿查核邊餉議》談到，洪武時，親郡王以下男女五十八位，至永樂 127 位，隆慶初年屬籍者四萬五千，見存者二萬八千；萬曆甲午屬籍者十萬三千，見存者六萬二千；甲辰屬籍者十三萬，見存者不下八萬。明王鏊《震澤長語》卷上「正德以來，天下親王三十，郡王二百五十，鎮國將軍至中尉二千七百。」大同的代王，封於洪武 25 年（1392），百年後，到弘治時已生子 570 餘人，女 300 餘人。洪武 3 年（1370）封的太原晉王到嘉靖時已增郡王、將軍、中尉 1851 名。張瀚「考證宗籍」認為隆慶初年宗藩人數「屬籍者四萬，而寸者二萬八千有奇」。萬曆 32 年時（1604），宗藩人數在 8 萬以上。參見梁儲《鬱洲遺稿》卷一；《明經世文編》卷一百零三；《松窗夢語》卷八。

憲宗成化時「監局內臣，數以萬計」，宦官已達萬人。《明史》卷一百八十三，彭韶傳 弘治正德時「內府諸監局僉書者多至百數十人。」《明史》卷一百八十一，劉健傳僅萬曆元年到萬曆六年兩次增加的新宦官便有 6000 多人。《明通鑑》卷六十七萬曆時 6 萬。崇禎時達到 10 萬。余金《熙朝新語》卷四崇禎亡國時，「中鐺七萬人皆喧嘩走」。王譽昌《崇禎宮詞》明初太祖規定宦官「不得識字預政」。《明史》卷九十五「刑法志」三宣德元年（1426），宮中設立內書堂（也稱內館），「教習內官監」，《明通鑑》卷十九「命大學士陳山專授小內史書，而太祖不許識字讀書之制，由此而廢」，《明史》職官三夏燮「自此內官始通文墨」。劉若愚《酌中志》卷二十二內書堂收容十歲左右的淨身兒童二三百人，所學課本有《內令》、《百家姓》、《千字文》、《四書》、《千家詩》、《神童詩》等；萬曆以後的宦官「有餘力，學作對與詩」。劉若愚《酌中志》卷十九弘治時太監陳崖庵奏章皆自草不假手於人。嘉靖、萬曆間太監馮保、萬曆司禮監張誠「好看書，每據古事規諫。」劉若愚《酌中志》卷五

司禮監經廠最早刊印《三國志通俗演義》，太監們「皆樂看愛讀。」劉若愚《酌中志》宦官魏忠賢手下韓敬的《東林點將錄》裏將《水滸傳》裏 108 將的諢號安在東林黨人的頭上：「用《水滸傳》罡煞星名配東林諸人以供談謔之資，如托塔天王則李三才也，及時雨則葉向高也。崔呈秀得之，名曰《點將錄》，佳紙細書，與《天鑒錄》、《同志錄》同付魏忠賢。賢乘間以達御覽。」陳驚《天啓宮詞注》

京城的帝王藩侯和官僚文人引領了全國閱讀小說的風氣。福建的書坊都要在書名上加上「京本」二字作爲宣傳，「閩書賈爲什麼要加上『京本』二字於其所刊書之上呢？其作用大約不外表明這部書並不是鄉土的產物，而是『京國』傳來的善本名作，以期廣引顧客的吧。」〔註14〕

二、士商階層

明代的讀書人，僅就府州縣官學而言，光教官就達 4100 餘員，而學生即「生員」，按府學 40 人、州學 30 人、縣學 20 人的定額《明史》卷六十九「選舉制」一，以明朝全國 140 府、193 州、1138 縣計算，全國每一個周期培養的初、中級知識分子就有 34000 餘人。如加上國子監的學生（國子監學生一般有 500 至 2000 之間，最多在洪武二十六年（1393）達到 8124 名《南雍志》卷九「學規本

〔註14〕鄭振鐸《西諦書話》，三聯書店，1998 年，頁 107。

末」），將近 45000 人。明代末年全國生員達 50 萬人之多。^{顧炎武《亭林文集》卷一}「生員論」

　　文人群體也是小說的重要讀者。吳承恩《禹鼎志序》稱「余幼年即好奇聞，在童子社學時，每偷市野言稗史，懼爲父師訶奪，私求隱處讀之。比長，好益甚，聞益奇。迨於既壯，旁求曲致，幾貯滿胸中矣。」胡應麟《少室山房筆叢》云：「今山人耽嗜《水滸傳》，至縉紳文士亦間有好之者……嘉、隆間一巨公案頭無他書，僅左置《南華經》，右置《水滸傳》各一部。」明末金聖歎十一歲就開始閱讀《水滸傳》：「吾年十歲，方入鄉塾……明年十一歲，則見俗本《水滸傳》，其無晨無夜不在懷抱者，吾於《水滸傳》可謂無間然矣。」^{金聖歎《第五才子書水滸傳序三》}

　　南京國子監刊行《三國演義》（鄭以楨刊本《三國志演義》題有「金陵國學本」）。萬曆十五年（1587）金陵萬卷樓所刊《國色天香》卷四《規範執中》篇標題下注釋云：「此係士人立身之要。」卷五《名儒遺範》篇標題下注釋云：「士大夫一日不可無此味。」可見，《國色天香》、《繡谷春容》、《萬錦情林》等雜誌型小說選本滿足了士人群體的閱讀需要。周日校萬曆十九年（1591）刊本《三國志通俗演義》「識語」中也指出：「此編此傳，士君子撫養心目俱融，自無留難，誠與諸刻大不侔也。」

　　嘉靖萬曆以來，社會盛行右賈重商的社會風氣。天下十分之七的農民棄農從商。隆慶時「民多仰機利，捨本逐末，唱棹轉轂以遊帝王之所都，而握其奇贏，休歙尤夥，賈人幾遍天下」、「昔日鄉官家人，亦不甚多，今去農而爲鄉官家人者，已十倍於前矣。昔日官府之人有限，今去農而蠶食於官府者，五倍於前矣。昔日逐末之人尚少，今去農而改爲工商者，三倍於前矣。昔日原無遊手之人，今去農而遊手趁食者，又十之二三矣。大抵以十分百姓言之，已六七分去農」。^{何良俊《松窗夢語》}歙縣人汪道昆也稱，「吾鄉業賈者什家而七，贏者什家而三。」^{《太函集》卷十六《衰山汪長公六十壽序》}「棄儒就賈」的普遍趨勢更造成了大批士人沉滯在商人階層。山西商人「重利之念甚於重名。子孫俊秀者多入貿易一途，其次寧爲胥吏。其中材以下方使之讀書應試。」^{《雍正朱批諭旨》}第四十七冊「劉於義，雍正二年五月九日」條有資料統計 1500 餘名明清時期的江西商人中，超過 60%的人因爲家境貧寒、生機窘困而從事商業。

　　商人商鋪遍佈全國各地〔註15〕。萬曆時北京宛平、大興的商鋪 132 行^沈

〔註15〕唐力行《商人和中國近世社會》，浙江人民出版社，1993 年；田兆元、田亮

榜《苑署雜記》卷十三「鋪行」，總數四千家，資本額在白銀數千兩及三百五十兩的中等鋪商有 5425 戶，資本額爲白銀數十兩以至數兩的小鋪商達 3.4 萬戶，占總數的 86%以上。〔註 16〕到明末揚州有 80 萬鋪商，「百萬以下者謂之爲小商」，有「富至以千萬者。」「四方豪商大賈，鱗集麋至。僑寄戶居者，不下數十萬。」^{萬曆《揚州府志》卷十「風物志」}揚州牙商不下萬數。

商人是士以下教育水平最高的一個社會階層。〔註 17〕賈而好儒、賈而好學的商人藝術修養比較高。再加上雄厚的財力做後盾，商人在文化消費上投資甚多。明末太湖商人席啓圖「好讀書，貯書累萬卷」。^{汪琬《堯峰文鈔》卷十五「席舍人墓誌銘」}新安鹽商程晉芳「罄其貲購書五萬卷」；龍遊商人余暢「幼廢學，然不廢讀。」^{民國《龍遊縣志》卷三「人物傳」}洞庭商人徐聯習「行篋間常以書自隨。」清黔縣商人胡際瑤告誡子弟「非關因果方爲善，不爲科名始讀書」、「居家持躬皆尚節儉，無鮮衣美食，惟從師買書之費一無所靳」。〔註 18〕

三、手工業者

洪武時屬於匠籍的手工業者有 23 萬。輪班匠從明初到嘉靖保持在 23 萬到 28 萬之間。《正統實錄》卷二百四十記載，正統時南北二京的匠戶達 26 萬。

紡織業者遍佈城鄉。松江地區「俗務紡織，不止鄉落，雖城中亦然。」^{《松江府志》卷四「風俗」}城市女子多事紡紗，松江府「城市紅女，悉力紡紗，售之鄉民。」^{崇禎《太倉州志》卷五}「城郭鄉村之民，交相生養。」^{嘉靖《上海縣志》卷一「風俗」}「鎮市男子亦曉女紅」，軋花爲業。〔註 19〕棉紡分工細密，從原料加工到成品製造，分爲原棉、軋花、紡紗、織布、踹紡、印染等工序；絲織則包括蠶種、鮮蠶、桑葉到生絲、成綢。從事棉絲加工業的手工業者更爲巨大。人數之多，以江南爲例，萬曆時上海縣城和郊區人口 30 餘萬，從事棉紡織業的勞

《商賈史》，上海文藝出版社，1997 年。

〔註 16〕韓大成《明代城市研究》，中國人民大學出版社，1989 年；王振忠《明清徽商與淮揚社會》，三聯書店，1996 年。

〔註 17〕余英時《中國思想傳統的現代詮釋》，江蘇人民出版社，1989 年，頁 363～364。

〔註 18〕張海鵬、王廷元主編《明清徽商資料選編》，黃山書社，1985 年；張海鵬、張海瀛《中國十大商幫》，黃山書社，1993 年，頁 335。

〔註 19〕上海博物館《上海碑刻資料選輯》，上海人民出版社，1980 年，頁 89。

動者占總人口的 2/3，其中織布工人達 20 萬。〔註20〕按此比例，松江一帶，明後期人口約 103 萬，捲入紡織業的人手不低於 68 萬。明代後期江南年產棉布 5000 萬匹，需農婦（年工作 200 日）170 萬。明後期織機約 1 萬臺，最多不超過 1、5 萬臺，以每機 4、2 人計，江南直接從事絲織生產的織工總數約 3～4 萬人。〔註21〕萬曆二十九年（1601）蘇州「染坊罷而染工散者數千人，機坊罷而織工散者數千人」，《明神宗實錄》卷三百六十一 織工染工近萬人。山西潞安明代極盛時擁有織機達 9000～13000 張。乾隆《潞安府志》卷九

明代江南工業化及從業人員

行　業	社會消費總量	從業人員
棉紡織業	消費 5000 萬匹	170 萬
絲織業	機 1.5 萬臺	3～4 萬
碾米業	消費 900 萬石	4 萬
製鹽業	產 4.8～5.2 萬噸	8 萬
榨油業	油菜籽 480 萬擔、	23 萬（季節工）
	棉籽 100 萬擔	5 萬（季節工）
造船業	390 艘	3500

資料來源：李伯重，江南的早期工業化（1550～1850），社會科學文獻出版社，2000，
38～45；范金民，明清江南商業的發展，南京大學出版社，1998，31

　　手工工場雇工也是手工業者的主體，人數極為龐大。蘇州玄廟口是載於史籍的明代最大的勞動市場。「機戶出資，機工出力，相依為命久矣」、《明神宗實錄》卷三百六十一 「大戶張機為生，小戶趁機為活。每晨起，小戶百數人，嗷嗷相聚玄廟口，聽大戶呼織。日取分金為饔飧計。大戶一日之機不織則束手，小戶一日不就人織則腹枵，兩者相資為生久矣。」蔣以化《西臺漫記》卷四

　　明代榨油中心浙江崇安縣石門鎮，萬曆 17 年（1589）賀燦然《石門鎮彰憲亭碑記》載，「鎮油坊可 20 家，……募旁邑為傭，……二十家合之八百餘人。一夕作，傭值 2 銖而贏。」雙林鎮「各業齊行，則停工唱戲，工價之增，惟其所議，不能禁。油坊博士尤橫，稍不如意，則停工挾制業主，縱橫械鬥，

〔註20〕利瑪竇《利瑪竇中國札記》，廣西師範大學出版社，2001 年，頁 598；《萬曆會典》、《大明一統志》、《讀史方輿紀要》。

〔註21〕李伯重《江南的早期工業化（1550～1850）》，社會科學文獻出版社，2000 年，頁 38～45。范金民《明清江南商業的發展》，南京大學出版社，1998 年，頁 31。

悍無顧忌。」^{民國《雙林鎮志》卷十五「風俗」}

明代景德鎮有民窯 900 座，〔註22〕萬曆時蕭近高《參內監疏》：「鎮上傭工，皆聚四方無籍之徒，每日不下數萬人。」唐英《陶冶圖》記載「工匠人夫，不下數十餘萬。」明末佛山鎮冶鑄工人不下二三萬。^{吳榮光《佛山忠義鄉志》卷五「鄉俗志」}光是打造業天啓初（1622）「炒鐵之肆有數十，人有數千。」^{屈大均《廣東新語》卷十五「貨語」}陝西華州柳子鎮出現數百爐場煉礦砂，「嘯聚千萬人作事」又有「千家鐵匠」。^{萬曆《華州志》卷九「物產述」}萬曆二十八年（1600）鉛山石塘鎮「紙廠槽戶不下三十餘槽，各槽幫工不下一、二千人」。^{康熙《上饒縣志》卷十「要害志」}

明末金聖歎稱：「舊時《水滸傳》，販夫皁隸都看」。^{金聖歎《讀第五才子書法》}

四、特殊群體

軍戶　軍人從元代開始就已經成為獨立的職業，並且世襲。明代的軍人軍戶約在 2000 萬左右。洪武 24 年（1391）南京有 20 萬駐軍。明代在長城內外設置九個重鎮，稱為「九邊」，都駐紮重兵，並大規模軍屯。謝肇淛（1567～1624）《五雜俎・地部》「九邊如大同，其繁華富庶，不下江南。」大同，駐軍最多時達 13 萬人。宣化府，駐軍最多時達 15 萬人。〔註23〕宣府鎮軍戶達 23 萬戶。鋪兵每年工食銀七兩或十兩，天啓元年（1621），驛夫每日錢二十文。

高儒、陳第（1541～1617）是武人中閱讀小說的代表。葉德輝《校刻百川書志序》：「明時武人喜藏書者，惟高儒與陳第二人。」陳第曾隨戚繼光抗倭，官至游擊將軍，喜好讀書藏書。萬曆四十四年（1616）《世善堂藏書目錄題詞》云：「吾性無他嗜，惟書是癖」、「至少至老足迹遍天下，遇書輒買。」高儒嘉靖十九年（1540）《百川書志自序》：「予遭際文明之運，叨承祖蔭，致身武弁，素餐無補，日恐流於污下，蓋聞至樂莫逾讀書。」高儒《百川書志》於「史志」下設「野史」、「外史」、「小史」三門，其中「野史」門收錄《三國志通俗演義》與《忠義水滸傳》兩種，「小史」門收錄《剪燈新話》十二種文言小說。明末張獻忠日使人所三國、水滸諸書，明末梁山地區農民起義也

〔註22〕蕭放《明清江西四大鎮的發展及其特點》，《平準學刊》第五輯，光明日報出版社，1989 年。

〔註23〕韓大成《明代城市研究》，中國人民大學出版社，1989 年，頁 118。

受到水滸小說的影響。劉鑾《五石瓠》

　　僧道　明代戶籍統計中，僧道戶屬民戶，每一個僧道戶就是一所寺廟。洪武九年（1376）徽州府共 115674 戶，有僧道戶 372 戶，平均每 310 個民戶便有一所寺院。全國數量之大可見一斑。洪武五年（1372）統計：「天下僧尼道士女冠，凡五萬七千二百餘人。」《明太祖實錄》卷七十七 至景泰時（1450～1456）已增至數十萬。《明英宗實錄》卷二百二十八「成化十二年度僧一十萬，成化二十二年度僧二十餘萬，以前各年所度僧道不下二十萬，共該五十餘萬。」《明經世文編》卷七十七「軍、民、匠、竈自披剃而隱於寺觀者，又不知其幾。」李彥和《見聞雜記》卷一萬曆年間，僅苑平一縣就有僧道寺院 570 多處。《苑署雜記》寺院是地主。南京有佛寺 60 餘所，佔地幾千畝、幾萬畝、十幾萬畝不等。嘉靖時，「僧道在四民之中，百未有其一，而僧道所得產業，十分乃有其二。」《明經世文編》卷二百二十二

　　容與堂《水滸傳》卷五十七回李卓吾評語挭到過和尚讀《水滸傳》的觀感：「一僧讀到此處，見桃花山、二龍山、白虎山都是強盜，歎曰：『當時強盜直憨地多！』余曰：『當時在朝強盜還多些！』」明末古吳金木散人話本小說集 《鼓掌絕塵》第三十九回寫兩個小沙彌「坐在山門上，拿著一部《僧尼孽海》的春書，正在那裏看一回，笑一回，鼓掌不絕」。袁中道《游居柿錄》卷九還記載了一個和尚閱讀《水滸傳》而模倣魯智深，行為出格至為寺院不容，最後落魄而死的故事。

　　「常志者，乃趙激陽門下一書史，後出家，禮無念為師。龍湖悅其善書，以為侍者。常稱其有志，數加讚歎鼓舞之，使抄《水滸傳》。每見龍湖，稱說《水滸》諸人為豪傑，且以魯智深為真修行，而笑不吃狗肉諸長老為迂腐，一一作實法會。初尚恂恂不覺，久之，與其濟伍有小忿，遂欲放火燒屋。龍湖聞之大駭，微數之。即歎曰：「李老子不如五臺山智證長老遠矣。智證長老能容魯智深，老子獨不能容我乎？」時時欲學智深行徑。龍湖性蝙多塡，見其如此，恨甚，乃令人往麻城招楊鳳里，至右轄處，乞一郵符，押送之歸湖上。道中見郵卒牽馬少遲，怒目大罵曰：「汝有幾顆頭？」其可笑如此。後龍湖惡之甚，遂不能安於湖上，北走長安，竟流落不振以死。」

　　逐漸形成的市民階層不僅分佈在都市，而且也延伸到城市周圍的城鎮。文化傳播的受眾已突破了特定階層而走向了大眾。這樣一個大眾化的受眾體對文化傳播的需要是多方面的，大眾的多層次需求促使文化傳播立體化。

第三章　小說閱讀影響因素與讀者層

　　嘉靖萬曆以後，作爲商業出版日益繁榮、印刷小說豐富繁榮的時代，究竟哪些讀者在閱讀小說？讀者的規模雖然無法準確地估測，但最受歡迎的小說的出版次數之多，也反映出讀者對小說的需求程度。按韓錫鐸、工清原《小說書坊錄》統計，僅以《三國演義》、《水滸傳》、《西游記》爲例，明代刊刻、出版《三國演義》的書坊有 24 家，《水滸傳》有 8 家，《西游記》有 11 家。

表　明代小說刊刻個案

小　　說	時　期	書　坊	刊刻者	刊刻地	總　計
三國志通俗演義（24 卷） 三國志通俗演義（24 卷） 新刻校正古本大字音釋～（12） 新刻按鑒全像三國志傳（20） 新刊校正演義全像～評林（20） 新刊京本補遺通俗演義三國全傳（20）	嘉靖 嘉靖 萬曆 19 年 萬曆 20 年 萬曆 萬曆 24 年 萬曆 30 年 萬曆 33 年 萬曆 37 年 萬曆 38 年 萬曆 萬曆 萬曆 萬曆 天啓 3 年 天啓 崇禎	都察院 司禮監 萬卷樓 雙峰堂 三臺館 誠德堂 三垣館 喬山堂 閩齋 笈郵齋 仁壽堂 天德堂	周日校 余象斗 余象斗 熊清波 鄭世容 鄭少垣 楊起元 鄭以楨 楊美生 黃正甫 夏振宇	金陵 建陽 建陽 閩 建陽 閩 潭陽 建陽 閩　芝城	

		雄飛館 種德堂 植槐堂 黎光堂 寶翰樓 敬堂	熊沖宇 吳觀明 劉龍田 蔡光樓 劉榮吾 王泗源	建陽 閩 吳郡 富沙 吳郡	24
水滸傳	嘉靖 嘉靖 萬曆 萬曆42年 崇禎 天啓	都察院 雙峰堂 書種堂 容與堂 芥子園 文元堂 積慶堂	郭勳 余象斗 袁無涯 劉興我	富沙 金陵	8
西遊記	嘉靖32年 萬曆 萬曆 萬曆 萬曆 萬曆 萬曆 崇禎14年 天啓	清白堂 清白堂 大業堂 世德堂 閩齋 榮壽堂 貫華堂 積慶堂	楊江 楊先春 周如山 唐氏 熊雲濱 楊起元 劉永茂 劉求茂	建陽 金陵 書林 建陽 金陵 蓮臺	11

　　按照現代的觀點，學會閱讀印刷信息首先必須學會複雜的詞語符號，具備解讀專門化詞語編碼的能力。或者受年齡、性別及趣味的不同形成不同的讀者類型，或者按照社會經濟指數（教育程度、職業角度、家庭資產）形成不同的社會讀者層（social stratification）。屬於不同社會群體的受眾，以極不同的方式闡釋同樣的信息。而背景和環境相似的受眾，以相似的方式闡釋同一文本。〔註1〕這些觀點提示我們，小說讀者的複雜性。由於讀者在很大程度上影響了小說的撰寫、出版和傳播，因此多方面地觀察讀者是必要的。影響

〔註 1〕〔美〕戴安娜・克蘭《文化生產：媒體與都市藝術》，譯林出版社，2001年，頁 34、39。

小說閱讀的因素，應該包括包圍讀者的閱讀環境和讀者個體的因素。

第一節　環境因素與小說接受

閱讀需要環境。這不僅指物質環境，諸如閱讀所需要的居處空間、燈燭照明、閒暇時間等適合小說閱讀與接受的「硬環境」；更包括制約和影響小說閱讀和接受的「軟環境」，如地域文化、宗教及小說觀念等精神因素。

一、物質環境與小說接受

閱讀與空間有極大的關係。書齋、茶館、佛寺、閨閣是文學傳播的重要場所；貴族宴和文人遊冶、民間戲場和市井集會，曾經造就彼此有別的兩個文學世界。明初邱濬的傳奇小說《鍾情麗集》提到小姐在閨閣內室閱讀小說《嬌紅記》。清白堂 1642 年刊本《疏果爭奇》的跋語描繪出明末插圖本小說在書齋、茶肆、舟車等場所被廣泛閱讀的情景：「今之雕印，佳本如雲，不勝其觀。誠為書齋添香，茶肆添閒。佳人出遊，手捧繡像，於舟車中如拱璧。」小說閱讀從公共空間到私密內室無所不在。

照明也是影響閱讀的很重要的物質條件，油燈和蠟燭在明代成為民間日用常備，且因商業化生產而價格低廉。明代後期江南地區的榨油業、製燭業相當發達，大小油坊遍佈城鎮鄉村。[註2] 吳江、嘉善、崇德、烏程都有關於油坊、油車的記載。[註3] 蘇州、杭州城內有「油巷」^{正德《姑蘇志》卷十七「坊巷」}、「油車巷」^{萬曆《錢塘縣志》「紀疆」} 的地名。雙林鎮「向有三油坊，博士人數逾百。」^{民國《雙林鎮志》卷十五「風俗」}榨油中心浙江崇安縣石門鎮，萬曆 17 年（1573）賀燦然《石門鎮彰憲亭碑記》載，「鎮油坊可 20 家，……募旁邑為傭，……二十家合之八百餘人。」蘇州郊外則「多開油坊榨菜、豆油」。^{崇禎《吳縣志》卷}由於生產技術的改進，產量極大。用以燃燈之油種類繁多，有豆油、茶油、柏油、花生油。「燈火只用豆油，婦女抹髮則用茶油。」^{崇禎《烏程縣志》}華南盛產茶子樹，「榨油甚清，可食，點燈良。」^{桂林府《興安縣志》}柏油點燈，「為燈極明」。^{《桂平縣志》}福建建安「山麓間多種茶……榨其實為油，可燈，可膏、可釜。

〔註 2〕 王毓銓主編《中國經濟通史・明代經濟卷（上）》，經濟日報出版社，2000 年，頁 649～655。

〔註 3〕 李伯重《江南的早期工業化（1550～1850）》，社會科學文獻出版社，2000 年，頁 129。

閩中大多用之，然獨汀之連城爲第一。」^{王世懋《閩部疏》}「自閩及粵，無不食落花生油，且膏之爲燈，供夜作，今已遍於海濱諸省。」^{檀萃《滇海虞衡志》}

明代中後期製燭業則以蘇州、杭州、松江爲中心，蠟燭鋪規模不小，蘇州有蠟燭店鋪 100 餘家。〔註4〕取杭嘉湖地區如桐鄉縣、秀水新塍鎮盛產的烏柏樹籽榨油，用以作爲生產蠟燭的原料。福州「柏葉紅如楓，實有脂，可爲燭。」^{萬曆《福州縣志》}富陽「村落多種柏樹，參差成行，以應會城造燭之用。」^{康熙《杭州府志》卷六「風俗」}還有一種可放臘蟲的女貞樹，「唐宋以前，澆燭所用白蠟，皆蜜蠟也，此蟲白蠟，自宋元以來人始知之，今則爲日用物矣，四川、湖廣、滇南、閩嶺、吳越東南諸郡有之，以川、滇、衡、永產者爲盛。」^{徐光啓《農政全書》卷三十八}嘉靖時蘇州府城內外油行儲有大量柏油、白蠟，供製燭之需。防倭寇僅長洲、吳縣備蠟燭一夜 3 萬支，一月 90 萬支。蘇州燭業幾乎全由紹興人經營，寧波人業間有從事者。〔註5〕紹興人在「長、元、吳三邑各處開張澆造燭鋪，城鄉共計一百餘家」。萬曆時寧波商人孫春陽在蘇州開有蠟燭鋪。寺廟殘燭斤賣錢 80～92 文。白蠟燭已「爲日用物矣」。正德時，蘇州的燈已行銷四處。《皇都積勝圖》描繪嘉靖末萬曆初年的北京，在正陽門和大明門之間市場出售的貨物也有燈檯。南潯鎮「村民入市買棉，歸諸婦女，日業於此，且籌燈相從夜作」。^{《南潯鎮志》卷九}浙江紡織工「燃脂夜作，男婦或通宵不寐」。^{天啓《海鹽縣圖經》「風土記」}

二、精神環境與小說接受

地域文化影響小說接受。以典型的江南地域爲例。江南自明代中葉起成爲全國經濟重心，雄厚的經濟實力造就濃鬱的文化氛圍。明代開科 89 次，共取進士 24866 名，其中江南 3864 人，占全國 15.54%。〔註6〕徽州共有 444 名進士，《明史》中列入本傳的徽州籍進士就有 40 人之多。明代重要的著名的文學家都來自江南：浙江宋濂、劉基；「吳中四傑」高啓、楊基、張羽、徐

〔註4〕 陳學文《中國封建晚期的商品經濟》，湖南人民出版社，1989 年，頁 160；范金民《明清江南商業的發展》，南京大學出版社，1998 年，頁 46。

〔註5〕 嚴城守《籌海圖編》卷二十；張曉旭《蘇州碑刻》，蘇州大學出版社，2000 年，頁 267；陳學文《中國封建晚期的商品經濟》，湖南人民出版社，1989 年，頁 160、228；錢詠《履園叢話》卷二十四；鄭光祖《一斑錄》雜述三。

〔註6〕 范金民《明清江南商業的發展》，南京大學出版社，1998 年，頁 342；周致元《儒家倫理與明代徽州籍進士》，《安徽大學學報（哲社版）》，1999 年 4 期。

貢；「吳中四子」祝允明、唐寅、文徵明、徐禎卿；湖南茶陵人李東陽「茶陵
派」；江浙人唐順之、茅坤與福建人歸有光「唐宋派」；湖北公安人三袁「公
安派」；湖北竟陵人鍾惺、譚元春「竟陵派」；小品文名家張岱、王思任（均
屬浙江）、張溥（江蘇）、陳子龍、夏完淳（均屬上海）等。江南一直是小說
創作和接受的重要基地，龐大的小說讀者、著者幾評點者都來自江南，並影
響全國。〔註 7〕從閱讀趣味來看，南北地域也有不同，「南人喜談如漢小王蔡
伯喈楊六使，北人喜談如繼母大賢等事甚多。」

　　宗教文化影響小說接受。明代宗教文化的典型特點是三教融通與世俗
化傾向。佛教、道教與儒教高度融合，形成三教歸一的特色。《明史・禮志》
記載：「今朝常祭之外，又有釋迦牟尼文佛、三清三境九天應元雷聲普化天
尊。」新儒家創建書院和社會講學，以農工商賈為基本聽眾大規模布道。〔註
8〕泰州學派創始人王艮（1483～1541）初為灶丁，泰州門下有樵夫、陶匠、
田夫，世俗化色彩濃重。陶匠韓貞「以化俗為任，隨機指點農工商賈，從之
遊者千餘。秋成農隙，則聚徒談學，一村畢，又之一村。」《明儒學案》卷三十二

　　明代「三教合一」運動，為小說接受開闢了更為廣闊的門徑。三教融通
的宗教信仰激發了全社會的好奇尚異心理，全社會的好奇尚異心理，孕育了
人們對神鬼怪異故事的審美需要，而這種需要則推動了宗教題材小說的創作
和流行。明代中後期允斥書肆的神魔小說與此密不可分。據統計，明代現存
的 80 篇白話中長篇小說中，神魔小說約有 30 餘部，占總數的 37.5%。〔註9〕

　　小說觀念影響小說接受。讀者在何種意義上閱讀和接受小說，決定著
讀者以何種眼光和態度閱讀和批評。作為文體概念，明代存在兩種意義上的
「小說」。〔註10〕一類是作為補充正史的一種獨立文體，一類是供人閱讀消遣
的故事。

　　將小說視為史傳的附庸，即是傳統目錄學的「小說」概念，承襲班固《漢
書 藝文志》之「小說家」和《隋書經籍志》之「雜史」、「雜傳」，將小說列

〔註 7〕　王永健《明清小說與江蘇論綱》，《蘇州大學學報（哲社版）》，2000 年第 1 期；
　　　　馮保善《明清小說與明清江蘇經濟》，《江蘇社會科學》，1999 年第 3 期。
〔註 8〕　余英時《士與中國文化》，《中國近世宗教倫理與商人精神》，上海人民出版
　　　　社，1987 年，頁 541、507。
〔註 9〕　胡勝《明清神魔小說研究》，中國社會科學出版社，2004 年。
〔註10〕　參見石昌渝《中國小說源流論》，三聯出版社，1994 年，頁 1～13；劉書成《中
　　　　國古代小說理論批評對小說進行文化定位的三個矛盾層面》，《西北師大學報
　　　　（社科版）》，1998 年第 3 期。

入子部或史部。胡應麟《少室山房筆叢》「九流緒論」下：「小說，子書流也」。祁理孫《奕慶藏書樓書目》在子部「稗乘家」著錄小說，分「說彙」、「說叢」、「雜筆」、「演義」。萬曆間高儒《百川書志》於「史志」下設「野史」門，收錄《三國志通俗演義》與《忠義水滸傳》兩種。晁瑮《寶文堂書目》上卷「史雜」類有《李唐五代通俗演義》；中卷「子雜」類著錄明話本、及《忠義水滸傳》、《三遂平妖傳》（上下卷）、《水滸傳》（武定板）、《三國志通俗演義》（武定板）。這種「小說」觀念強調的是小說「羽翼正史」的教化功能。明代前期話本，道德勸誡成分稀薄，政治寓意更是罕見，因此不受文人待見。

另一種小說觀念是「小說」是供人閱讀消遣的故事。這類小說應「閒暇」消遣而生，如郎瑛（1487～1566）《七修類稿》卷 22 所言：「小說起於仁宗時，蓋時太平盛久，國家閒暇，日欲進一奇怪之事以娛之」。嘉靖時期的小說家洪楩更以「雨窗」、「欹枕」、「長燈」、「隨航」、「解悶」、「醒夢」等題目強調了小說的這一功能。胡應麟不僅輕視《柳毅傳》「鄙誕不根，文士亟當唾去」；更鄙棄白話小說，「今世傳街談巷語，有所謂演義者，蓋尤在傳奇雜劇下。」而這樣的小說卻因為通俗娛樂性備受市民讀者的青睞。

雅俗觀念的轉變也影響到小說的傳播與接受。小說歷來被認為是淺俗的讀物，「其言俗薄」難登大雅之堂。﹝註11﹞而到了明代，小說之「俗」被肯定、稱頌。修髯子認為通俗演義能使天下之人「入耳而通其事，因事而悟其義，因義而興乎感」，比起「事詳而文古，義微而旨深，非通儒夙學，展卷間，鮮不便思困睡」（《三國志通俗演義引》）的「史氏所志」來，具有無可替代的優勢。馮夢龍更公開申明「三言」意在「導愚」、「適俗」，主張小說應適應「里耳」，「話須通俗方傳遠」（《醒世恆言序》）。

正是因為明代中後期社會經濟文化的繁榮，在物質層面和精神層面為小說的閱讀提供了更好的條件和空間，使小說閱讀行為在更廣泛意義上的實現成為可能。

第二節　讀者因素與小說接受

在嘉靖萬曆那樣一個小說閱讀興趣異常突出的時代，小說讀者的閱讀傾向同時也受年齡、性別、教育、經濟、階層、職業及趣味等因素的影響而不

﹝註11﹞浦江清《說小說》，《當代評論》，1944 年第 4 卷 8～9 期。

同。其中，教育與經濟對於讀者閱讀的影響尤為基礎和重要。

一、教育與小說閱讀

　　這裏的教育，主要指獲得本民族語言讀寫能力的機會和水平。如果認為近代以前的中國教育只是一種以科舉考試為目的的應試教育，而且這種教育僅限於少數人，那麼這種看法是不全面的。杜熙德（Denis Twitchett）認為：「我們經常錯誤地從表面價值接受了中國文人的觀點，即識字完全是為學習儒家經典打基礎。倘若以此標準來看，中國識字的人確實非常有限。然而毫無疑的是，此外還有很多的人，儘管按照經典學術的標準來說是沒有受過教育的，但無論如何是識字的。」〔註12〕

　　明朝的教育普及是全方面的，突出表現在社學的興辦和書院的興起。明代是教育機會增加而民眾識字率提高很快的時代。教育的普及使獲得學習閱讀的機會有相當廣泛的可能。〔註13〕

　　明初書院僅設有洙泗、尼山兩書院，沿襲元代之舊，至成化年間私人書院興起，至嘉靖年間，達於極盛。據統計，明代書院共有 1239 所。〔註14〕明朝的官學如國子監和府州縣儒學，教育對象主要針對中央和地方貴族官僚十五歲以上的子弟。〔註15〕在城鎮鄉村，有所謂「小學」（包括社學、冬學、義學、義塾、家塾、鄉學、家學等私學），針對的是十五歲以下的民間子弟。洪武八年開始普建社學，每 35 或 50 家一所。明初有社學 1438 所。〔註16〕也有人估計，明朝社學可能達到 8～10 萬所。〔註17〕「蓋無地而不設之學，無人而不納之教。癢生序音，重規疊矩，無間於下邑荒徼，山陬海涯。此明代學

〔註12〕 Evelyn Sakakida Rawski: Education and Popular Literacy in Ch'ing China，（Ann Arbor：University of Michigan Press，1979），　P.23.

〔註13〕 參看毛禮銳《中國古代教育史》，人民教育出版社，1979 年；陳學恂主編《中國教育史研究（明清分卷）》，華東師範大學出版社，1995 年；吳霓《中國古代私學發展諸問題研究》，中國社會科學出版社，1996 年。

〔註14〕 曹松葉《宋元明清書院概況》，《中山大學語言歷史研究所周刊》第 10 集，第 113 期。

〔註15〕《明史》卷六十九《職官志》：洪武元年，明太祖令政府各衙門遣品官子弟和民之俊秀者入國子監。「洪武二年，太祖初建國學」，以官員子弟及民俊秀、年十五以上、讀過四書者充之。

〔註16〕 吳霓《中國古代私學發展諸問題研究》，中國社會科學出版社，1996 年，頁 113。

〔註17〕 何博傳《山坳上的中國》，貴州人民出版社，1989 年，頁 222～229。

校之盛，唐宋以來所不及也。」《明史》卷六十九「選舉志」一

　　明代中後期，社學雖興廢不一，多學、義學、義塾、家塾、鄉學、家學蔚然成風。義學主要在鄉間設立，私塾附設於家庭或宗族內部，多學作爲適應農時變化的靈活辦學方式而存在。義學、義塾多爲私人或社會集團捐資興辦，江南的義學、書院多是商人出資興建，面向民間貧寒子弟，對學生實行免費教育，甚至補貼膏火費。〔註18〕社學、義學、私塾、書院、家學構成特點各異的教育網，遍及全國，平民子弟受教育率大大提高。明代尤其是江南地區，大眾教育非常普及的情況，由地方志的一般描述中可見一斑。史稱江南「人皆知教子讀書」、「田野小民，生理裁足，皆知以教子讀書爲事」。嘉靖《上海縣志》卷一「風俗」第三；嘉慶《松江府志》「風俗」引正德志；光緒《青浦縣志》「風俗」引萬曆志 早在洪武初年，蘇州府就已「雖閭閻村僻之所，莫不置句讀師以訓童蒙。」洪武《蘇州府志》卷十六「風俗」 萬曆時的松江府，「雖鄉愚村僻，莫不置句讀師以訓童蒙」。光緒《青浦縣志》「風俗」 可見教育已深入農村。

　　教育的接受者不僅限於富家子弟，農民子弟也能入村塾。「鄉民習耕作，男子七八歲時亦從師讀書，有暇則斫草飼羊，或隨父母作輕便工」。《雙林鎮志》卷十五「風俗」 杭州府城外「子弟就塾，率十五罷就農」。〔註19〕松江府金澤「男子生五歲至十歲，上學識字，貧者多出就外傅，……或別有生理，亦不費幼學焉」。《金澤小志》卷一「風俗」 徽商鮑志「七歲讀書，年十一即棄家習會計」。歙縣《棠樾鮑氏宣忠公堂支譜》卷二十一

　　蒙學教育首先是識字教育，基本的識字量是兩千左右的常用字。〔註20〕一個貧家子弟入村塾一二年，大體就可以掌握常用的漢字了。雖然這些學校的在校人員通常是短暫的，鄉下下層勞動人民的孩子可能會在十歲左右參加勞動而離開學校，〔註21〕但至少已經具有了初等水平的書寫和閱讀能力，比

〔註18〕張海鵬、王廷元主編《明清徽商資料選編》，黃山書社，1985年。

〔註19〕《南漳子》序，轉引自李伯重《江南的早期工業化（1550～1850）》，社會科學文獻出版社，2000年，頁445。

〔註20〕20世紀50年代我國群眾掃盲運動中，成人脫盲爲識1000字。國外學者研究漢字出現頻率發現，在比較簡單的文獻中，最常用的78個、353個和1169個漢字分別占所出現全部漢字的50%、70%和91%。Evelyn Rawski: Education and Popular Literacy in China，P2～3。換言之，即使只識數百字，也可以瞭解較簡單的文字材料的大意。而研究者分析清代社學使用的教材發現，一個學童通常一年內要學近2000個漢字。

〔註21〕乾隆《吳江縣志》卷三十八：盛澤「兒女自十歲以外皆早暮拮据以糊其口」；

如孝靖皇后「百子衣」上看書的兒童，〔註22〕比如「諸家字體，隨意書之」的絲織手工業者。弘治《吳江志》卷十五「藝文」莫旦《蘇州賦》

　　Evelyn Rawski 估計清代識字率，男子為 30～40%，女子為 2～10%。還有人估計 19 世紀初廣東農村男子識字率為 40～50%，廣州城則達到 80～90%。近代對江蘇南部 215 個農村的調查也顯示：在 19～70 歲的村民中，有 40%的人具有某種程度的閱讀能力。〔註23〕儘管我們對 15、16 世紀的民眾識字率難以做出準確估計，但由遍佈全國的教育網可以判斷明代識字率達到了比較高的水平。廣泛的教育渠道，教育的普及意味著文盲率的下降，讀書人的增多，小說可能的讀者增多。

二、收入與小說閱讀

　　社會平均收入與消費的比率決定著具有識字能力的人有沒有能力或可能支付像書籍這類消費品的花銷，這直接影響到誰是小說最有可能的讀者或者說實際的讀者。

　　當然對於實力雄厚的大商人來說，定價紋銀 2 兩的《封神演義》不在話下；即便是五十金的《金統殘唐記》，其購買力也毋庸置疑。兩淮商人黃鈞太，早晨雞蛋一枚就值紋銀一兩。商人徐尚志蓄私家戲班，「僅供商人家宴，而歲費三萬金。」《揚州畫舫錄》卷六資本額在白銀數千兩及三百五十兩的中等商人一個早晨就可能收入五十金，比如「張少司馬未貴時，太翁已致富累鉅萬。五更籌燈，收布千匹，運售閶門，每匹可贏五十文，計一晨得五十金，所謂雞鳴布也。」許仲元《三異筆談》卷三「布利」

　　我們試圖通過具體分析處於江南城鎮下層的村民與雇工的收入與消費，瞭解市民階層中有能力購買小說的下限。

　　先以商品性生產為特色的江南個體農民為例，個體農民的收入來源「田中所入與蠶桑各具半年之資」，徐獻忠《吳興掌故錄》卷十二「風土類」桑田收入是稻田的 3.5 倍。〔註24〕明末嘉興農村「男治田地可十畝，女養蠶可十筐，日成布可二匹，或紡棉紗八兩，寧復憂飢寒乎」。張履祥《補農書》卷下據估算，明末農民的

　　　清吳玉樹《東林山志》卷二十一「方產」：「女子十歲後皆學打棉線」。

〔註22〕《定陵——地下宮殿》，北京人民出版社，1973 年。

〔註23〕Evelyn Rawski: Education and Popular Literacy in China, University of Michigan Press（Ann Arbor），1979，P5。

〔註24〕范金民《江南絲綢史研究》，農業出版社，1993 年，頁 88。

一般收入約為銀 30 兩。〔註 25〕參照清初江南農戶溫飽型的消費水平，五口之家，全年生活消費支出共約銀 32、6 兩，其中食物占 76%，〔註 26〕收入與支出似乎相抵。再看手工業者的收入。緝麻之家「請織匠織成布」，吳其睿《植物名實圖考》卷十四 元末明初時織工「業雖賤，日傭為錢二百緡。」徐一夔《始豐稿·織工對》「代鄰人紡績，計工而取錢，易米鹽而自給。」《閱世篇》棉「織者率日成一匹」「匹夫匹婦，五口之家，日織一匹，贏錢百文。」光緒《嘉定縣志》卷八「土產」十天可得一石米的收益。織綢，濮院綢「大約輕綢日可一匹，重者二三日不等」，乾隆《濮院瑣志》卷一「機杼」盛澤紡綢「每綢一匹，織造時須二日至五日之工夫。」《古今圖書集成·職方典》卷七百「松江部物產考」二「工藝三紗布，售價有一匹貴至白銀百兩者。」濮院「女工多工絡絲，每一兩給錢三文，近則倍之，一日所獲可以自給」。《濮院瑣志》卷七「雜流」手工工場雇工，汪道昆提到嘉靖時有給冶鐵商人「貸諸傭人錢百萬」的。汪道昆《太函集》卷四十三「海陽新溪朱處士墓誌銘」萬曆 17 年賀燦然《石門鎮彰憲亭碑記》載，石門鎮榨油工「一夕作，傭值 2 銖而贏。」崇禎間燒爐工每日工食銀八錢。孫趁著《春明夢餘錄》卷三十八 農業雇工規模也很龐大，四川內江的蔗田經營「平時聚工習作，家輒數十百人」、「其壅值工值，十倍於農。」道光《內江縣志要》卷一 〔註 27〕明末長工平均全年工價為銀 4 兩 1 錢半。〔註 28〕

萬曆年間，一個傭工每天工錢 25 文到 30 文，月收入為一兩多銀子。一個刻工每天刻字 110 多個，每月刻 3300 字，每千字按 0.3499 兩計算，一個月可獲得 1.155 兩銀子。〔註 29〕以此時一兩銀子值七百文計算，一個刻工的月收入相當於一兩公石的大米。又據萬曆二十一年（1593）刊行的《宛署雜記》，

〔註 25〕明末《沈氏農書》記載，一個男勞力，種水稻 8 畝，除掉租額，最好年成淨得米 8 石，按平常價格，值銀 8 兩。如果有 2 名婦女，每年能織絹 120 尺，扣除成本與一切費用，包括 2 人的口糧，實得銀 30 兩。陳恒力《補農書研究》推算，養蠶一筐，約需耗成本銀 1 兩。農家兩名婦女，每年織絹 120 匹，計得銀 120 兩。生產成本：經絲價 50 兩，緯絲價 27 兩，設備與工具 5 兩，婦人口食 10 兩，共計 92 兩，純收益為 28 兩。

〔註 26〕清初江南農戶溫飽型的消費水平，五口之家，口糧約 18 石，為銀 18 兩，油鹽菜蔬等副食為銀 7 兩，居屋開支為銀 1、6 兩，衣服用布 3 兩，燃料 3 兩，全年生活消費支出共約銀 32、6 兩，其中食物占 76%。方行《清代江南農民的消費》，《中國經濟史研究》，1996 年第 3 期。

〔註 27〕龍登高《中國傳統市場發展史》，人民出版社，1997 年，頁 336。

〔註 28〕黃冕堂《清代農村長工工價縱橫談》，《中國經濟史研究》，1992 年第 3 期。

〔註 29〕彭信威《中國貨幣史》第七章「明代的貨幣」，上海人民出版社，1965 年。

卷十四、十五「經費」記載，當時的物價，雞爲每隻 4 分銀子，狗每隻 5 分銀子，白布每匹 2 錢銀子，紅棗每斤 1 分 3 釐銀子。若按此計算，售價 2 兩銀子的《封神演義》就相當於 50 只雞、40 只狗、10 匹白布、154 斤紅棗。通俗小說刻本對於普通的下層勞動者而言是奢侈品。

事實上，農民從事商品性生產的報酬還是相當豐厚的。據記載：「養蠶人以筐計，凡二十筐，傭金一兩；繰絲人以日計，每日傭金四兩，或一車六分。」^{陳繼儒《陶奇工致富奇書》卷二}松江「木棉百斤一擔，值銀一兩六七錢，崇禎初漸至四五兩」、標布「每匹約值銀一錢五六分，最精不過一錢七八分至二錢而止。」^{葉夢珠《閱世編》卷七「食貨」一、六}按每匹布 1 錢 6 分計，扣除成本，獲利 1 錢 2 分。以日織 1 匹計，一個婦女月織 30 匹，收益爲銀 4 兩 8 錢。文獻裏記載農家生活水水準似乎也不低。拿婦女抹髮的茶油而言，崇禎時「燈火只用豆油，婦女抹髮則用茶油。」^{崇禎《烏程縣志》}有評價說，茶油與豆油價相似，而與米等，原非賤物，農婦卻用以抹髮。江南地區萬曆時期的消費風氣是「好費樂便，無宿儲，悉資於市。」^{正德《姑蘇志》卷十二}即使在絲織業和棉紡織業發達的農村，農戶所消費的糧食，也大部分從市場上購買，以崇禎五年白米每鬥「值銀一錢」，^{葉夢珠《閱世編》卷七食貨四}即每石值銀 1 兩米衡量，江南農民具有一定的購買力。

而當時的基本生活物資的價格又比較低廉，從以下米、鹽、薪的價格可略窺一斑。江南城鎮人均食米年 3 石。萬曆時，江南一帶豐年米價每石 5 錢，到天啓時每石至 1 兩 5 錢。以江蘇省而言，萬曆十七年升米 200 錢，天啓以前斗米 100 文，崇禎年間斗米約 3 錢或 4 錢。麥價一般相當於米價的 8 成，貴時或者與米同價。嘉靖二十三年浮梁縣斗麥 1 錢 5 分。〔註30〕明代後期，湖廣一帶淮鹽官價，1 斤銀 1 分左右，私鹽 1 釐 5 毫左右。〔註31〕長沙、蒲圻是淮鹽販賣區，天啓元年長沙淮鹽每斤 2 錢，比官價貴 20 倍。蒲圻鹽每包 7 錢，淨鹽 60 斤爲 1 包，1 斤約 1 分 1 釐 7 毫。桑植鹽每包 1 兩 2 錢，每斤 2 分，均高於官價。〔註32〕薪價：永樂 22 年「每百斤官價錢五貫」^{《明仁宗實錄》}^{卷四上}正德十年太倉州薪百斤錢 50 文，^{民國《太倉州志》卷二十六}以當時銀 1 分錢 7

〔註30〕羅麗馨《明代災荒時期之民生——以長江中下游爲中心》，（臺）《史學集刊》，2000 年第 1 期；毛德富《明中後期市民文學中的價值變異與消費觀念》，《文藝研究》，1998 年第 2 期。

〔註31〕徐泓《明代的私鹽明史研究論叢》A 輯，（臺）大立出版社，1982 年，頁 547。

〔註32〕劉森《明代鹽業經濟研究》，汕頭大學出版社，1996 年，頁 359。

文計算，亦 7 分多。嘉靖十五年宿州束薪錢 1000 文，約銀 1 兩 4 錢 3 分。明代後期湖州府歸安縣稻草價每百斤值銀 5.6 分。《沈氏農書》「蠶務」陝西涇陽縣「每炭一石賤不下四五錢，貴則五七錢不止」，宣統《涇陽縣志》卷十六崇禎時每斗由四分降至二分五釐。清初上海地區柴百斤約銀 6、7、8 分或 1 錢內外。葉夢珠《閱世編》卷七

明代各時期銀錢比價表

時間	銀（錢）	銅錢（文）	備　　注
洪　武	1	100	
成　化	1	80	16 年偽錢盛行 1 錢＝130 文
弘治初	1	70	
正　德	1	70	
嘉　靖	1	70	市價好錢時 1 錢＝30 文
	1	80	
隆　慶	1（金背）	80	
萬曆 13 年	1	55	或 1 錢 50 文，39 年時，市價銀 1 錢＝66 文
天啓元年後	1	65	崇禎 13 年，1 錢＝蘇州淨錢 200 文，通行的錢 200 文，更差者 500 或 600 文.
崇禎初			

資料來源：彭信威《中國貨幣史》，頁 677、683、693、694、711。

從收入消費比例來看，隨著經濟發展，民眾的收入在上陞和提高，民間社會有餘力消費的人口在增多。在教育普及、識字率水平提升的文化基礎上，對於書籍這樣的消費需求顯然也在增長。以定價二兩的《封神演義》為例，一個每日傭金四兩的繅絲人，一個月收益銀 4 兩 8 錢的紡織婦女，還不太可能購買小說來消遣，但至少已經具備一定的消費購買能力，他們可能是潛在的「閱讀大眾」的一部分；真正的圖書消費的主體，應該是比這些下層勞動者收入更高的社會階層。

第三節　小說書價與讀者層分析

在討論到明代通俗小說的讀者層時，日本學者磯部彰在《關於明末〈西遊記〉的主體接受層的研究——明代古典白話小說的讀者層問題》中認為「小說的主體接受層是以官僚讀書人、富商等為中心的統治階層」。大木康的《關於明末白話小說的作者與讀者》認為白話小說的讀者包括以生員為主的科舉考生及商賈兩大類。美國學者何谷理《明清白話文學的讀者層辨識——個案

研究》認為，白話文學的讀者層應該分為文化程度很高富裕社會精英階層和中等文化程度的普通讀者。〔註33〕

　　日美學者顯然是將小說書價作為判斷的重要論據，但是不該忽略的是，如果以書價辨識讀者層，以嘉靖前後分期討論更有意義。因為嘉靖以前，按收入消費比衡量，售價昂貴的小說只有皇帝消費得起，其他連一品大員都買不起。明朝官俸按洪武二十五年（1392）定制，正一品官員月俸八十七石，《明史》卷八十三志五十八食貨六按明朝官俸折銀米規定，六錢五分當米一石，正一品月俸合銀 54 兩 8 錢 1 分，另加銅錢 4263 文許，共計白銀 60 兩零 9 錢，相當於正德時期一部善本小說《金統殘唐記》五十金的售價。而嘉靖以後，隨著商業印刷、出版及流通業的快速發展，圖書市場已經形成比較成熟的定價機制；書坊之間為了搶奪市場，取得競爭優勢，也會產生價格競爭。書坊業的繁榮與競爭的日趨激烈在很大程度上促成通俗小說刻本價格的下降。

一、萬曆後通俗小說刻本的理論書價與理論讀者層

　　影響圖書定價的因素與萬曆時平均書價　書坊主要以製作成本作為圖書定價的依據，包括板材、紙張、刻工價、印刷及裝幀等費用的綜合折算。明時圖書的定價已形成一套特定規律，據胡應麟《少室山房筆叢》甲部「經籍會通四」記載：

　　　「凡書之直之等差，視其本，視其刻，視其紙，視其裝，視其刷，視其緩急，視其有無。本視其鈔刻，鈔視其訛正，刻視其精粗，紙視其美惡，裝視其工拙，印視其初終，緩急視其時，又視其用，遠近視其代，又視其方，合此七者參伍而錯綜之，天下之書之直之等定矣。」

　　　「凡本，刻者十不當鈔一，鈔者十不當宋一」

　　　「凡刻，閩中十不當越中七，越中七不當吳中五，吳中五不當

〔註33〕參見磯部彰《關於明末〈西遊記〉的主體受容層研究》，《集刊東洋學》第44輯，頁55～56；大木康《關於明末白話小說之作者與讀者──據磯部彰氏之論》，《明代史研究》1984 年 12 期，頁 1～15；大木康《明代江南出版文化之研究》，《廣島大學文學部紀要》第 50 卷特輯 1 號，頁 104；何谷理（Robert E.Hegel）《Economic and Technological Factors in the Development of the TraditionalNovel（章回小說發展中涉及的經濟技術因素）》，Han-hsueh yen-chiu，pp191～197.

燕中三，燕中三不當內府一。」

「凡印，有朱者，有墨者，有靛者，有雙印者，有單印者，雙印與朱必貴重用之。凡板漶滅，則以初印之本為優。」

「凡裝，有綾者，有錦者，有絹者，有護以函者，有標以號者，吳裝最善，他處無及焉，閩多不裝。」

「其精，吳為最，其多，閩為最，越皆次之；其直重，吳為最；其值輕，閩為最；越皆次之。」

可見，影響圖書定價的基本因素主要是：物質工本，如雕刻、手抄、用紙等；形式，如精粗、美惡、工拙等；內容，如真偽、時代的遠近等；發行，如刻印地的遠近等。

萬曆後期圖書定價實例及小說的理論讀者　現存的明代小說很少直接在書上標明價碼。目前所見，僅有兩部。日本內閣文庫藏明萬曆四十三年（1615）蘇州龔紹山刊本《新鐫陳眉公先生評點春秋批評列國志傳》12 卷 226 則，約 40 萬字，扉頁正中底下鈐有「每部紋價壹兩」。日本內閣文庫藏明萬曆天啓間蘇州舒載陽刊本《新刻鍾伯敬先生批評封神演義》20 卷 100 回，約 70 萬字，封面書名下方有「每部定價紋銀貳兩」。

以清初李漁南歸降價售書為參照，可見《封神演義》、《列國志傳》的書價是當時小說的一般定價，遠低於當時的平均書價。李漁售書「價較書肆更廉不論，每部幾何但以本計。每本只取紋價五分，有套者每套又加壹錢。南方書本最厚，較之坊間所售者，一本可抵三本。」所列書目中的小說《十二樓》、《連城璧》每部各六本，一部書售價約三錢，「較之坊間所售者，一本可抵三本」可推斷坊間售價約紋銀九錢。考慮到篇幅的因素，《封神演義》約七十萬字，《十二樓》約十九萬字，《連城璧》約二十五萬字，書價總體上較為接近。如二十卷本的《封神演義》書價 2 兩，合每卷 0.1 錢，遠低於萬曆間的平均每卷書價。

即便如此，二兩銀子是當時購買一畝地的價格。按照這個定價，通俗小說的讀者即如前述研究者所言，「必定是有錢的官紳地主商人及其子弟」，〔註34〕「能買得起書，尤其是有餘貲購買詩詞、曲賦、小說等文學書籍的，主要還是皇家貴族、達官貴人、土豪富商或文人學士。」〔註35〕

〔註34〕石昌渝《通俗小說與雕版印刷》，《文史知識》，2000 年第 2 期。
〔註35〕郭英德《元明的文學傳播與文學接受》，《求是學刊》，1999 年第 2 期。

　　同時也可以看到，萬曆時期小說讀者除皇室貴族、達官富商和文人學士之外，也已經擴大到中下層文人和中小商人。按萬曆時的米價，《封神演義》折合米三石，一個國子監博士、學正和學錄一個月的月俸已可購買一部《封神演義》，甚至不入流的翰林院孔目、掌饌，也具有此購買力。並不特別富裕的小商人，如萬曆時北京宛平、大興資本額為白銀數十兩以至數兩達 3.4 萬戶的小鋪商，_{沈榜《宛署雜記》卷十三「鋪行」}也具有一定購買小說的能力。

　　普通市民的收入也已不低，如《金瓶梅》第 22 回中，李銘在西門慶家教唱，工錢就是每月 5 兩銀子；第 29 回中吳神仙相一次面，相金是 5 兩銀子；第 63 回中西門慶請韓先生為死去的李瓶兒畫影，一次賞了 10 兩銀子。

二、通俗小說刻本的實際可能價格與主要讀者層

　　通俗小說的價格不足以參考當時四部典籍的書價，也不能以一兩部小說的標價為衡量標準，現實圖書定價實際更為複雜。因為很少明碼標價，圖書價格的隨意性很大，往往由書肆主人視具體情況而掌握。或者視讀者貧富程度及是否急需而定，「問以交易有無定價？則云：『各視其人為之。』」（王維泰《汴梁賣書記》卷上「記賣書」）或者視圖書庫存多寡而定，「囑買《大清會典》二冊，禮部早經印刷完畢，買現成者約每部工價六十金上下。如要買須早寄銀來，遲恐漸買漸少且要長價也。」（《名賢手箚・鄉先哲・張柔青手箚》）

　　從明代中後期通俗小說出版的實際情況來看，由於書坊刻書純以營利為目的，書坊主追求最大利益，千方百計降低成本，易制速成，可能降低小說書價。

1、降低成本的措施

　　紙張和刻木：普遍使用疏鬆的木料和脆薄價廉的紙張印刷書籍，稍經刷印，即書板豁裂、字迹漫漶。書坊還流行拼接印刷，或直接，或橫接，以節約用紙。「建陽有書坊，出書最多，而板紙俱最濫惡，蓋徒以射利計，非以傳世也。大凡書刻，急於射利者必不能精，蓋不能捐重價故耳」、「近來閩中少有學吳刻者，然止於吾郡而已。能書者不過三五人，能梓者不過十數人，而板苦薄脆，久而裂縮，字漸失真。」_{謝肇淛《五雜俎》}「閩中紙短窄黧脆，刻又舛訛，品最下而值最廉。餘筐篋所收，什九此物，即稍有力者弗屑也。」_{胡應麟}

《少室山房筆叢》

縮板或合刊：嘉靖十一年（1532）福建「近時書坊射利，改刻袖珍等版，款制偏狹，字多差訛。」^{嘉靖建寧刻本《春秋四傳》}或者出小字本（巾箱本）。「小本挾書始於宋時，見戴埴《鼠璞》，近時坊間所刊尤多，且多訛字。」^{《冷廬雜識》卷六「小本書」}小字本書型狹小，紙張粗劣，校勘粗陋，售價也相對低廉。文英堂、文錦堂都出過題「李卓吾評點」的《列國志傳》小字本。或合印：崇禎雄飛館主人雄飛合印《英雄譜》，將《水滸傳》和《三國演義》合刊，每半頁上三分之一處印《水滸傳》，半頁 17 行，行 14 字，下三分之二處印《三國演義》，半頁 14 行，行 22 字，每半頁共印 546 字。這樣只要花不到一部書的價錢，就可以欣賞到兩部書，書前還有一百幅插圖，還有名士評點。

或刪節本，通俗小說刻本的價格還受篇幅長短的影響。大部頭的長篇或短篇合集，由於量大，價格也就顯得較高，一般較短的通俗小說刻本的書價自然低得多。許多書坊刊刻通俗小說刪節本也就是為了縮短篇幅，降低成本，下壓銷售價格，從而贏得價格優勢。胡應麟《少室山房筆叢》：「余二十年前所見《水滸傳》本，尚極足尋味，十數載來，為閩中坊賈刊落，止錄事實，中間遊詞餘韻、神情寄寓處，一概刪之，遂幾不堪復瓿。」

盜版或翻刻：明代以來通俗小說一經問世，就會出現眾多的盜刻和翻刻本。馮夢龍《智囊全集》說：「吳中鏤書多利，而甚苦翻刻。」袁宏道則說：「往見牟利之人，原板未行，翻刻踵布。」余象斗《四遊記》：「射利者……專欲翻人已成之刻者」。萬曆時杭州書商刻印《月露音》，於書後加蓋朱印，稱「如有翻刻，千里究治」；崇禎時南京書商出版的《道元一氣》書前也附有告白：「倘有無知利徒，影射翻刻，誓必聞之當道，借彼公案，了我因緣。」〔註36〕盜刻和翻刻本增多，價格必然下降。嘉靖年間杭州人郎瑛：「閩專以貨利為計，但遇各省所刻好書，聞價高即便翻刻，卷數目錄相同，而於篇中多所減去，使人不知，故一部止貨半部之價，人爭購之。」

2、小說可能的價格

通俗小說刻本的價格因書坊的大量刊刻與低質低成本操作而更為便宜。以有明確「定價紋銀貳兩」的《封神演義》和「定價紋價壹兩」的《列國志傳》為例，書坊不僅強調「新鐫」，所謂「新鐫」就是書坊所用的印板為書坊

〔註36〕 袁逸《明後期我國私人刻書業資本主義萌芽因素的活躍與表現》，《浙江學刊》，1989 年第 3 期。

新刻，不是沿用舊板，而是原刊正版小說，這保證了刻印效果，當然也大大地增加了成本；而且版式疏朗，刻印精良，有大量精美插圖（《封神演義》有插圖 100 幅），評點詳細；又是在最講究刻本質量的蘇州刻成，相比較其他坊刊本，這一定價顯然是偏高的。可以設想，《列國志傳》和《封神演義》，如果以書坊降低成本的方式印刷出版，其書「一部止貨半部之價」，至多在 5 錢或 1 兩。

小說版式比較

書　名	刊　　本	卷　數	版式、字數	頁　數	書　價
封神演義	萬曆蘇州舒載陽刊本 清覆明本	20 卷 100 回 8 卷 100 回	10/20，200 15/32，480	50 頁，100 面 20 頁，　40 面	紋銀二兩
列國志傳	萬曆姑蘇龔紹山刊本 萬曆已卯（1615）本 內府抄本 萬曆（1604）三臺館本	12 卷 12 卷 8 卷 8 卷	10/20，200 11/20，220 13/25，325 13/20，260	60 頁	紋銀　兩

3、小說實際讀者層

　　市民的收入及消費與書價的對比說明，明代後期低於平均書價的通俗小說書價最接近中下層市民的經濟能力；也幾乎接近了下層市民的接受能力，「為了滿足那些急切地想要讀到他們無力購買的那些書的人的要求」應運而生的非法翻印，將閱讀普及到下層社會。對於更為龐大的最底層民眾來說，則可以通過租借閱讀小說。由清初書籍租賃店的規模來看，書籍租賃業在明代應已有相當的基礎。他們構成小說的「閱讀公眾」。大眾的閱讀需求是不可忽視的，但佔優勢地位的市民讀者的趣味主要影響了小說的閱讀和傳播。

第四章　文本因素與小說閱讀

構成文本的諸要素如文體、語言、題材及評點對於閱讀的影響。

第一節　語體與小說閱讀

閱讀受語言媒介的影響很大。文言和白話所面對的是不同的讀者層，這一點不言自明。〔註1〕明初，文言小說的興盛，一方面固然是沿襲以往書面語言皆用文言的傳統；另一方面也取決於維持這一傳統的現實的制約因素：傳播媒介、作者及讀者。由於傳播媒體尚未發達，「傳奇小說動輒千言、數千言，以當時的印刷條件，是不大可能付雕印行的。手抄頗費勞力，況且紙張價格不賤，文言較白話用字簡省，敘事採用文言乃是一種最經濟的辦法。手寫傳抄的傳播方式延續了文言的生命力。」〔註2〕《剪燈新話》等文言小說基本保持四卷的規模。明代文言小說的作者，許多是沉鬱社會下層的小知識分子。而讀者層面漸次擴大，但不是沒有限度，必須中等以上文化程度。文言小說的傳播主要在士子之間。

白話小說則「話須通俗始傳遠」，大眾化口語的應用使得小說藝術有了更為廣泛的表現對象，世俗化的方向為小說這種藝術形式提供了廣闊的發展空間，無論是內容還是形式都是一種突破，這種突破不僅僅是題材轉換的問題，其中包括著創作主體意識的轉型，社會思想發展的要求；從形式上講，如果沒有大眾化口語的應用，我們很難想像明代通俗小說的成功。

〔註1〕〔美〕戴安娜・克蘭《文化生產：媒體與都市藝術》，譯林出版社，2001，頁4、21。
〔註2〕石昌渝《中國小說源流論》，三聯出版社，1994，頁13。

第二節　文體與小說閱讀

　　小說文體影響小說的閱讀。「文學作品給予人的快樂中混合有新奇的感覺和熟知的感覺。……整個作品都是熟識的和舊的樣式的重複，那是令人討厭的；但是那種徹頭徹尾是新奇形式的作品會使人難以理解，實際上是不可理解的。如此說來，類型體現了所有的美學技巧，對作家來說隨手可用，而對讀者來說也是已經明白易懂的了。」〔註3〕

一、長篇通俗演義小說與商人

　　長篇小說成本大，售價高，有能力購買閱讀的一般當以商人居多。在知識水平上，商人是除了士人之外文化水平最高的階層。商人文化接受的特點是「雅好經史」：

> 　　（歙縣黃長壽）性喜讀書……尤嗜考古迹。

> 　　（歙縣凌順雷）雅嗜經史，嘗置別業，暇則批覽於其中。教諸子以讀書爲首務。

> 　　（汪士德）雖寄迹於商，尤潛心於學問無虛日，琴棋書畫不離左右，尤熟於史鑒，凡言古今治亂得失，能歷歷如指諸掌。

> 　　（休寧汪應浩）雖遊於賈人乎，好讀書，其天性雅善詩史，治《通鑒綱目》、《家言》、《性理大全》諸書，莫不綜究其要，小暇批閱輒竟日。

他們具有比較豐富的歷史知識，對歷史也抱有很濃的興趣。商人閱讀小說受文人影響，無論將演義當「正史之補」、當野史還是小說，對於商人來講，「演義」就是一種歷史文體，是正史的通俗版。歷史演義既不像正史「事詳而文古，義微而旨深，非通儒夙學，展卷間，鮮不便思囤睡」；又沒有野史「其間言辭鄙謬，又失之於野，士君子多厭之」的鄙俗，修髯子《三國志通俗演義引》歷史演義其「文不甚深，言不甚俗」，而避「雅」之短，揚「俗」之長，做到「雅俗共賞」、「人人得而知之」《三國志通俗演義序》歷史演義兼有「雅俗」兩重品格，非常適合商人閱讀的閱讀品位。

〔註3〕韋勒克、沃倫《文學理論》，三聯書店，1984 年，頁 268。

二、中篇傳奇小說與文人

　　文人對於小說的閱讀態度複雜，「大雅君子，心知其妄，而口競傳之，且斥其非，而暮引用之，猶之淫聲麗色，惡之而弗能弗好也。」^{胡應麟《少室山房筆叢》卷二十九「九流緒論」}一方面，文人小說接受有很強的主流意識形態性。明代的科舉考試以程朱理學爲依據，具有濃厚的倫理教化色彩。洪武二年（1369）頒佈學規：「國家明經取士，說經者以宋儒傳注爲宗，行文者以典實純正爲主。」科舉強化了教育的倫理教化色彩，使理學成爲不可動搖的主流意識形態。絕大多數文人成爲自覺的主流倫理文化的接收者和鼓吹者。文人對於通俗小說的接受，也大多著眼於其倫理內蘊和教化功能，並以正統觀念衡量其中人物、情節。例如明末所撰《荊園小語》云：「世傳作《水滸傳》者，三世啞，近時淫穢之書如《金瓶梅》等，喪心敗德，果報當不止此。每怪友輩極讚此書，謂其摹畫人情，有似《史記》，果爾，何不直讀《史記》，反悅其似耶？至家有幼學者，尤不可不愼。」

　　另一方面，又文人的閱讀趣味介乎赤裸裸的本能世界和成熟的觀念之間，想像力都集中於刺激感官的場面。〔註4〕

　　明初中篇傳奇小說的傳播源於文人之間的「尙奇」風氣。因爲傳播媒體不發達，信息匱乏，就連文人也很難獲得書籍，文人中間形成尙奇的習氣。洪武三年（1370），著名詩人孫債作《朝雲傳》，「蓋傳奇體，以資談謔爾」。^{黃瑜《雙槐歲鈔》卷一「朝雲集句」條}曾綮稱瞿祐的《剪燈新話》「率皆新奇希異之事，人多喜傳而樂道之，由是其說盛行於世」，稱《剪燈餘話》「有不可思議，有足以廣材識、資談論者」（《剪燈餘話序》）。正統七年（1442）李時勉奏請禁燬「《剪燈新話》之類，不惟市井輕浮之徒爭相誦習，至於經生儒士，多捨正學不講，日夜記憶，以資談論」。

　　嘉靖以後，傳奇小說的「題材漸漸歸向才子佳人的婚戀故事，格調趣味與市民文學的話本小說沒有什麼差異，它們的讀者對象是下層士人和粗粗識字的商賈市民。」〔註5〕以才子佳人爲題材而略有色情筆墨的中篇傳奇小說在書生士子中廣泛流傳。中篇傳奇小說《劉生覓蓮記》寫金友勝見劉生鬱悶，「因至書坊，覓得話本，特持與生觀之。見《天緣奇遇》，鄙之曰：『獸心狗行，喪盡天眞，爲此話本，其無後乎？』見《荔枝奇逢》及《懷春雅集》，留之。

〔註4〕丹納《藝術哲學》，安徽文藝出版社，1998年，頁142～143。
〔註5〕石昌渝《中國小說源流論》，三聯出版社，1994年，頁195。

私曰：『男情女欲，何人無之？不意今者近出吾身，苟得遂此志，則風月談中增一本傳奇，可笑也。』」《賈雲華還魂記》也寫書生魏鵬愛看《嬌紅記》。《尋芳雅集》還寫書生吳尋芳與佳人王嬌鳳在一起評論《嬌紅記》。《繡榻野史》寫東門生的書桌上擺著《如意君傳》、《嬌紅記》、《三妙傳》。

三、短篇話本小說與市民

話本小說由宋元民間「說話」伎藝發展而來。宋代平話所謂「煙粉」、「靈怪」、「傳奇」、「公案」以及「講史」等等類別，說明這種以廣大市民為對象的說唱文學已擁有廣闊的題材園地，並由口頭的說唱發展為正式的書面語言。它所呈現給人們的，不再是粗線條勾勒的神人同一、叫人膜拜的古典世界，而是充滿現實人情趣味的世俗日常生活。〔註6〕這種以散文表現日常故事的「小說」主要供人閱讀消遣。

明代前期話本，道德勸誡成分稀薄，政治寓意更是罕見，因此不受文人待見。胡應麟反對《柳毅傳》這樣的文言小說，「鄙誕不根，文士亟當唾去」；更鄙棄白話小說，「今世傳街談巷語，有所謂演義者，蓋尤在傳奇雜劇下。」通俗小說卻因為通俗娛樂性備受市民讀者的青睞。明代話本小說的發展從嘉靖二十年至三十年間（1541～1551）洪梗編刊《清平山堂話本》開始。《清平山堂話本》又稱《六十家小說》，以「雨窗」、「欹枕」、「長凳」、「隨航」、「解悶」、「醒夢」類編故事，顯示了這些小說的娛樂性。話本小說「極摹人情世態之歧，備寫悲歡離合之致」（《今古奇觀》序），以細緻真實地描摹現實生活為特徵。

第三節　題材與小說閱讀

大眾傳播快捷的傳播方式往往是造成小說題材衍變的主要誘因。「文學作品讀者人數的激增，也產生了更多的文學類型；這些類型通過廉價出版物迅速傳播，往往是比較短命的，或者更為迅速的轉變為另外的類型。」〔註7〕或者「在某些情況下，一個特殊題材的新受眾可能會出其不意的出現。在這種情況下，生產者發現有必要在短期內使內容產生重大變化。」〔註8〕

〔註6〕李澤厚《美的歷程》，安徽文藝出版社，1994年，頁180。
〔註7〕〔美〕韋勒克、沃倫《文學理論》，三聯書店，1984，頁264。
〔註8〕〔美〕戴安娜・克蘭《文化生產：媒體與都市藝術》，譯林出版社，2001，頁47。

　　小說的題材與讀者接受之間存在不可忽視的關係。受年齡、性別、經濟、趣味等諸因素的影響，不同題材的小說作品往往有相對固定的讀者群。而隨著小說讀者構成的變化，小說的題材也會發生變化。

　　本節著重就女性讀者與才子佳人小說、市民讀者與豔情小說考察小說題材與受眾之間的關係。

一、女性讀者與才子佳人小說

　　社會學者談到「社會性別與文化」（Gender and culture）時特別強調：「性別是人類社會存在的基本事實，對於文化生產具有潛在的制約作用……文學作為文化生產的一個領域，從一開始就同性別問題密切相關。但是父權制文明以來的扭曲和遮蔽使這方面的問題長久地處於蒙昧狀態。」〔註9〕「父權制文明」在中國幾乎籠罩了一切領域，「小說」自然概莫能外。明代小說的女性接受者的廣泛興起，就特別引人注目。

　　有專家認為，明朝總的人口性別比約為 115，女性約占總人口的 47%。〔註10〕明朝總人口按 1600 年 1.5 億計，估算明代婦女總數為七千零五十萬。這無疑是個龐大的數字。

　　社會文獻表明，明代的女性已經發生了和傳統不同的改變。婦女經濟地位提高，以農村女子為例，經歷了從「夫婦並作」、「男耕女織」、「半邊天」的地位角色變化。〔註11〕明末清初，同樣工作 360 日，一個農村織婦收入 14～15 兩銀，比一個長工高出 30%。濮院「女工多工絡絲，每一兩給錢三文，近則倍之，一日所獲可以自給」。《濮院瑣志》卷七「雜流」松江一府「男女皆能自

〔註 9〕　葉舒憲《導論：「性別詩學」及其意義》，葉舒憲《性別詩學》，社會科學文獻出版社，1999 年，頁 1。

〔註10〕　從人口的性別構成來看，按自然規律，在社會總人口中，男女數量應基本相等。明朝官方戶籍人口統計，女子數量和每戶平均人口急劇下降，男女比例嚴重失調，性比率甚至高達 460%。這一方面由於傳統重男輕女而導致普遍的溺嬰，同時也因為明朝永樂以後的大部分時間女子及十歲以下男孩普遍不列入登記。路遇、滕澤之《中國人口通史（下）》，山東人民出版社，頁 676、705。

〔註11〕　明末清初，同樣工作 360 日，一個農村織婦收入 14～15 兩銀，比一個長工高出 30%。濮院「女工多工絡絲，每一兩給錢三文，近則倍之，一日所獲可以自給」。李伯重《從「夫婦並作」到「男耕女織」——明清江南農家婦女勞動問題探討之一》，《中國經濟史研究》，1996 年第 3 期；《「男耕女織」與「半邊天」角色的形成——明清江南農家婦女勞動問題探討之一》，《中國經濟史研究》，1997 年第 3 期。

立」。正德《松江府志》卷四「風俗」陳揚《籌豫近言》稱河南產棉區「每女子終歲所成之棉料可得四十金，即足供一人之生計。」

女子經濟的自立帶來平等意識，對於男尊女卑、一夫多妻的觀念和現實提出了質疑和挑戰。《二拍》「滿少卿饑附飽颺」裏公然宣稱的：「天下有好些不平等的所在！假如男子死了，女子再嫁，便道是失了節，玷了名，污了身子，是個行不得的事，萬口訾議！及至男人家喪了妻子卻又憑他續弦再娶，置妾買婢，做出若干勾當，把死的丟在腦後不提起了，並沒有道他薄幸負心，做一場說話。就是生前房室之中，女人少有外情，便是老大的醜事，人世羞言。及至男人家撇了妻子，貪淫好色，宿娼養妓，無所不爲，總有議論不是的，不爲十分大害。所以女子愈加可憐，男子愈加放肆，這些也是伏不得女娘們心裏的所在。」代表社會輿論的士人對於女子的觀念也反映了女子地位的變化。李贄反對「婦人見短」說，認爲：「時有女人來聽法，或言女人見短，不堪學道。卓吾曰：『謂人有男女則可，謂見有男女則可乎？且彼爲法而來者，男子不如也。」〔註12〕

自古女紅針黹是婦女的本分，而隨著專業化與商業化的成衣業〔註13〕、製帽業、製鞋襪業的出現，日用品如帽巾、荷包、手巾、襪子皆不用自產。〔註14〕以松江府爲例：「織紝者，婦人之事也。……自男作衣工，俗只謂之裁縫，而踵事增華，日甚一日。」《鄉言解頤》卷三人布「衣工」條「郡中絕無鞋店與蒲鞋店。萬曆以來始有男人製鞋，後漸輕俏美，遂廣設肆於郡治東。……宜興業履者，列肆郡中，幾百餘家。」「松江舊無暑襪店，……萬曆以來，用尤墩布爲單暑襪，頗輕美，遠方爭來購之，故郡治西郊廣開暑襪店百餘家，合郡男婦皆以做襪爲生，從店中給籌取值，亦便民新務。」「瓦楞鬃帽，在嘉靖初年，惟生員始戴。至二十年外，則富民用之，然亦僅見一二，價甚騰貴。……萬曆以來，不論貧福皆用鬃，價亦甚賤，有四五錢、七八錢者。」范濂《雲間據目抄》卷二「記風俗」隆慶特別是萬曆以後，手工業產品的價格下降，使女性從女紅針黹勞作中解放出來。女子有機會參加社會活動部分，也從側面表明了女子獲得從家務勞動中的解放，有了閒暇。李贄（1527～1602）在黃安麻城，「日引士

〔註12〕嵇文甫《晚明思想史論》，東方出版社，1996年，頁60。

〔註13〕明《如夢錄·街市紀》載開封成衣店、裁縫店。

〔註14〕參見孫競昊《明清江南商品經濟與消費結構關係探析》，《齊魯學刊》，1995年第4期。李伯重《江南的早期工業化（1550～1850）》，社會科學文獻出版社，2000年，頁144～152。

人講學，雜以婦女」、「時有女人來聽法」。《明史》卷二百二十一「耿定向傳」〔註15〕

　　明代文化世家大族對女子進行家傳的文化教育，普通儒士家庭對女兒輩也悉心教授。女性教育普及，甚至出現「閨私塾」、「女書呆子」或像李贄收女弟子為徒的文化現象。社會不僅出現了明代吳江才女沈宜修和蘇州女詞人徐燦這樣的才女，也湧現了一大批具有初等文化水平、粗通文墨的女子群體。《金瓶梅》七十八回提到潘金蓮七歲開始「往余秀才家上女學，」「上了三年，字仿也曾寫過。」《二刻拍案驚奇》卷六「李將軍錯認舅劉氏女詭從夫」中，劉翠翠十多歲就到學堂讀書。隨著女性接受教育機會的增加，為她們閱讀小説提供了可能，創造了條件。

　　刊於成化七年至十四年（1471～1478）的成化詞説明閨閣中閱讀詞話已經頗為流行，甚至達到了如癡如醉的地步，以至在陰間也離不開這一精神享受。〔註16〕也説明明代通俗小説的興起一開始就與女性聯繫在一起〔註17〕。成化時葉盛（1420～1474）談到：「今書坊相傳射利之徒偽為小説雜書……癡呆文婦，尤所酷好，好事者因目為《女通鑒》，有以也。」葉盛《水東日記》卷二十將通俗小説比喻為《女通鑒》，足見已經形成相當規模的女子小説讀者群。清白堂 1642 年刊本《疏果爭奇》跋語描繪了「佳人出遊，手捧繡像，於舟車中如拱璧」的閱讀場景。女性讀者群的形成，文化消費需求的上陞，刺激了出版界的經銷熱情。〔註18〕「吳中廛市鬧處輒有書籍列入簷下謂之書攤子，所鬻者悉小説、門事、唱本之類。所謂『門事』，皆閨中兒女子之所唱説也……」〔註19〕

　　女性讀者對小説的閱讀偏重在情感甚至豔情上，比如閨閣女子之於才子佳人小説、市井女子之於短篇話本。講述才子佳人愛情故事的傳奇小説《嬌紅記》從明初就進入閨閣，成為閨閣女子的秘藏。從永樂時期的傳奇小説《鍾情麗集》到嘉靖萬曆《賈雲華還魂記》的賈雲華、《鍾情麗記》的瑜娘、《尋芳雅集》的王嬌鳳、《劉生覓蓮記》裏的文仙，都提到《嬌紅記》。這類「語帶煙花，氣含脂粉」的才子佳人小説描寫門當戶對的才子佳人兩情相悅，中

〔註15〕嵇文甫《晚明思想史論》，東方出版社，1996 年，頁 60。
〔註16〕譚正璧、譚尋《評彈通考》，中國曲藝出版社，1985 年，頁 347。
〔註17〕李舜華《「小説」的興起——以嘉靖元年到萬曆二十年為中心》，北師大博士論文未刊稿。
〔註18〕許周鶼《明清吳地婦女與通俗文學》，《鐵道師院學報》，1998 年第 5 期。
〔註19〕譚正璧、譚尋《評彈通考》，中國曲藝出版社，1985 年，頁 388。

受阻隔，終成眷屬。嘉靖萬曆以後，收錄才子佳人小說的通俗類書，如《國色天香》、《繡谷春容》、《萬錦情林》、《燕居筆記》，流佈更廣。

萬曆、崇禎時期的話本小說，渲染一見鍾情，歌頌勇敢主動地追求愛情，或像周勝仙那樣以自報家門形式表白愛情，或像聞蜚娥那樣自作主張地挑選中意的郎君。甚至對於婚外戀也有所觸及。萬曆、崇禎時期的話本小說還出現「同學戀情」——同堂讀書中產生的愛情。《初刻拍案驚奇》卷二十九中的羅惜惜，自幼在學堂裏與男同學張幼謙相愛，私訂終身。《二刻拍案驚奇》卷六《李將軍錯認舅》中的劉翠翠，十餘歲時送入學堂讀書，與同學金定產生了戀情，互贈情詩。《二刻拍案驚奇》卷十七《同窗友認假作真》中的聞蜚娥，自幼習得一身武藝，一向裝做男子，到學堂讀書，與兩位男同學成為知心朋友，最終與杜生結為夫妻。

以下這段話可以說明女子閱讀言情小說或才子佳人小說的心理：

> 「看書是更個人化的。大多數人用來填補空閒時間。小說結構精巧，不離套路：年輕美貌的女子遇到英俊才氣的男子。女方自然渴望浪漫，但有小人撥弄，不過最後苦盡甘來，烏雲消散，有情人終成眷屬。小說的結尾就是婚姻。雖然這婚姻來之不易。以婚姻為歸宿的浪漫小說，同色情的關係，本質上就是那些羞於讀色情小說的人的色情小說。性是這些小說真正的存在原因。」

> 「熱衷於閱讀言情小說的中下層階級婦女，將這些小說中的某些因素當作『現實』，當做有助於她們認識世界的信息的源泉來加以接受，與此同時，她們聚焦於小說中有助於她們作為婦女具有的自尊和滿足滋養情感的需要的某些內容。」〔註20〕

女性的閱讀熱潮刺激了言情小說的暢銷。短篇話本小說中的言情題材比例很大，比如《古今小說》為 32.5%；《警世通言》為 37.5%；《醒世恆言》為 27.5%；《拍案驚奇》為 32.5%；《二刻拍案驚奇》為 33.3%。還出版了很多言情短篇小說集《歡喜冤家》、《弁而釵》、《鼓掌絕塵》、《宜春香質》、《一片情》、《諧佳麗》。不僅閱讀小說，還有女性開始創作小說，「長洲都憲森女文良卿創作《北齊史演義》，供婆婆韓氏消遣。」《江南通志》卷一七六「人物志」列女

〔註20〕〔美〕戴安娜·克蘭《文化生產：媒體與都市藝術》，譯林出版社，2001 年，頁 93。

二、市民讀者與豔情小說

嘉靖以後，書賈刊行專寫男女私情的通俗小說。產生於嘉靖末（1561）至萬曆初（1581）之間的文言體中篇《如意君傳》和《癡婆子傳》是始作俑者。豔情小說產生於這樣的社會現實：明代興起職業妓業，妓業徹底商品化、肉欲化。〔註21〕嘉靖萬曆以後，官妓私娼最盛。謝肇淛《五雜組》：「今娼妓滿佈天下，其大都會之地，動以千百計。其他偏州僻邑，往往有之。」「九邊如大同，其繁華富庶，不下江南。而父女之美麗，什物之雅好，皆邊寨之所無者。市款既久，未經兵火故也。諺稱『薊鎮城牆』、『宣府校場』、『大同婆姨』為三絕云。」「市販各處童女，加意裝束，教以書算琴棋之屬，以邀厚值，謂之瘦馬」。

豔情小說的流行「主要為了滿足和挑逗人們的情慾，其中主要又是性愛的自然情慾。」〔註22〕豔情小說也是上層性放縱與下層禁欲、男性性放縱與女性性禁錮的結果。明代「社會各階層所受性禁錮的程度各不相同，最上層宮廷和達官貴人，向來都有不受限制的特權，最底層的小民百姓，則視其所處地域之風俗習慣而異；最受影響的是中層階層，特別是知識分子。性文學在禁令下秘密流涌，只是產品越來越粗俗而已。春宮則以辟邪和箱底畫等名義公開傳播。」〔註23〕這股潮流又與以李贄為代表的啓蒙思潮在某種程度上不謀而合，使自然生理的性愛日益取得社會性的意義和內容。「自然生理的性愛題材日益取得社會性的意義和內容，自願的、平等的、互愛的男女情熱，具有衝破重重封建禮俗去爭取自由的價值和意義。」〔註24〕如同李贄與他的朋友們袁中郎（1568～1610）、馮夢龍（1574～1646）、湯顯祖（1550～1616）等宣揚和實踐的那樣：「聞一道德方正之事，則以為無味而置之不道；聞一淫縱破義之事，則抗訣而起，喜談傳統誦而不已。」^{屠隆《鴻苞節錄》卷二}李贄「挾妓女，白晝同浴」^{《明神宗萬曆實錄》卷三六九張問達疏}，唐寅「日與祝希哲、文徵仲詩酒相狎。踏雪野寺，聯句高山，縱遊平康妓家」。^{曹元亮《唐伯虎全集·序》}馮夢龍流連青樓，「盤古以來也是有數個三貞並九烈，近來能有幾個得身清？」^{《山歌》}卷二「撇清」「古人說話弗中聽，那了一個嬌娘只許嫁一個人。若得武則天娘娘改子個本《大明律》，世間囉敢捉姦情」。^{《山歌》卷一「捉姦」}

〔註21〕 杜芳琴《貞淫道德種橫談》，李小江《華夏女性之謎》，三聯出版社，1990 年。
〔註22〕 李澤厚《美的歷程》，安徽文藝出版社，1994 年，頁 389。
〔註23〕 〔法〕陳慶浩《世界性文學名著大系總序》，葉舒憲《性別詩學》，社會科學文獻出版社，1999 年，頁 146。
〔註24〕 李澤厚《美的歷程》，安徽文藝出版社，1994 年，頁 180。

豔情小說產生於這樣的心理基礎：〔註25〕

「視覺是性快感得以傳導的主要渠道」，春宮畫的一個重要功能就是「恢復了性作爲一種無倫理觀的本來面目，將他人的裸體視像暴露在道德的眞空地帶」、「滿足人類普遍具有的輕度窺淫心理」。

「讀無疑是一種特殊形式的看」；「色情文學則給讀者一種違禁和破格的狂喜」，「對色情文學的欣賞，實際上應視爲婚外性活動的一種形式，具有密不可言的樂趣，而違法性則正是這種樂趣之一部分。」

「色情文學的閱讀具有偷情的樂趣在於它是一種替代性的越軌，讀者在閱讀過程中逐漸蛻變爲一個遊走神經，潛入他人隱私的避難地，打破了他人性意識的那種不受侵犯的寧靜狀態，竊聽他們親昵時的情話和俚語，窺見他們的性器和做愛的形象，隱秘的閱讀狀態給讀者以夜半三更獨自扣門的快慰。」

「色情文學的重要潛質還在於它是一種典型的性幻想形式……色情文學的這種白日夢特點需要讀者充分調動自己的性想像以將文字描述轉換爲讀者的心象，在這個過程中，心理刺激轉化爲生理的興奮。」

大量粗製濫造、照搬沿襲的色情文學顯得千人一面，仍然能夠俘獲大量讀者，正因爲它們能夠提供性的宣泄和替代性滿足。有人認爲豔情小說宣揚新型的性觀念，屬於市民和知識分子階層。〔註26〕雖然未必盡然，例如女性也是豔情小說的讀者之一。「受眾的特點並不完全與不同媒體對它們的界定一致。豔情小說的讀者發展對色情和女性主題的趣味要比出版商能夠或願意提供這類材料的速度快得多。」〔註27〕但無論如何，市民和士人是豔情小說的接受主體。

第四節　評點與小說閱讀

「批評」是明萬曆以來小說刊刻的重要組成部分，最爲通行的小說本子

〔註25〕盧曉輝《解讀文化中的性快感》，葉舒憲《性別詩學》，社會科學文獻出版社，1999年，頁129、130、132。

〔註26〕孫紹先《「性英雄」的冒險──《肉蒲團》論》葉舒憲主編《性別詩學》，社會科學文獻出版社，1999年，頁273。

〔註27〕〔美〕戴安娜·克蘭《文化生產：媒體與都市藝術》，譯林出版社，2001年，頁46。

都是評點本。《三國演義》眾多版本中李卓吾評本最為流行，《水滸傳》諸多版本無一可與金聖歎評本爭鋒，《西遊記》以黃周星《定本西遊證道書》流傳最廣，《金瓶梅》則以崇禎刊評點本《新刻繡像批評金瓶梅》為最盛。據不完全統計，從最早刊行萬卷樓《三國志通俗演義》的萬曆十九年（1591）到萬曆四十八（1620）年，約有 30 種演義小說均為評點本。〔註28〕小說評點在萬曆二十年（1592）左右開端，著名文人李卓吾和著名書坊主人余象斗同時開始了小說評點活動，意味著書坊主商業性小說評點和文人啟蒙性評點的齊頭並進。

一、書坊主小說評點

小說評點的最初動機是小說的商業營銷。書商從盈利的角度，挖空心思想擴大銷路，爭取最廣泛的普通讀者。建安書坊主余象斗不僅直接參與小說評點，還獨創「上評、中圖、下文」的「小說評林」體式，取得良好的商業效果，引起其他書坊紛紛倣仿。蘇州書種堂主袁無涯、杭州崢霄館主陸雲龍和杭州爽閣主人夏履先以刻書家的身份投入小說評點，夏履先評點崇禎刊本《禪真逸史》，袁無涯評訂《新鐫李氏藏本忠義水滸傳》，陸雲龍自編自評《型世言》。

書坊主參與小說評點最常見的方式是書坊主集合其周圍的下層文人從事評點並大多冒用名人姓氏加以刊刻。書坊主小說評點多以簡單的雙行夾註的形式出現，以「音詮」、「釋義」為主，主要作用是輔助文化程度不高的普通讀者閱讀文本。最早刊於萬曆十九年（1591）的萬卷樓刊本《三國志通俗演義》「識語」云：「句讀有圈點，難字有音注，地裏有釋義，典故有考證，缺略有增補，節目有全像。」余象斗刊刻評點的《列國前編十二朝傳》，每回末分別列「釋疑」、「地考」、「總釋」、「評斷」、「鑒斷」、「附記」、「補遺」、「斷論」、「答辨」等名目，這些評注都是為了便於普通讀者閱讀小說。這種小說營銷手段迅速被倣仿，大量書名標題無不特別宣傳該書有注音、釋義、史實考訂等注釋型評點，如《京板全像按鑒音釋兩漢開國中興志傳》、《翻子刻校

〔註28〕 譚帆《小說評點的萌興——明萬曆年間小說評點述略》，《文藝理論研究》，
　　　　 1996 年第 6 期；譚帆《中國古代小說評點形態論》，《文藝理論研究》，1998 年
　　　　 第 2 期；譚帆《中國古代小說評點的文本價值》，《學術月刊》，1996 年第 12
　　　　 期；朱振武、孫遜《中國通俗小說批評的四次勃興》，《上海師範大學學報》（哲
　　　　 社版），1995 年第 4 期。

正古本大字音釋三國志通俗演義》、《新鐫校正京本大字音釋圈點三國志演義》、《新刻音釋旁訓評林演義三國志傳》、《新刊出像補參探史鑑唐書志傳通俗演義題評》等。即使隨著評點的成熟與發展，對小說思想內容和藝術技巧的品評、欣賞不斷得到強調，注解仍是小說評點的重要組成部分。這也說明萬曆年間普通讀者已經是能夠給書坊主帶來豐厚利益的閱讀群體。

書坊主格外重視託名「名公」、「名士」的評點擴大小說銷路。託名評點，即假託名公文士進行評點，利用名人效應造聲勢以促銷，實際「名公」、「名士」並未評點。如南京周曰校刊本《三國志通俗演義》「識語」明確說明書中評點乃書坊主「敦請名士」所爲，余象斗刊刻「評林」本《三國志》時，也說明「本堂以請名公批評圈點」。託名評點從萬曆中後期到明末最爲盛行。假託對象大致可分兩類：一是關注通俗文學創作及評論的名士文人，如李贄、馮夢龍；二是在文壇具有相當地位的名流學者，如鍾惺和陳繼儒。託名李贄評點的最多，有《繡榻野史》等18種，金聖歎6種，鍾惺6種。此外湯顯祖、徐渭、李漁等人亦屢屢被書坊作爲招徠顧客的廣告。書坊主打著名人評點的招牌促銷，雖然不免有欺蒙讀者之嫌，但也說明他們充分認識到評點的傳播功能，客觀上促進了通俗小說的傳播。尤其在通俗小說尚不受重視的年代，這種冒用名人評點之舉在某種程度上也擡高了通俗小說的社會地位。

二、文人小說評點

在書坊主們對小說作簡略的、功利性的賞評注釋時，文人評點爲小說評點注入了新的血液。文人評點小說始於李卓吾。李卓吾於萬曆十六年（1588）「聞有《水滸傳》，無念欲之，幸寄與之，雖非原本亦可」，四年後，袁中道訪李卓吾時，就見其「正命常志抄寫此書，逐字批點」。又四年，李贄猶然醉心於《水滸傳》的賞評，「《水滸傳》批點得甚快活人，《西廂》、《琵琶》塗抹改竄得更妙」。李卓吾首次將個體的狂傲之性和情感內核貫融到小說評點之中，從而使小說評點成爲了一種帶有個體創造性的批評活動。李卓吾評點《水滸傳》，一評就是數年，所追求的是「一與心會，自笑自歌，歌吟不已，繼以呼呵」的精神快慰，所寄託的是「一肚皮不合時宜」的情感思想。

李卓吾之後，文人評點小說大量增加。萬曆以後至清初，小說評點已經基本改變了書坊控制的格局，文人評點成爲主流。文人評點的特點，一是評點內容從由訓詁音診、史實疏證轉向鑒賞品評。二是奠定了小說評點的基本

形態：卷首有總綱，正文評點由眉批、夾批和回末總批組成，對小說文字和情節多有刪削整理。

文人評點受到書坊的重視，書坊常會根據評點者的意見而增刪文本。容與堂刊本《李卓吾先生批評忠義水滸傳》和天啓刊鍾伯敬評本《水滸傳》，文本中有很多點評者留下的擬刪符號。這類符號在崇禎熊龍飛刊百十回本《水滸傳》中反映出來。二書擬刪之處，熊本皆削去不錄。如第三十九回《宋江吟反詩》篇，「特曰：江上高樓風景濃，偶因登眺氣如虹；興狂忽漫題新句，卻被拘攣狴犴中」，二書皆擬刪，熊本果無。第五十四回《久雲龍破高廉》篇，自宋江陣開處」起，敘事百餘字，四六二百餘字，至所插第三段騈文中之呼內劍橫三尺水，陣前馬跨一條龍」，二書擬刪，熊本果無。可見評點對書坊刊刻的影響不可謂不大。

文人和書坊相繼合作，逐漸形成既重賞析又重導讀的評點風氣。評點者力圖溝通作品與讀者之間的關係，認爲評點的作用是「通作者之意，開覽者之心」。袁無涯本《水滸傳》「發凡」：「書尚評點，以能通作者之意，開覽者之心也。得則如著毛點睛，畢露神采，失則如批頰塗面，污辱本來，非可苟而已也。今於一部之旨趣，一回之警策，一句一字之精神，無不拈出，使人知此稗家史筆，有關於世道，有益於文章，與向來坊刻，迥乎不同。如按曲譜而中節，針銅人而中穴，筆頭有舌有眼，使人可見可聞，斯評點所最貴者也。」

文人小說評點中對於社會、道德、歷史乃至政治的批判，對於普通讀者又具有思想上的啓蒙性。容與堂刊本《水滸傳》「述語」云：「和尚一肚皮不合時宜，而獨《水滸傳》足以發抒其憤懣」；「據和尚所評《水滸傳》，玩世之詞十七，持世之語十三，然玩世處亦俱持世心腸也，但以戲言出之耳。」誠如馬克·波斯特所言：「句子的線性排列、頁面上的文字的穩定性、白紙黑字系統有序的間隔，出版物的這種空間物質性使讀者能夠遠離作者。出版物的這些特徵促進了具有批判意識的個體的意識形態……印刷文化以一種相反但又互補的方式提升了作者、知識分子和理論家的權威。」〔註29〕

三、小說評點的文本價值及傳播功能

評點不僅是依附於文本內容所作的批評，而且與文本融爲一體，作爲文

〔註29〕〔美〕馬克·波斯特《第二媒介時代》，南京大學出版社，2005年，頁84。

本不可分割的一部分在讀者中流傳。小說評點本的傳播功能大大超過了其他版本。小說評點本在普及小說閱讀、促進小說傳播、爭取最廣泛讀者方面起到不可忽視的重要作用。如借用八股文法評點小說，就推動了評點本小說在士子文人中的傳播。

萬曆以來套色印刷技術的發展更極大地刺激了評點本的流傳。爲使評點更好地發揮輔助閱讀功能，小說刊印者作了諸多技術上的改進。李贄、鍾惺等的評注，都是用多種顏色的小字體印在書頁眉端，正文則以大楷黑墨字印刷。有時評注者不止一位，印刷時則以不同的顏色表示評點者的不同，有時同一評點者在不同時期的評點也著以不同的顏色。正文以外，爲了引起讀者注意，還在正文旁加圈、雙圈、粗點、直豎、三角等彩色符號。而在字體方面，正文通常用流行的字體，評點則採用小號的普通字體。評點本在評點的顏色、符號、字體等方而大力改進的最終口的就是使讀者一目了然地看到評點，更有效地輔助讀者閱讀文本。

此外評點還與插圖配合，圖文並茂，以不同方式對文本加以注釋和解讀，有力地推動了小說的傳播。余氏雙峰堂所刻《全像水滸志傳評林》、《全像批評三國志》、三臺館刊本《春秋列國志傳》等小說，多採用上評中圖下文的形式，評語簡略，插圖古樸。大量精美插圖與精彩的評點並存的小說，不僅在市井細民中流播，也在文人名士的几案上被摩掌把玩。

第五節　插圖與小說閱讀

插圖，即插在文字中間幫助說明內容的圖畫，從閱讀功能上講，文字敘述是誘導讀者想像來展開內容，而插圖則是通過可視的形象，直接刺激人們的感官來滿足讀者的審美需求。〔註30〕插圖用於小說由來已久〔註31〕。現在所能見

〔註30〕沙海燕、張偉英《圖畫故事書與插圖、漫畫、連環畫之關係》，《藝術百家》，2008 年第 2 期。

〔註31〕明清小說插圖的研究，可以追溯到三十年代魯迅先生對版畫藝術的倡導。鄭振鐸在《鄭振鐸美術論文集》、《中國古代版畫叢刊》等著述中論及明清小說插圖。阿英、傅惜華、周蕪等學者著重從版畫角度考察明清小說插圖的藝術成就和在版畫史的地位。線裝書局出版的《古本小說版畫圖錄》收錄了大量小說插圖。美國華盛頓大學漢學教授 Roberte Hegel 所著《中華帝國晚期插圖本小說閱讀》（Reading Ill castratedFiction h Late Imperial China, Stanford L;niversity Press, 1998）則深入探討了小說插圖與閱讀的關係。

到的最早的小說插圖是北宋嘉祐八年（1062）建安余氏靖安勤有堂鐫刻的《列
女傳》。徐康《前塵夢影錄》云：「繡像書籍，以宋槧《列女傳》爲最精。」元
代建安虞氏在至治年間刊印的《新刊全相平話五種》（《全相武王伐紂平話》、《全
相樂毅圖齊七國春秋後集平話》、《全相秦並六國平話》、《全相續前漢書平話》、
《全相三國志平話》），每種 3 卷，上圖下文，「這幾部小說裏的插圖，連續性很
強，不像『摘要』，近乎後來的連壞畫冊。不同的，是這樣連環圖畫小說，還不
是以圖爲主，是以文字爲主，仍然具有插圖性質。」此時的插圖具有舞臺效果，
風格質樸，線紋勁硬，可以視爲明代小說插圖繁盛的序曲。

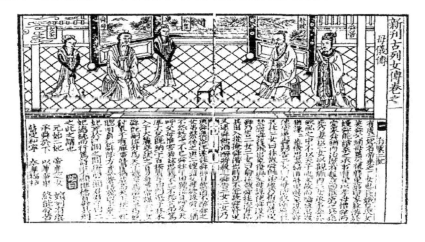

北宋嘉佑八年建安余氏靖安勤有堂刊本《列女傳》

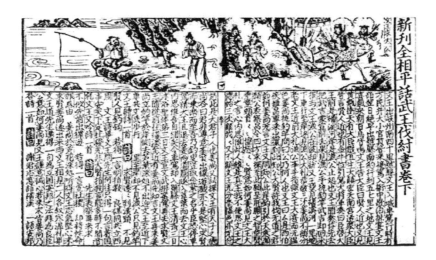

建安虞氏至治《新刊全相武王伐紂平話》

一、版刻技術的成熟與明代小說插圖的發展

經過前代刻工的技術實踐和經驗積纍，刻印小說插圖的技術在明代嘉靖時期進一步發展。嘉靖隆慶時，研製出適合工筆白描刀具和雕刻方法，可以在一部書內同時刻多幅工筆白描插圖，印墨技巧上也有改進。嘉靖、隆慶間所刊小說約十餘種，插圖本幾占一半，其繪圖各具特色、別致生動，開萬曆一代之先路。但總的看來，嘉、隆時插圖本小說尚未普及。目前可見的嘉靖、隆慶間的插圖本小說大致有以下幾種：

嘉靖二十七年　新刊按鑑漢譜三國志傳繪像足本大全葉逢春刊　上圖下文

嘉靖三十一年　新刊大宋演義中興英烈傳楊氏清白堂刊本　圖像十四葉

嘉靖間　　　　英烈傳內府抄本圖嵌文中，彩繪

嘉靖三十二年　鼎鍥京本全像西遊記楊氏清白堂刊本　　上圖下文

嘉靖、隆慶間　列國志傳內府抄本　　彩繪插圖

隆慶三年　　　錢塘漁隱濟顛禪師語錄內閣文庫藏本　　卷首有像

隆慶五年　　　華光天王傳書林昌遠堂刊本　　　　　上圖下文

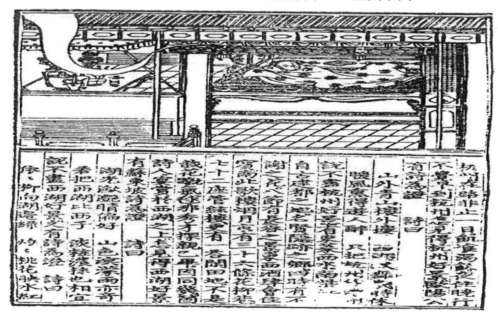

弘治十一年 1498 北京金臺岳家刊本

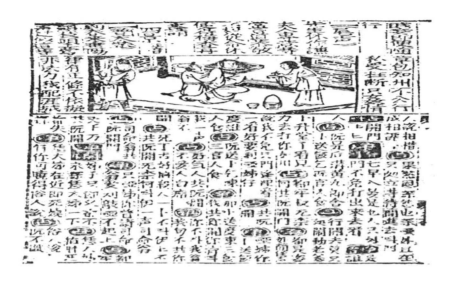

嘉靖四十五年（1566）福建余氏新安刊本

　　萬曆至明末（1573～1644），版畫刻書方式方法、雕版印刷技術、構圖方式都大膽革新，彩印技術開始被嘗試並日益改進，並應用於小說刊刻。通俗小說幾乎無書不圖，無圖不精，小說插圖藝術達到了顛峰，先後出現建安、金陵、新安、杭州、蘇州等繪刻流派，形成「千岩競秀、萬壑爭流」的局面，鄭振鐸稱為版畫史上光芒熠熠的黃金時代。

　　萬曆時建安書坊刊刻的小說繼承了宋元以來建安版書籍的形式，插圖以上圖下文為特色，每一回目插一幅圖或雙幅圖，具有連環畫性質。建安書坊余象斗三臺館刊印《四遊記》、《列國志傳》、《英烈傳》、《岳王傳》、《皇明諸司公案傳》等小說，「特別著意於『插圖』，就像現在印行的『連環圖畫』似的，上層是插圖，下層是文字，圖文並茂。」（鄭振鐸《西諦書話》）金陵周日校萬卷樓刊本《國色天香》（1587年刻，1597年重刻）、世德堂刊本《繡谷春容》、德聚堂1695年刊本《封神演義》，皆上圖下文，是典型的萬曆年間的閩刊本。

　　萬曆年間徽派版畫異軍突起。徽派小說插圖由狹長小幅變為全頁大幅。比如建安版《水滸傳》上圖下文，而萬曆十七年（1589）的天都外臣序刊本《水滸傳》則為全頁大幅插圖，並多達100至120幅。構圖形式也不斷創新，出現了月光版的圓形構圖及單面獨幅構圖中的俯瞰法等。崇禎十四年刊本《西遊補》、明刻吳郡寶瀚樓本《今古奇觀》、金陵葉敬池刊本《石點頭》等皆為月光版珍本。俯瞰法插圖如楊定見本《忠義水滸全傳》「萊園中演武」一幅，由左上

角高衙內調戲林沖娘子和右下角林沖站在牆邊觀賞魯智深練武這兩個同時發生的場面構成。崇禎雄飛館刊本《英雄譜》也常常將陣前的血肉廝殺和帳中的運籌帷握、背地的計議謀劃和、戰場人頭落地等兩個場而合於一圖，這種構圖安排強調了場面的共時性，可謂獨具匠心。邊框設計也別出心裁，以各種圖案、花紋構成邊欄，畫面裝飾令人賞心悅目。崇禎人瑞堂刊本《隋煬帝豔史》80幅插圖，每幅選集古人佳句與事符合者作為題詠，詩句皆製錦為欄，「錦欄之式，其制皆與繡像相關合。如調戲宣華則用藤纏，賜同心則用連環，剪綵則用剪春羅，會花蔭則用交枝，自縊則用落花，唱歌則用行雲，獻開河謀則用狐媚，盜小兒則用人參果，選殿腳女則用蛾眉，斬候則用三尺，玩月則用蟾蜍，照豔則用疏影，引諫則用葵心，對鏡則用菱花，死節則用竹節，宇文謀君則用荊棘，貴兒罵賊則用傲霜枝，拭場帝則用冰裂，無一不各得其宜。」對畫面的整體效果也越來越重視，力求插圖與題識、贊、印章、邊框的設計渾然一體，前圖後贊、上贊下圖、右圖左詩，令讀者耳目一新。彩色插圖也出現並逐漸走向成熟。內府抄本《英烈傳》、《列國志傳》，其插圖當為彩色小說插圖的先聲。

金閶葉敬池刊本《石點頭》　　　楊定見本《忠義水滸全傳》

　　書坊主還不惜工本，高薪聘請名家繪圖名手鐫刻，改變了早期版畫製作由刻工一人完成繪圖、鏤版、印刷的工序流程，畫家與刻工合作默契，極大地提高了小說插圖的藝術水平。名刻工劉君裕插圖的小說有萬曆二十年（1592）金陵世德堂刻本《李卓吾先生批評西遊記》插圖100幅（與郭卓然

合刻)、萬曆四十三年（1615）姑蘇龔紹山刊本《新鐫陳眉公先生批評列國志傳》插圖 120 幅（與李青宇合刻）、崇禎五年（1632）蘇州金閶安少雲尚友堂《二刻拍案驚奇》插圖 78 幅。郭卓然刻金閶葉敬池刊本《醒世恆言》插圖 40 幅、劍嘯閣刊本《西樓夢傳奇》雙面圖 8 幅。建安著名木刻家劉素明爲蘇州吳縣天許齋《全像古今小說》刻單面插圖 80 幅、崇禎間爲三多齋《忠義水滸全傳》刻插圖 120 幅。崇禎九年（1636）項南洲刻《孫龐鬥志演義》書前插圖 40 幅。《七十二朝四書人物演義》由項南洲、洪國良刻稿，繪圖者是明末插圖名家陸武清。萬曆末葉昆池刊本《南北兩宋志傳》的插圖出自名畫家李翠峰之手筆。畫家陳洪綬（號老蓮）陳洪綬是小說插圖藝術進程中的關鍵人物。由他構思起稿的《水滸葉子》匠心超凡，插圖把握準確，人物鮮明，章法奇妙，線條遒勁，再由名家黃子立摹刻，被醉耕堂本用作《水滸傳》插圖，對小說插圖的創作產生深刻影響。如崇禎四年（1631）瑞堂刊《隋煬帝豔史》「凡例」所言：「坊間繡像，不過略似人形，只供兒童把玩。茲編特懇名筆妙手，傳神阿堵，曲盡其妙，一展卷而奇情豔態，勃勃如生，不啻顧虎頭、吳道子之對面。豈非詞家韻事，案頭珍賞哉！」

徽派插圖精細秀美，善於細膩地刻畫人物心理，並以景物烘託氣氛。附有這類版畫插圖的書往往部頭小，刊刻易，坊商相對獲利較多，很快風行於世。在徽派風格典雅生動的影響下，南京、杭州、蘇州等刻書中心的插圖藝術也形成了各自的特色。杭州版畫以秀麗華貴著稱，蘇州以小巧纖弱見長，南京版畫作風類乎徽派。

二、小說插圖對於文本閱讀的引導

插圖用於小說，目的當然是「誘引讀者的購讀，增加閱讀者的興趣和理解」〔註 32〕小說插圖的首要作用，就是圖與文合，以直觀的形象表現或補充說明文本的意義，從而對閱讀進行有益的引導。

早期上圖下文的小說插圖就已經具有連環畫性質，對情節的說明作用極強。插圖隨著閱讀文本的進程緩緩展示，讀者可以通過插圖瞭解故事情節發展，特別適合文字閱讀能力不高的市民讀者。因此以上圖下文爲特色的閩版小說，尤其受市民讀者青睞。

〔註32〕魯迅《連環畫瑣談》，《魯迅全集》，人民文學出版社，1981 年，頁 27。

　　萬曆以後的小說插圖不僅仍具有連續性，更以細膩的筆觸描繪高潮情節。以萬曆十九年（1591）金陵萬卷樓周曰校刻本《三國志通俗演義》（北京大學圖書館藏本）爲例，插圖 193 幅，均爲雙版大幅，線條灑脫，刀法遒勁。插圖兩旁有聯語，注明插圖所描繪的情節內容，「祭天地桃園結義」，「白門曹操斬呂布」，插圖與內容相對照，起到了情節的說明作用。明末的木活字印 19 回本《花慢樓批評寫圖生峭剪》，更是捨棄文字只刻圖畫，插圖成爲主要表現故事的手段。

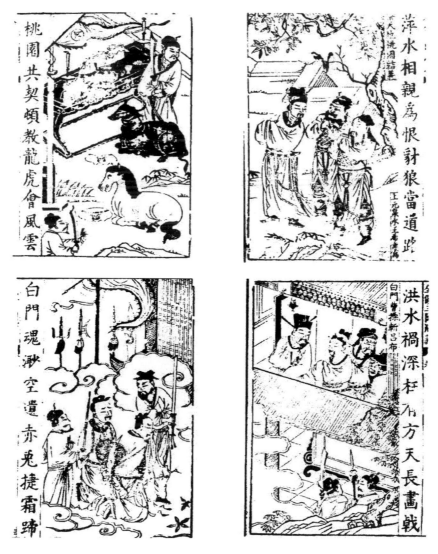

萬曆十九年（1591 年）金陵萬卷樓周曰校刻本插圖

　　其次，小說插圖塑造和展示了小說的人物形象。建安版上圖下文的形式，雖然畫面狹長窄仄，人物圖像局促一隅，「但動作的活潑，姿態的逼真，是會令觀者們讚賞不已的。」當然此種構圖的人物表現力還受到一定限制，無法表現人物深層次的內心與表情。當單面獨幅佔據小說插圖主導地位後，人物被放大，其動作、姿態、面部表情都細緻入微，有了喜怒哀樂的情感的表現，也因而有了不同的形象，令人「神存意想，而握其丰姿。」繡像小說人行於世後，插圖更是只有人物沒有配景，而且一幅圖往往只表現一個人物。《花慢樓批評寫圖生絹剪》和《魏忠賢小說斥奸書》這類時事小說插圖中，人物都是著著當代衣冠。讀者看到這些人物形象，就好像第一次和書中人物見了面，備感親切和興奮。

　　第三，小說插圖描摹出時代風貌和生活氣氛，便於讀者更好地瞭解作品的時代和社會背景，深入解讀文本。夏履先《禪真逸史·凡例》稱該書插圖：「圖像似作兒態。然史中炎涼好醜，辭繪之，辭所不到，圖繪之。昔人云：詩中有畫。余亦云：畫中有詩。憚觀者展卷，而人情物理，城市山林，勝敗窮通，皇轟野店，無不一覽而盡。其間仿景必真，傳神必肖，可稱寫照妙手，奚徒鉛槧為工。」

　　崇禎本《新刻繡像批評金瓶梅》，插圖 200 幅，內容豐富，細緻精美，堪稱明代生活的一面鏡子：「這些插圖，把明帝國沒落期的社會生活的各方面無不接觸到。是他們自己生活於其中的，故體驗得十分深刻，表現得也異常『現實』。流離顛沛的人民生活，與荒淫無恥的官吏富豪的追歡取樂，恰恰成一對照。」「你看，那些人在圍觀一妓和幾個男人在踢氣球，而雅致的石桌上則放著雙陸；地上擺的是『投壺』用的雙耳瓶、水盆等等。階下是一業業的畫帶草，假山邊是幾支棕櫚樹。院內是圍以雅樸欄杆。」〔註33〕明末刻本《拍案驚奇》、《西湖二集》、《醉醒石》、《石點頭》、《鼓掌絕塵》等小說插圖保存了當時的現實場景，如《西湖二集》的插圖以西湖山水為背景，令讀者產生熟悉又新鮮的觀感，增添了閱讀小說的趣味。

〔註33〕鄭振鐸《明代徽派的版畫》，《大公報》1934 年 11 月 11 日第九版。

第五章　小說編者與小說傳播

　　伴隨官學規模的擴大及入學資格的放鬆，明代求學人數日增，文人群體
日趨龐大，到明末全國僅「生員」就已達五十萬人之多，而且約有十分之七
的生員出身於中、下層家庭。^{顧炎武《亭林文集》卷一「生員論」}成化五年（1469），
進士的平民出身率達到 60%。明代平民文人的崛起，對於通俗文學尤其小說
有明顯的影響。

第一節　職業化文人與小說編撰

　　隨著業儒成本上陞，仕途競爭的加劇，越來越多的文人放棄科考。嘉靖
二十九年（1550）進士王世貞提到科舉考試成本高昂，進士考試須花費三白
金：「余舉進士不能攻苦食儉，初歲費將三百金，同年中有費不能百金者。今
遂過六七百金，無不貸於人。」沒有一定的經濟基礎，讀書根本沒有出頭之
日。「古者士之子恒為士，後世商之子方能為士」，「非父兄先營事業於前，子
弟即無由讀書以致通顯。」^{沈堯《落帆樓文集》卷二十四「費席山先生七十雙壽序」}而明末
科舉中舉比例為千分之一或數千分之一，〔註 1〕著名文人文徵明十次鄉試不
舉。這就造成大批文人棄儒從商、沉鬱下層，甚至賣文為生，成為「邊緣化
文人」。邊緣化文人的出現，對於小說的接受與傳播來講，至少具有兩重意義。
一是文人邊緣化後小說編纂相對職業化；二是小說編纂的「讀者意識」。〔註 2〕

〔註 1〕　《顧亭林詩文集》卷一「生員論」。
〔註 2〕　郭英德《傳奇戲曲的興起與文化權力的下移》，《中國社會科學》，1997 年第 2
　　　　　期。

一、「賣文爲生」與職業化文人

「尚利」本是晚明普遍的社會風尚，仕途有望的文人也毫不掩飾「重財尚利」的習氣。「士大夫一登第後……日奔走於門牆者，皆言利之徒也，或云某處田莊歲可收利若干，或云某人借銀歲可生息若干，某人爲某事求一覆庇亦可坐收若干」吳履雲《五茸志逸》卷一「萬曆以後士大夫交際，多用白金，乃猶封諸書冊之間，進於閽人之手。今則親呈坐上，徑出懷中。交受不假他人，茶話無非此事。」文人「喜與市井富兒交，彼資其資，我利其有。抑有甚者爲，縉紳之女惟財是計，不問非類」。伍袁萃《林居漫錄》前集歸有光、王世貞、陳繼儒、錢謙益等著名文人都爲徽商、洞庭商撰寫過墓誌銘，接受豐厚的潤筆費。

著名文人尚且如此，「謀食」更是仕途無成的文人最迫切的生存需求。當塾師競爭激烈，「富實之家才有延師意，求托者已麇集其門。」顧起元《客座贅語》卷九塾師收入也微薄，不足以維生。明末江南地區「館師」的束脩平均在每年四十至五十兩之間，〔註3〕這樣的經濟收入在當時「得五十金則經年八口之家可以免亂心曲」李延《南吳舊話錄》卷下的基本消費指數中只能勉強維持生計。這樣的收入還是在保證學生都交學費的前提下，「以往先生收徒，多看其資質，有那貧而有資質者，多免其束脩。而今的先生卻大不一樣，只論錢財不看資質。有那資質雖好而無錢財者，一樣入不得門。」（《醒世姻緣傳》）爲謀生，無望的文人甚至去替人代考。《型世言》第二十七回的秀才錢流，「包覆試三兩一卷；止取一名，每篇五錢；若要黑卷子，三錢一首。……每考一番，來做生意一次。」陸雲龍評道：「此價遍聞天下矣」。

生存壓力催生多元化的生存之道，逐漸形成一批不同於傳統文人的、以賣文爲生的職業化文人。吳承恩（1500～1582）經常靠爲人代寫壽幛賀詞作爲生活來源。張鳳翼（1527～1613）自萬曆八年（1580）起賣文傭書三十年，「榜其門曰：『本宅缺少紙筆，凡有以扇求楷書滿面者，銀一錢；行書八句者，三分；特撰壽詩壽文，每軸各若干。』人爭求之。」屠隆（1543～1605）萬曆十二年（1584）被革職後以鬻文爲生。李玉度曲自娛，賣文爲生。〔註4〕

〔註3〕 明末來華葡萄牙傳教士奧伐羅‧塞默多提到當時江南地區「館師」的經濟收入約爲每年40或50克朗。官銀每錠重50兩，每錠重50克朗。參見奧伐羅‧塞默多《大中國志》，上海古籍出版社，1998年，頁46、156。蕭清《中國古代錢幣史：附錄「圖版貳拾肆」》，人民出版社，1984年。

〔註4〕 吳玉晉《山陽志遺》卷四；沈瓚《近事叢殘》，北京廣業書社，1928年。

應市場之需、「因賈人之請」而寫作，寫書付稿酬，開始成為慣例，職業化的作者開始出現。秀才、童生編選時文，每篇能得到二到三文的報酬。李詡（1506～1593）《戒庵老人漫筆》卷八「時藝坊刻」：「有書賈在利考，朋友家往來，鈔得燈窗下課數十篇，每篇謄寫二、三十紙，到余家塾揀其幾篇，每篇酬二文或三文。」《儒林外史》第十八回，某選家六天之內將三百篇文章批完，書商付給這位選家二兩選金，另送五十部樣書。以刻字工「三分銀一百字」或「每百字二十文」^{葉德輝《書林清話》卷七}的標準，這稿費不算高。

成化時就有文人開始修訂、評點小說。如成化進士林瀚在弘治、正德時（1488～1521）修訂《隋唐志傳通俗演義》，正德進士楊慎為之批點、作序。萬曆中後期，職業化文人開始大量參與到通俗小說的編撰、評點、序跋、刊刻等活動之中。馮夢龍創編的通俗文學，書坊往往「競購，新劇甫屬草，便攘以去。」^{馮夢龍《永團圓·序》}

二、職業化作者的讀者意識與小說編撰

小說作者和改編者在創作之前即頭腦中存在著「意向的讀者」，即為其作品所預想的讀者群。面向大眾的小說，才能被書坊刊刻出售。小說編撰者看重的是作品所產生的經濟效益，為此必須考慮接受者的教育程度、審美趣味、接受能力和消費水平。小說編撰者和讀者的相互關係，如胡應麟所言：「古今著述，小說家特盛；而古今書籍，小說家獨傳，何以故哉？……夫好者彌多，傳者彌眾，傳者日眾則作者日繁。」^{胡應麟《少室山房筆叢》卷二九「九流緒論下」}

通俗小說的作者或改編者的預期讀者群顯然非常龐大。不僅是市民，甚至「村夫稚子，里婦估兒。」^{《警世通言敘》}即使「我們斷定是低劣的東西，其製作者中大多數人自己也知道是低劣的東西。……實際上那些低劣的東西是技巧嫻熟而且才華橫溢的人為這樣一些公眾所寫的，這些公眾沒有時間，或者沒有足夠的教育，或者說得明白一點，沒有智力來閱讀任何完整的、更認真、更接近眾所週知的解釋或論證原則的東西。」〔註5〕

第二節　書坊主與小說傳播

通俗小說從誕生之日起就具有濃重的、無法抹除的商業色彩，書坊在小

〔註5〕〔英〕雷蒙德·威廉斯《文化和社會》，北京大學出版社，1991年，頁384。

說的興盛中扮演了非常重要的角色。書坊主崛起的主要原因是印刷傳播方式「造成作者和讀者之間的一段真空；這個真空迅速地被文學市場上的中間人所填充。這些中間人就是出版商，或者像人們通常所稱呼的那樣，書商。他們佔據了作者和印刷商之間、這兩者與大眾之間一個戰略性位置。」〔註6〕

書坊「受一個很有魄力卻沒有受過多少教育的書商」指導，在製作書籍的過程中，書坊主要與雕板工匠、刊印工匠發生雇傭關係，要與提供舊書的人發生買賣關係，要與紙墨等原料批發商或加工坊發生貿易關係，要與寫作、編輯、批註舊書新書的文人發生的契約關係。〔註7〕書坊主對作者和讀者的影響力無疑是非常之大的。「書商是總製造商或雇主。若干文學家、作者、撰稿人、業餘作家和其他以筆墨為生的人，都是所謂的總製造商雇用的勞動者。」〔註8〕

一、書坊主與小說編纂

小說受到大眾的歡迎，「坊間所梓《三國》，何止數十家矣」（《批評三國志傳·三國辨》），「《水滸》一書，坊間梓者紛紛」（《忠義水滸志傳評林·水滸辨》）。書坊主們驚喜地發現了新的生財之道，但此時可供刊印的卻只有僅有的幾部作品，眾書坊爭相刊印也終於使市場漸趨飽和；儘管封建統治者集團中有一部分人率先刊印、傳閱與稱讚，但文士們畢竟還不可能立刻就擺脫傳統偏見去從事通俗小說創作。最清楚廣大讀者的閱讀熱情與稿荒的嚴重，並對兩者間尖銳矛盾最感焦慮的是書坊主，而他們因職業需要又具有一定的文化基礎，於是在小說領域便出現了書坊主越俎代庖的現象。

自書坊忠正堂主熊大木（1506～1578）將《精忠錄》改寫為通俗小說《大宋演義中興英烈傳》暢銷於世後（《大宋演義中興英烈傳序》），熊大木的首創為書坊主維護新財源作出了頗有誘惑力的示範，效尤者日眾，書坊主編纂通俗小說成為帶有相當普遍性的創作模式。嘉靖、萬曆時書坊主們幾乎主宰了通俗小說創作。編撰明顯地表現出書商的特點：一是缺乏必要的藝術修養，編撰只能是模倣；二是明確的市場意識，要滿足「士大夫以下遽爾未明乎理者」即普通讀者的需求。

〔註6〕 瓦特《小說的興起》，三聯書店，1992 年，頁 51。
〔註7〕 邱澎生《明代蘇州營利出版事業及其社會效應》，《九州學刊》，1992 年第 2 期。
〔註8〕 瓦特《小說的興起》，三聯書店，1992 年，頁 51。

　　第一部由書坊主編撰的長篇通俗小說，即熊大木的《大宋演義中興英烈傳》的創作就十分典型。模倣《三國志演義》「羽翼信史而不違」（《三國志通俗演義引》）、「事紀其實，亦庶幾乎史」（庸愚子《三國志通俗演義序》）的敘事方式，以「王本傳行狀之實迹，按《通鑑綱目》而取義」的方式演述岳飛故事。但由於缺乏較高的文學修養，只能簡單改寫，或綴聯輯補，或直接抄錄，或譯文言爲白話。以評點本形式刊刻行世，也是有意保證「庶使愚夫愚婦亦識其意思之一二」（《大宋演義中興英烈傳序》），因爲讀者只是粗解識字，若要作品暢銷，就必須事先逐一排除他們閱讀時可能遇上的障礙。尤可注意的是，熊大木並非作品完稿後再斟酌何處應作評點，而是編撰時一寫到讀者可能有疑難處，就立即隨手注釋。這與正常的小說創作完全不同，沒有哪個作家會屢屢中斷思路去考慮何處該加注釋，只有念念不忘擴大銷路的書坊主才會採用這種奇特的方式。全書 150 餘條雙行夾批除注音釋意、解說人名地名、注釋名稱典故外，連幾屬常識的內容也要加注解釋，證明了熊大木設定的主要閱讀對象確實是「未明乎理」的普通讀者。

二、書坊主與小說雇傭寫作

　　憑藉與印刷業、出版業和新聞的千絲萬縷的聯繫這一優勢，書坊主扮演了刺激小說寫作的角色。爲佔領市場，獲得更豐厚的利潤，書坊主更常雇傭下層文人編撰小說。書坊主以能否暢銷、能否牟利作爲取捨書稿的唯一標準。書坊主根據小說銷路判斷讀者好惡，敏銳地關注讀者興趣愛好及其變化，並將讀者的興趣反饋給小說作者，以期作者能夠盡可能地罵滿足讀者的閱讀需求和消費心理，從而獲得最大的經濟效益。作者和讀者大眾的興趣通過書坊主發生了更直接的聯繫。

　　書坊主對作者的作品有主動的選擇權，符合其要求的就出版發行，否則予以拒絕。而作家要想使自己的品得以出版，就不能不考慮書坊主的要求。這樣，書坊主的選擇就對作家的創作有重要的制約和影響。

　　《東遊記》是吳元泰受雇於書坊主余象斗寫作的典型之作。《東遊記》雜取民間傳說的八仙故事，拼湊痕迹極爲明顯。小說全部抄錄《楊家府演義》第三十二至三十八回，小說中齊天聖手持鐵棒、英勇無比的描寫，顯然是來自《西遊記》。自稱「糊口書林」的鄧志謨更熱衷於商業寫作。鄧志謨長期寓居建陽書坊，任余氏書坊萃慶堂塾師。他編寫了大量的通俗讀物，其中描寫

許遜、薩守堅與呂洞賓得道成仙及其後斬妖除魔、行善救難的《鐵樹記》、《咒棗記》與《飛劍記》都是依據舊本改編而成，所謂「搜撿殘編，彙成此書」（《鐵樹記》篇末語），其實就是將各種故事篩選整理，增添若干情節後歸於一書。他也以《西遊記》為仿傚對象，有時還乾脆抄襲，如《咒棗記》第六回「王惡收攝猴馬精，真人滅祭童男女」中一大段情節完全照搬《西遊記》第四十七回。

當時神魔小說基本上都如此編成，如朱鼎臣的《南海觀音菩薩出身修行傳》、朱名世的《牛郎織女傳》、朱開泰的《達摩出身傳燈傳》，以及作者不明的《天妃濟世出身傳》、《唐鍾馗全傳》等等，都圍繞人們熟悉的神祇，將各種民間傳說作較有條理地組織，敷演增飾又越不出《西遊記》的影響。在《南海觀音菩薩出身修行傳》中可以讀到青獅白象兩怪在作祟，混戰中又有蜈蚣精、紅孩兒身影的出沒。

萬曆中後期，受書坊雇傭或與之關係密切的文人又編撰了《楊家府世代忠勇演義志傳》、《續英烈傳》、《徵播奏捷傳通俗演義》、《三國志後傳》、《胡少保平倭記》、《承運傳》及《戚南塘剿平倭寇志傳》等演義小說。

當小說完全置於市場法則的控制之下，寫作就變成一種機械性的交易。書坊主習慣於雇用那些沒有任何天才和學問方面的資格的作交易的雇工。這就意味著他們的作品根據一種市場的效力排斥了優秀作品，迫使大眾只能「飲蘋果汁……因為他們生產不出別的酒來。」〔註9〕小說商業化現象導致小說水準災難性降低，小說被廣泛地認為是一種降低格調的寫作方式的典型例證，而書坊主藉此迎合了「讀者大眾」的口味。

三、書坊主與小說流派

「逐利」是書坊主刊刻小說的唯一動力。嘉靖間刊刻的《三國演義》、《水滸傳》非常暢銷，一時間「坊間梓者紛紛」，但是書商們很快就發現可供刊刻的書很少。從嘉靖元年到萬曆十九年（1522～1591）的七十年裏，新出的通俗小說僅有八部。萬曆二十二年（1594），與耕堂刊刻了安遇時的《包龍圖判百家公案》，三年後萬卷樓又加以翻刻。粗糙簡陋的小說依然暢銷，表明廣大讀者十分歡迎講史演義、英雄傳奇之外新的題材內容。余象斗敏銳地抓住閱

〔註9〕瓦特《小說的興起》，三聯書店，1992年，頁52。

讀市場的動向，迅速編撰刊行了《皇明諸司廉明奇判公案傳》。這些作品雖粗俗簡陋，但畢竟衝破了講史演義的一統天下，形成了通俗小說第二個創作流派，這完全是由書坊主的推動而出現的。

　　書坊主逐利的衝動又促成神魔小說的迅速崛起。萬曆二十年（1592），世德堂刊出《西遊記》，讀者們幾乎立即就為它新穎的題材、生動的故事與詼諧幽默的風格所傾倒。這時已有文人開始創作通俗小說，但囿於觀念主要編撰講史演義。瞭解讀者趣味的書坊主此時迅速轉移陣地去編寫神魔小說，主要代表又是余象斗。他看準閱讀市場動向，於萬曆三十年（1602）刊出《北方真武玄天上帝出身志傳》（《北遊記》），不久又刊出《五顯靈官大帝華光天王傳》（《南遊記》）。

　　可以說，自嘉靖中至萬曆末，通俗小說的創作是由書坊主控制和主宰的。神魔小說與公案小說兩流派的形成主要得力於書坊主。

　　豔情小說的泛濫也與書坊主「射利」密切相關。成化時豔情小說的創編解決了書坊主的稿荒之急，萬曆年間書商們更將豔情題材彙編成書，的《株林野史》、《繡榻野史》、《癡婆子傳》、《肉蒲團》、《昭陽趣史》、《如意君傳》、《素娥篇》以及《濃情快史》等豔情小說。明清之際的時事小說在短時間內冒出，文字粗糙、抄襲重刻，也是書坊主操縱的結果。

　　書坊主介入小說的編撰、出版和流通，通過降低書價、廣徵稿源、組織編撰改變了小說只有少量抄本在小圈子中傳閱的狀況，以批註插圖、改換題材等窮工極變的手段來適應讀者多變的趣味，最終導致小說「市井粗解識字之徒，手挾一冊」《大清仁宗睿皇帝實錄》卷二百七十六的最廣泛傳播局面的形成。

結　語

　　小說，尤其以文本的形式，能夠在大眾中傳播、被大眾所接受，特別依
賴物質條件的成熟和傳播環境的形成。明代社會中後期，商業資本介入圖書
出版發行領域，促進民間書坊的規模化發展，使小說文本的大眾化出版成爲
可能；商業交通與郵驛發達，拓寬了小說文本傳播的渠道，小說社會流佈方
式多樣。可以說，明代中後期，一個雛形的大眾傳播社會已基本形成。小說
從此進入到主要以文本形式和讀者閱讀爲主的傳播時代。

　　以江南爲中心的明代城市化進程中，市民階層不斷成長和壯大，成爲通
俗小說最可能的閱讀公眾。小說的閱讀依賴於一定的物質環境與精神環境，
在性別、年齡、教育、經濟、審美、地域、文化及宗教等因素影響下，通俗
小說的閱讀公眾形成不同的讀者層。讀者群的差異不僅形成不同的閱讀傾
向，也影響到小說編撰者 —— 邊緣文人與書坊主對於小說的編撰方式，甚至
也影響到小說文體、流派及文本特點的形成。明代通俗小說是大眾讀者的文
學。

附錄：明代通俗小說傳播一覽表

一、明代長篇通俗小說傳播一覽表

表1　長篇通俗小說（歷史演義）傳播一覽表

書　名	卷	篇回	創作者	評點者	作序者	出版者	版　式
三國志通俗演義	24	240	「晉平陽侯陳壽史傳」「後學羅本貫中編次」		首弘治甲寅（1494）庸愚子（蔣大器）序，次嘉靖壬午關中修髯子（張尚德）引	明嘉靖壬午（1522）刊大字本	無圖，半頁9行，行17字
三國志通俗演義	12	240	「晉平陽侯陳壽史傳」「後學羅本貫中編次」		首弘治甲寅（1494）庸愚子（蔣大器）序，次嘉靖壬午關中修髯子引	明萬曆辛卯（1591）金陵周曰校刊本，「明書林周曰校刊行」	精圖，「上元泉水王希堯寫」「白下魏少峰刻」，半頁13行，行26字
隋唐兩朝志傳	12	122	「東原羅本貫中編輯」	「西蜀升菴楊慎批評」	首楊慎、林瀚（成化）二序	明萬曆己未（1619）姑蘇龔韶山刊本	半頁9行，行20字
殘唐五代史演義傳	8	60	「貫中羅本編輯」	「李卓吾批點」	首長洲周之標君健序	明萬曆刊本	有圖，半頁9行，行20字
孔聖宗師出身全傳	4	20	不題撰人			刻於弘治年間，存影抄明刊本	
金統殘唐記							

大宋中興通俗演義	8	80	題「熊大木編」		首嘉靖三十一年（1552）熊大木自序	明嘉靖壬子（1552）楊氏清白堂刊本	圖像 14 頁，半頁 11 行，行 21 字，萬曆周氏萬花樓刊本記畫工「王少淮寫」
唐書志傳通俗演義	8	90	「金陵薛居士的本」「鼇峰熊鍾谷編集」		首嘉靖癸丑（1553）李大年序	嘉靖癸丑（1553）楊氏清江堂刊本	明唐氏世德堂刊本，圖嵌文中，「王少淮寫」，半頁 12 行，行 25 字，
列國志傳	8/12		「後學畏齋余邵魚編集」	「書林文臺余象斗評釋」		明內府抄本，明萬曆丙午（1606）三臺館余象斗刊本	上評中圖下文，半頁 13 行，行 20 字
列國前編十二朝傳	4	50	「三臺山人仰止余象斗編集」			「閩雙峰堂西一三臺館梓行」	上圖下文
三國志後傳	10	139	「晉平陽侯陳壽史餘雜記，西蜀酉陽野史編次」		卷首有萬曆己酉三十三年（1605）序引	明萬曆十四（1586）年刊本	插圖記刻工「金陵魏少峰刻像」，半頁 12 行，行 27 字
全漢志傳	12		「鼇峰後人熊鍾谷編次」		西漢卷首有序	萬曆 16 年（1588）刊本，東漢末木記「清白堂楊氏梓行」「書林文臺餘世騰梓」	上圖下文，半頁 14 行，行 22 字
皇明英武傳	8	60	不題撰人（嘉靖郭勳）		序殘缺	萬曆辛卯年（1591）「原板南京齊府刊行」、「書林明峰楊氏重梓」	上圖下文，半頁 14 行，行 25 字
南北兩宋志傳	20	100	南宋題「陳繼儒編次」，北宋不題撰人（熊鍾谷）		首三臺館主人序	萬曆 21 年（1593）刊本，明建陽余氏三臺館刊本	上圖下文，半頁 13 行，行 23 字

兩漢開國中興志傳	6	42	「撫宜黃化宇校正」			萬曆乙巳三十三年（1605）刊本，「鹵清堂詹秀閩藏板」「書林詹秀閩繡梓」	上圖下文，半頁 11 行，行 23 字
楊家通俗演義	8	58	「秦淮墨客（紀振倫）校閱，煙波釣叟參訂」		首萬曆丙午（1606）秦淮墨客序（紀振倫）	萬曆三十四年（1606）臥松閣刊本	圖嵌文中，半頁 10 行，行 20 字
續英烈傳	5	34	「空谷老人編次」		首「秦淮墨客」（紀振倫）萬曆三十四年（1606）序	舊刊大字本	半頁 9 行，行 21 字
西漢通俗演義	8	101	「鍾山居士建業甄偉演義」「繡谷後學敬弦周以用訂訛」		首甄偉自序	萬曆壬子（1612）金陵周氏大業堂刊本「金陵書林敬素周希旦校錄」	無圖，半頁 14 行，行 30 字
東西晉演義	12		不題撰人	「秣陵陳氏尺蠖齋評釋」	首雉衡山人（楊爾曾）序	萬曆四十年（1612）「繡谷周氏大業堂校梓」	圖嵌文中，「工少淮寫像」，半頁 12，行 24 字
東西晉志傳	12	50	「武林夷白主人重修」「泰和堂土人參訂」（楊爾曾編）			明武林刊本	上圖下文，半頁 14 行，行 24 字
雲合奇蹤	20	80	「徐渭文長甫編」	「玉茗堂批點」	首萬曆四十四年（1616）徐如翰序		前附圖 20 頁，半頁 10 行，行 20 字
隋唐演義	10	114	不題撰人		首徐文長序	明武林精刊本	圖 40 頁，半頁 10 行，行 21 字
東漢十二帝通俗演義	10	146	「金川西湖謝詔編集」	「金陵周氏大業堂評訂」	首陳繼儒序	明周氏大業堂刊本	無圖，半頁 12 行，行 28 字
岳武穆精忠傳	6	68	「吉水鄒元標編訂」		首「岳武穆王精忠傳」序，題「吉水鄒元標撰」	舊刻本「玉茗堂原本」	半頁 12 行，行 28 字

于少保萃忠全傳	10	40	「後學孫高亮懷石甫纂述」			萬曆間刊本	
正統傳			不題撰人				
戚南塘剿定倭寇志傳	1～3卷						
承運傳	4					萬曆間福建坊刊本	上圖下文,半頁 10 行,行 17 字
神武傳	4					萬曆福建刻本	
隋煬帝豔史	8	40	「齊東野人編演」	「不經先生批評」	首笑癡子序,崇禎辛未李友人委蛇居士題詞,崇禎辛未野史主人序	明人瑞堂刊本	插圖精,半頁 9 行,行 20 字
隋史遺文	12	60	不題撰人(袁于令)	卷端題「劍嘯閣批評秘本出像隋史遺文」	首崇禎癸酉(1633)自序	明崇禎刊本	圖 30 頁,半頁 9 行,行 19 字
開闢演義通俗志傳	6	80	「五嶽山人周遊仰止集」「靖竹居士王簧子承釋」	封面題「鍾伯敬先生評」	首崇禎乙亥(1635)王簧序	崇禎間「古吳麟瑞藏板」	附圖,半頁 9 行,行 18 字
盤古至唐虞傳	2	14	「景陵鍾惺景伯父編輯」「古吳馮夢龍猶龍父鑒定」		首鍾惺序	明書林余季岳刊本	上圖下文,半頁 10 行,行 18 字
有夏志傳	4	19	「景陵鍾惺景伯父編輯」「古吳馮夢龍猶龍父鑒定」		首鍾惺序	明刊本	上圖下文,半頁 10 行,行 18 字
有商志傳	4	12	「鍾惺伯敬父編輯」「馮夢龍猶龍父鑒定」			明書林余季岳刊本	
新列國志		108	題墨憨齋新編(馮夢龍)			明金閶葉敬池刊本	圖 54 頁,半頁 10 行,行 22 字

孫龐鬥志演義	20		明本題「吳門嘯客述」又題「澹園主人編次，清修主人參訂」		首望古主人序，崇禎丙子（1636）戴氏主人書於挹珠山房序。	明崇禎刊本	圖 20 頁，「項南洲刻」，半頁 9 行，行 20 字
七十二朝人物演義	40		不題撰人，內封右上鐫「李卓吾先生秘本」	內封右上鐫「諸名家彙評」	尾署「仲磊道人撰於西子湖之萍席」	明刊本	
皇明大儒王陽明先生出身靖難錄	3		題「墨憨齋新編」（馮夢龍）	眉批、夾註			
岳武穆盡忠報國傳	7	28	不題撰人（于華玉編）	有眉評、回後總評，題「臥治軒評」（于華玉）	首敘署「孝烏通家治生金世俊」，凡例署「金沙輝山于華玉識於孝烏之臥治軒」，「門人信安古雲餘邦紹刪詞，蘭江伯熙章朝較劑」	明友益齋刊本（崇禎十五午）	半頁 10 行，行 20 字

表 2 長篇通俗小說（時事小說）傳播一覽表

書 名	卷	篇回	編撰者	評點者	作序者	出版者	版 式
徵播奏捷傳通俗演義	6	100	「棲眞齋名道狂客演」		首九一居主人引	萬曆癸卯（1602）蜀刊本	插圖，半頁 11 行，行 26 字
遼東傳							
七曜平妖傳	6	72	「吳興會極清隱道士編次，洪都瀛海嫩仙居士參閱，彭城雙龍延平處士訂正」（沈會極）		首「天啓甲子（1624）春月上浣序，友人文光斗撰」序	清初寫刻本	
警世陰陽夢	10	40	「長安道人國清編次」		首崇禎戊辰（1628）硯山樵元九序	崇禎元年刊本	

書名	卷	篇回	創作者	評點者	作序者	出版者	版式
魏忠賢小說斥奸書		40	「吳越草莽臣撰」	有旁批、眉批	首崇禎元年（1628）鹽官木強人序，及草莽臣自序	崇禎元年精刊本	半頁 10 行，行 21 字
皇明中興聖烈傳	5		「西湖義士述」（樂舜日）		首自序	明崇禎初刊本	半頁 8 行，行 19 字
近報叢談平虜傳	2	20	「吟嘯主人撰」			崇禎間坊刊本	
璇璣閒評		50	不題撰人			坊刊小本	
遼海丹忠錄	8	40	「平原孤憤生戲筆」（陸雲龍）	「鐵崖熱腸人偶評」	首翠娛閣主人序	崇禎刊本	圖 20 頁，半頁 9 行，行 19 字
鎮海春秋	殘	10	不題撰人	有眉批		明刊本	
剿闖通俗小說		10	「西吳懶道人口授」		首西吳九十翁無競氏序	明弘光元年（1645）刊本	插圖 5 頁，半頁 8 行，行 22 字

表3　長篇通俗小說（英雄傳奇）傳播一覽表

書名	卷	篇回	創作者	評點者	作序者	出版者	版式
水滸傳	20					嘉靖刊本	半頁 10，行 20 字
水滸傳	100	100	「施耐庵集撰」、「羅貫中纂修」		首天都外臣序	萬曆十七年乙丑（1589）刊本	有圖，半頁 12，行 24 字
禪眞逸史	8	40	「清溪道人編次」（方汝浩）	「心心仙侶評定」	首有序 15 篇	明刊原本	插圖 20 頁，半頁 9 行，行 22 字，刻工「素明刊」
禪眞後史	10	60	「清溪道人編次」（方汝浩）	「沖和居士評校」	首崇禎己巳年（1629）翠娛閣主人（陸雲龍）序	明崢霄館刊本	插圖 30 頁，半頁 9 行，行 20 字，「刻工「洪國良鐫」
水滸後傳	8	40	「古宋遺民著」（陳忱）	「雁宕山樵評」	卷首有論略	舊刊本	半頁 9 行，行 20 字
混唐後傳	8	32	「竟陵鍾惺伯敬編次」「溫陵李贄卓吾參訂」			芥子園刊本	

表4　長篇通俗小說（神魔小說）傳播一覽表

書名	卷	篇回	創作者	評點者	作序者	出版者	版式
三遂平妖傳	4	20	「東原羅貫中編次，錢塘王慎修校梓」		首武勝童昌祚益開甫序	萬曆錢塘王慎修刊本	圖嵌文中，「金陵劉希賢刻」，半頁9行，行20字
濟顛禪師語錄	1		「仁和沈孟柈述」			「隆慶己巳（1569）四香高齋平石監製」	
五顯靈官大帝華光天王傳（南遊記）	4	18	「三臺館山人仰止余象斗編」			明隆慶五年（1571）「書林昌遠堂仕弘李氏梓」	
西遊釋厄傳	10		朱鼎臣			萬曆間書林劉蓮臺刊本	上圖下文，半頁10行，行17字
西遊記傳	4	41	「齊雲楊志和編，天水趙毓校」				
天妃濟世出身傳	2	32	「南州散人吳還初編，昌江逸士塗德口校」			「潭邑書林熊龍峰梓」萬曆忠正堂刊本	
西遊記	20	100	吳承恩，華陽洞天主人校			萬曆二十年（1592）「金陵世德堂梓」	圖嵌文中，半頁12行，行24字
北方眞武玄天上帝出身志傳（北遊記）	4	24	「三臺山人仰止余象斗編」			明萬曆三十年刊本，「建邑書林余氏雙峰堂梓」「書林熊仰臺梓」	
東遊記	2	56則	「蘭江吳元泰著，社友淩雲龍校」		首余象斗《八仙傳》引	明書林余文臺刊本	上圖下文，半頁10行，行17字
南海觀世音菩薩出身修行傳	4	25	「南州西大午辰走人訂著，羊城沖懷朱鼎臣編輯」			明「書林煥文堂刊行」「渾城泰齋楊春榮繡梓」	

三寶太監西洋記通俗演義	20	100	「二南里人著，閒閒道人編輯」（羅懋登）		首萬曆二十六年戊戌（1598）二南里人序	明萬曆精刊本	有插圖
封神演義	20	100	「鍾山逸叟許仲琳編輯」		首李雲翔為霖甫序	明金閶舒載陽刊本	圖50頁，半頁10行，行20字
鍾馗全傳	4	35	不題撰人			明「書林安正堂補正」「後街劉雙松梓行」	
鐵樹記	2	15	「雲錦竹溪散人鄧氏編」（鄧志謨）		首萬曆癸卯自引	萬曆三十一年（1603）萃慶堂餘泗泉梓行	回插一圖，半頁11行，行24字
咒棗記	2	14	「安邑竹溪散人鄧氏編」（鄧志謨）		首萬曆癸卯（1603）作者自序	萬曆「閩書林萃慶堂余氏梓」	圖嵌文中，半頁11行，行24字
飛劍記	2	13	「安邑竹溪散人鄧氏編」（鄧志謨）		首「呂祖飛劍記引」	萬曆三十一年閩書林余氏萃慶堂梓行	圖嵌文中，半頁11行，行24字
二十四尊得道羅漢傳	6		「撫臨朱星祚編」			萬曆三十二年（1604）書林楊氏清白堂刊本	上圖下文，半頁10行，行17字
達摩出身傳	4	64	「逸士朱開泰選修」			萬曆「書林麗泉楊氏梓行」（清白堂）	
三教開迷歸正演義	20	100	「九華潘境若編次」	「蘭禺朱之藩評訂」		萬曆間白門萬卷樓刊本	
牛郎織女傳	4	57	「儒林太儀朱名世編」			萬曆書林余成章刊本	上圖下文，半頁10行，行17字
韓湘子全傳	8	30	「錢塘雉衡山人編次」（楊爾曾）	「武林泰和仙客評閱」	首序署「時天啓癸亥季夏朔日煙霞外史題於泰和堂」	天啓三年（1623）金陵九如堂序刻本	圖像16頁，半頁9行，行20字
東度記	20	100	「滎陽清溪道人（方汝浩）」		首崇禎八年（1635）序	明萬卷樓刊本	半頁10行，行22字

書名	卷	篇回	創作者	評點者	作序者	出版者	版式
			著，華山九九老人述」				
續西遊記		100	不題撰人		首復眞居士序	同治戊辰（1868）漁古山房刊本	
西遊補		16	「靜嘯齋主人著」（董說）		首癸丑天目山樵序	明崇禎間刊本	圖8頁，半頁8行，行20字

表5　長篇通俗小說（世情小說）傳播一覽表

書名	卷	篇回	創作者	評點者	作序者	出版者	版式
金瓶梅		100	不題撰人		首欣欣子序	萬曆四十五年（1617）刊本	
玉嬌李						萬曆末刊本	
醋葫蘆	4	20	「西子湖伏雌教主編」	「且笑廠蓉癖者評」「心月主人評」	首「筆耕山房醉西湖心月主人」序、且笑廠卡人識語」	明刊本	附圖20幅，題「項南洲刊」「陸九清寫」

表6　長篇通俗小說（豔情小說）傳播一覽表

書名	卷	篇回	創作者	評點者	作序者	出版者	版式
如意君傳			不題撰人				
青樓傳	5						
繡榻野史	4		不題撰人	「卓吾李贄評點」「醉眠憨憨子校閱」	有眉評	萬曆間刊本	半頁9行，行17字
素娥篇			鄞華生			萬曆間刊本	
浪史	4	40	「風月軒入玄子著」			日本傳抄本	半頁9行，行21字
癡婆子傳	2	33	「芙蓉主人輯」	「情癡子批校」			
朝陽趣史	6					明刊本	半頁9行，行20字

表 7　長篇通俗小說（公案小說）傳播一覽表

書名	卷	篇回	創作者	評點者	作序者	出版者	版式
包龍圖判百家公案	10	100	「前唐散人安遇時編集」			萬曆二十二年（1594）刊本	
包孝肅公百家公案演義	6	100	不題撰人		丁酉「饒安完熙生」自序	明萬卷樓刊本	圖嵌文中，半頁 13 行，行 26 字
皇明諸司廉明奇判公案傳	6	59	「山人仰止余象斗編述」		萬曆二十六年（1598）自序	萬曆二十六年刻本	上圖下文，半頁 10 行，行 17 字
新民公案	4	43	不題撰人（吳遷）		首萬曆三十三年（1605）「南州延陵還初吳遷」序	「建州震晦楊百明發刊，書林仙源金成章繡梓」	
海剛峰居官公案傳	4	71	「晉人羲齋李春芳編癡」		首萬曆三十四年（1606）自序	萬曆丙午（1606）萬卷樓刊本	圖嵌文中，半頁 12 行，行 23 字
龍圖公案						萬曆殘本	
明鏡公案	7	58	葛元民、吳沛泉彙編			萬曆間刊本	上圖下文，半頁 10 行，行 16/17 字
鼎雕國朝憲臺折獄蘇冤神明公案	2	12				萬曆間刊本	
詳刑公案	8	40	「京南歸正寧靜子輯」			萬曆福建坊刊本	上圖下文，半頁 11 行，行 18 字
律條公案	7	46	「湯顯祖編輯」			萬曆書林師儉堂梓行	
續廉明公案傳	6	59	余象斗編述			明刊本	
詳情公案	6	39				明寫刻本	上圖下文，半頁 10 行，行 17 字

二、明代中篇傳奇小說傳播一覽表

集　名	卷	編輯者	作序者	出版者	收錄中篇傳奇小說
繡谷春容	12	赤心子輯	首魯連居士序	萬曆世德堂刊本	尋芳雅集、龍會蘭池錄、劉生覓蓮記、嬌紅記、花神三妙傳、李生六一天緣、天緣奇遇、鍾情麗集
國色天香	10	吳敬所編輯	首九紫山人萬曆丁亥（1587）序	萬曆丁酉（1597）金陵周氏萬卷樓刊本	龍會蘭池錄、劉生覓蓮記、尋芳雅集、雙卿筆記、花神三妙傳、天緣奇遇、鍾情麗集
燕居筆記	10	何大倫輯		明刊本	天緣奇遇、鍾情麗集、花神三妙傳、嬌紅記、懷春雅集
萬錦情林	6	「三臺館山人仰止余象斗纂」		萬曆雙峰堂刊本	鍾情麗集、花神三妙傳、劉生覓蓮記、尋芳雅集、天緣奇遇、傳奇雅集
風流十傳	8	萬曆四十八年編輯		萬曆刊本	鍾情麗集、雙雙傳、花神三妙傳、天緣奇遇、嬌紅記、尋芳雅集、融春集、五金魚傳
花陣綺言	12				三奇合傳、花神三妙傳、天緣奇遇、鍾情麗集、嬌紅記、融春集、劉生覓蓮記

三、明代短篇通俗小說傳播一覽表

集　名	卷	篇	編著者	評注者	序跋者	刊行者	版式
六十家小說	6集	60				嘉靖洪楩清平山堂刊本	
古今小說	40	40	不題撰人（馮夢龍纂輯）		首綠天館主人序	昌啓間天許齋刊本	精圖 40 頁「素明刊」，半頁 10 行，行 20 字
喻世明言	24	24	「墨浪主人校」（馮夢龍）	「可一居士評」	首綠天館主人序	衍慶堂本	圖 24 頁，半頁 10 行，行 20 字
警世通言	40	40	「無礙居士校」（馮夢龍）	「可一主人評」	首天啓甲子（1624）豫章無礙居士序	金陵兼善堂本	圖 40 頁「素明刊」，半頁 10 行，行 20 字

醒世恒言	40	40	不題撰人「墨浪主人校」(馮夢龍)	「可一主人評」	首天啓丁卯(1626)隴西可一居士序	金陵葉敬池刊本	圖40頁，半頁10行，行20字
初刻拍案驚奇	40	40	淩蒙初	封面題「即空觀評閱」	首即空觀主人自序	尚友堂刊本	圖40頁，半頁10行，行20字
鼓掌絕塵	4集	40	「古吳金木散人編」		首崇禎辛未(1631)閉戶先生題辭	明刊本	精圖40頁，半頁9行，行20字
二刻拍案驚奇	39/1	39/1	淩蒙初		首崇禎壬申(1632)睡鄉居士序	尚友堂刊本	圖30頁，半頁10行，行20字
今古奇觀	40	40	「姑蘇抱甕老人輯」「笑花主人閱」		首姑蘇笑花主人序		
覺世雅言	8		不題撰人		首綠天館主人序	明刊本	
歡喜冤家		24	「西湖漁隱主人編」		首漁隱主人序	山水鄰原刊本	半頁12行，行26字
型世言	40	40	「錢塘陸人龍演義」	評者多	回首「翠娛閣主人」敘、小引	崇禎原刻本	
幻影	8	30	「夢覺道人編輯」		首癸未年(1643)序	癸未(1643)刊本	半頁9行，行20字
西湖二集	34	34	「武林濟川子清原甫纂」(周輯)	「武林抱膝老人籲謨甫評」	首湖海子序	明刊原本	精圖34頁，半頁10行，行20字
十二笑	殘		墨憨齋主人新編	「亦臥盧生評」「天許閒人校」	首墨憨主人序	崇禎間刊本	半頁9行，行20字
筆獬豸	3	3	「獨醒人編次」				
壺中天	殘3	3	不題撰人			明末舊抄本	
一片情	4	14	不題撰人		首「沛國樗仙」序	明末刊本	半頁8行，行18字

八段錦	8	8	「醒世居士編輯」「樵叟參訂」			醉月樓刊本	半頁 10 行，行 26 字
載花船	4	16	「西泠狂者筆」	「素星道人評」	首己亥朗人序		
石點頭	14	14	「天然癡叟（席浪仙）著」	有眉評，「墨憨主人評」	首龍子猶（馮夢龍）序	明末金閶葉敬池刊本	圓圖 14 頁，半頁 9 行，行 20 字
弁而釵	4	20	「醉西湖心月主人著」	「奈何天呵呵道人評」		清初刊本	精圖，半頁 9 行，行 18 字
宜春香質	4	20	「醉西湖心月主人著」	「且笑廣芙蓉癖者評」		舊刊本	有圖，半頁 9 行，行 18 字
清夜鐘	16		明楬薁撰			明刊本	圖 16 幅，半頁 9 行，行 19 字
鴛鴦針	4	4	「華陽散人編輯」	「蚓天居士批閱」	首獨醒道人序	寫刻本	
貪欣誤	6	6		「羅浮散客鑒定」		明刊本	
天然巧	殘 3	3	「西湖逸史撰」	「羅浮散客鑒定」		啓禎間刊本	
僧尼孽海	32					抄本	

參考文獻

論　著

1. 孫楷第《中國通俗小說書目》，人民文學出版社，1982 年。
2. 孫楷第《日本東京所見小說書目》，人民文學出版社，1991 年。
3. 孫楷第《戲曲小說書錄解題》，人民文學出版社，1990 年。
4. 柳存仁《倫敦所見中國小說書目提要》，書目文獻出版社，1982 年。
5. 江蘇社會科學院《中國通俗小說總目提要》，中國文聯出版公司，1990 年。
6. 寧稼雨《中國文言小說總目提要》，齊魯書社，1996 年。
7. 侯忠義《中國文言小說參考資料》，北京大學出版社，1985 年。
8. 劉修業《古典小說戲曲叢考》，作家出版社，1958 年。
9. 葉德均《戲曲小說叢考》，中華書局，1979 年。
10. 蔣瑞藻《小說考證》，上海古籍出版社，1984 年。
11. 孫楷第《小說旁證》，人民文學出版社，2000 年。
12. 孔另鏡《中國小說史料》，上海古籍出版社，1982 年。
13. 徐朔方《小說考信篇》，上海古籍出版社，1997 年。
14. 丁錫根《中國歷代小說序跋集》，人民文學出版社，1996 年。
15. 王曉傳《元明清三代禁燬小說戲曲史料》，作家出版社，1958 年。
16. 魯迅《中國小說史略》，東方出版社，1996 年。
17. 石昌渝《中國小說源流論》，三聯書店，1994 年。
18. 程毅中《宋元小說研究》，江蘇古籍出版社，1998 年。
19. 齊裕焜《明代小說史》，浙江古籍出版社，1997 年。

20. 陳大康《明代小説史》，上海文藝出版社，2000 年。

21. 鄭振鐸《中國俗文學史》，商務印書館，1998 年。

22. 王文寶等《中國俗文學概論》，北京大學出版社，1997 年。

23. 胡士瑩《話本小説概論》，中華書局，1980 年。

24. 陳汝衡《陳汝衡曲藝文選》，中國曲藝出版社，1985 年。

25. 謝桃坊《中國市民文學史》，四川人民出版社，1997 年。

26. 《劍橋中國明代史》，中國社會科學出版社，1992 年。

27. 錢穆《國史大綱》，商務印書館，1999 年。

28. 黃仁宇《萬曆十五年》，三聯書店，1997 年。

29. 嵇文甫《晚明思想史論》，東方出版社，1996 年。

30. 李澤厚《美的歷程》，安徽文藝出版社，1994 年。

31. 〔法〕丹納《藝術哲學》，安徽文藝出版社，1998 年。

32. 余英時《士與中國文化》，上海人民出版社，1987 年。

33. 王運熙、顧易生《中國文學批評史》（中），上海古籍出版社，1981 年。

34. 方正耀《中國小説批評史略》，中國社會科學出版社，1990 年。

35. 林崗《明清之際小説評點學之研究》，北京大學出版社，1999 年。

36. 過常寶等《中國古典文學接受史》，山東教育出版社，2000 年。

37. 樂黛雲、陳珏《北美中國古典文學研究名家十年文選》，江蘇人民出版社，1996 年。

38. 〔英〕伊恩‧P‧瓦特《小説的興起》，三聯書店，1997 年。

39. 〔美〕浦安迪《明代小説四大奇書》，中國和平出版社，1993 年。

40. 〔俄〕李福清《三國演義與民間文學傳統》，上海古籍出版社，1997 年。

41. 〔日〕內田道夫《中國的小説世界》，上海古籍出版社，1992 年。

42. 〔日〕小野四平《中國近代白話短篇小説研究》，上海古籍出版社，1997 年。

43. 〔臺〕靜宜文理學院《中國古典小説研究專集》1～6，聯經出版事業有限公司，1980～1983 年。

44. 葉德輝《書林清話》，嶽麓書社，1999 年。

45. 韓錫鐸、王清原《小説書坊錄》，春風文藝出版社，1987 年。

46. 曹之《中國古籍版本學》，武漢大學出版社，1992 年。

47. 李致忠《古書版本學概論》，北京圖書館出版社，1990 年。

48. 〔美〕施拉姆《傳播學概論》，新華出版社，1984 年。

49. 〔英〕丹尼斯‧麥奎爾《大眾傳播模式論》，上海譯文出版社，1997 年。

50. 〔日〕竹內郁郎《大眾傳播社會學》,復旦大學出版社,1989年。

51. 〔英〕巴特勒《媒介社會學》,社會科學文獻出版社,1989年。

52. 〔美〕戴安娜・克蘭《文化生產:媒體與都市文化》,譯林出版社,2001年。

53. 陸揚、王毅著《大眾文化與傳媒》,上海三聯書店,2000年。

54. 陸揚、王毅選編《大眾文化研究》,上海三聯書店,2001年。

55. 尹韻公《中國明代新聞傳播史》,重慶出版社,1990年。

56. 毛禮銳《中國古代教育史》,人民教育出版社,1979年。

57. 陳學恂主編《中國教育史研究》(明清分卷),華東師範大學出版社,1995年。

58. 吳霓《中國古代私學發展諸問題研究》,中國社會科學出版社,1996年。

59. 胡文楷《歷代婦女著作考》,上海古籍出版社,1985年。

60. 陳東原《中國婦女生活史》,商務印書館,1998年。

61. 曹大為《中國古代女子教育》,北京師範大學出版社,1996年。

62. 〔英〕藹理士著、潘光旦譯注《性心理學》,三聯書店,1987年。

63. 張國星主編《中國古代小說中的性描寫》,百花文藝出版社,1993年。

64. 王書奴《中國娼妓史》,嶽麓書社,1998年。

65. 葉舒憲《性別詩學》,社會科學文獻出版社,1999年。

66. 何滿子《中國愛情小說中的兩性關係》,上海書店出版社,1999年。

67. 陳益源《小說與豔情》,學林出版社,2000年。

68. 吳存存《明清社會性愛風氣》,人民文學出版社,2000年。

69. 傅衣凌《明代江南市民經濟試探》,上海人民出版社,1957年。

70. 許滌新、吳承明《中國資本主義的萌芽》,人民出版社,1985年。

71. 陳學文《中國封建晚期的商品經濟》,湖南人民出版社,1989年。

72. 龍登高《中國傳統市場發展史》,人民出版社,1997年。

73. 范金民《明清江南商業的發展》,南京大學出版社,1998年。

74. 李伯重《江南的早期工業化(1550~1850)》,社會科學文獻出版社,2000年。

75. 王毓銓《中國經濟通史・明代經濟卷》,經濟日報出版社,2000年。

76. 劉石吉《明清時代江南市鎮研究》,中國社會科學出版社,1987年。

77. 樊樹志《明清江南市鎮探微》,復旦大學出版社,1990年。

78. 韓大成《明代城市研究》,中國人民大學出版社,1991年。

79. 陳學文《明清時期杭嘉湖市鎮史研究》,群言出版社,1993年。

80. 〔美〕施堅雅《中華帝國晚期的城市》，中華書局，2000 年。

81. 秦佩珩《明清社會經濟史論稿》，中州古籍出版社，1984 年。

82. 韓大成《明代社會經濟初探》，人民出版社，1986 年。

83. 傅衣凌《明代商人和商業資本》，人民出版社，1958 年。

84. 陳大康《明代商賈和世風》，上海文藝出版社，1996 年。

85. 王春瑜《明清史散論》，東方出版中心，1996 年。

86. 彭信威《中國貨幣史》上海人民出版社，1988 年。

87. 黃仁宇《十六世紀明代中國之財政與稅收》，三聯書店，2001 年。

88. 胡煥庸、張善余《中國人口地理》，華東師範大學，1984 年。

89. 何炳棣《1368～1957 中國人口研究》，上海古籍出版社，1989 年。

90. 石方《中國人口遷移史稿》，黑龍江人民出版社，1990 年。

91. 路遇、滕澤子《中國人口通史》下，山東人民出版社，2000 年。

92. 劉廣生《中國古代郵驛史》，人民郵電出版社，1986 年。

93. 王崇煥《中國古代交通》，商務印書館，1996 年。

94. 李連祥主編《中國古代道路交通史》，人民交通出版社，1994 年。

論 文

1. 石昌渝，通俗小說與雕版印刷，文史知識，2000 年第 2 期。

2. 徐曉望，建陽書坊與明代小說出版業，出版史研究，第 4 輯。

3. 王利器，小說戲曲在明代文學的地位，明情小說論叢，第 3 輯。

4. 盧明純，明代坊刻小說興盛探因，四川圖書館學報，1991 年第 1 期。

5. 張次第，論明代後期通俗小說刊刻的思想特點，鄭州大學學報（哲社版），2001 年第 4 期。

6. 郭英德，元明的文學傳播與文學接受，求是學刊，1999 年第 2 期。

7. 白永達、白蕾，作者・受眾・傳播條件與市民文學，陰山學刊（社科版），1997 年第 3 期。

8. 符有明，論影響讀者文學消費自由的因素，河南師範大學學報（哲社版），2001 年第 3 期。

9. 劉鳳雲，明清城市的坊巷與社區 —— 兼論傳統文化在城市空間的折射，中國人民大學學報 2001 年第 2 期。

10. 王永健，明清小說與江蘇論綱，蘇州大學學報（哲社版），2000 年第 1 期。

11. 王雲，民間社學與明代基礎教育，聊城師範學院學報，1993 年 2 期。

12. 寧宗一，「性」與「丑」：閱讀行為與《金瓶梅》的意義，湖北大學學報（哲社版）2001 年第 4 期。

13. 李舜華，明代書賈與通俗小說的繁興，中國典籍與文化，1999 年第 4 期。

14. 劉曉東，晚明士人生計與士風，《東北師大學報》哲社版，2001 年第 1 期。

15. 韓南，古今小說中某些故事的作者問題，中國古典小說論叢（二）神話與小說之部。

16. 〔日〕磯部彰「西遊記」的接納與流傳 —— 以明代正德到崇禎年間為中心，中國古典小說論叢（二）神話與小說之部。

17. 〔日〕大木康，關於明末白話小說之作者與讀者 —— 據磯部彰之論，明代史研究，1984 年 12 期。

18. 〔日〕大木康，中國明末的出版事情 ，江戶文學，1997 年 12 月。

附錄一　瞽：上古時代的遊吟詩人 [註1]

內容摘要

　　說唱藝人多為瞽者。瞽藝人起源於先秦的瞽樂官。先秦之「瞽」，由「瞍」而來，呈現出職業化、伎藝化和程序化的特點。他們擅長諷誦，名列「王官」，是禮樂文化重要的傳播者。「瞽」主要活動在宮廷之中，禮樂文化的繁榮使其「說唱」伎藝得以提高與完善；奢華的宮廷文化催生「說唱」伎藝日益由儀式趨向娛樂化。「禮壞樂崩」後，「瞽」逐漸被「優」取代而失去宮廷音樂主角的地位。上古文明的終結最終裹挾「王官」逐漸淡出朝堂，泯入民間，匯為民間的「說唱」洪流，成為以說唱謀生的瞽藝人。

關鍵詞：先秦　瞽者　伎藝　說唱

〔註 1〕 本文原發表於《戲曲藝術》2003 年第 4 期。

　　「說唱」或「講唱」故事是一項民間伎藝。我國民間的說唱藝人多為瞽者。「瞽」，毛詩鄭箋云：「無目眸謂之『瞽』，有目無眸子謂之『瞍』，有目眸而無見謂之『矇』。」「矇」、「瞽」、「瞍」統稱為「瞽」，即今所謂「盲」。〔註2〕陸游《小舟遊近村》有「負鼓盲翁正作場，滿村聽說蔡中郎」的詩句；明清文獻的記載可略見出當時瞽藝人表演說唱的普遍：〔註3〕

　　　　瞿祐《過汴梁》詩：「陌頭盲女無愁恨，能撥琵琶說趙家」。田汝成《西湖遊覽志餘》卷二十：「杭州男女瞽者，多學琵琶，唱古今小說、平話，以覓衣食，謂之陶真。」田藝衡《留青日箚》：「曰瞎先生者，乃雙目瞽女，即宋陌頭盲女之流。自幼學習小說、詞曲，彈琵琶為生。多有美色，精伎藝，善笑謔，可動人者。」張岱《陶庵夢憶》記「揚州清明」有「瞽者說書」。（以上明代）

　　　　屬鶚《悼亡姬》：「閒憑盲女彈詞話」。張泓《滇南憶舊錄》（不分卷）：「金陵趙瞽以彈詞名」。黃士陂《北隅掌錄》卷上：「養濟院瞽者，悉皆為三弦，唱南詞，沿街覓食，謂為排門兒。」《揚州畫舫錄》記乾隆時「人參客王建明瞽後，工弦詞，成名師」。嘉慶李調元《童山詩集》卷三十八：「曾向錢塘聽琵琶，陶真一曲日初斜，白頭瞽女臨安住，猶解逢人唱趙家。」（以上清代）

說唱一向是瞽人的專業，是不爭的事實；瞽藝人的說唱對文化的普及作用也不容忽視。「一般的民眾，未必讀小說，未必時時得見戲曲的演唱，但講演文學卻是時時被當作精神上的主要的食糧的。」〔註4〕

　　遊走民間的瞽藝人多出身寒微，地位卑下，他們的伎藝多半是師徒口耳相傳，彈唱故事，娛人以謀生。〔註5〕也就是說，「說唱」對於瞽人來說，是職業化、伎藝化、娛樂化的謀生手段。這樣的瞽人說唱源起何時？胡士瑩認為，有文獻可徵的，以前所引陸游詩為最早。〔註6〕事實上《尚書》中就活動

〔註2〕阮元《十三經注疏》，中華書局，1980年，頁257。
〔註3〕葉德均《宋元明講唱文學》，古典文學出版社，1957年，頁30。陳汝衡《說書史話》，作家出版社，1958年，頁115、11。胡士瑩《話本小說概論》，中華書局，1980年，頁371。張岱《陶庵夢憶》，江蘇古籍出版社，2000年，頁85。
〔註4〕鄭振鐸《中國俗文學史》，商務印書館，1998年，頁9、10。
〔註5〕石昌渝《中國小說源流論》，三聯書店，1994年，頁18、19。
〔註6〕胡士瑩《話本小說概論》，中華書局，1980年，頁371。

著瞽人的身影，《尚書·夏書·胤征》：「辰不集於房，瞽奏鼓，嗇夫馳，庶人走。」「瞽」在「辰不集於房」時（據說是我國最早的關於日月蝕的記錄），「奏鼓」作樂，說明「同說唱藝術關係最為密切的是春秋之前瞽者的活動。」〔註7〕這些「瞽」就是瞽藝人的遠祖——春秋之前靠口耳相傳、「歌唱詩篇而以樂器伴之」的瞽樂官。〔註8〕

理由之一是，上古乃至秦漢，口耳相傳是重要的社會文化傳播方式。我國殷商時代已有文字，但以文字為媒介的傳播受到身份、經濟及文字本身的限制。「文字在人民間萌芽，後來卻一定為特權者所收攬。……待到落在巫史的手裏的時候，更不必說了，他們都是酋長之下，萬民之上的人。社會改變下去，學習文字的人們的範圍也擴大起來，但大抵限於特權者。至於平民，那是不識字的，並非缺少學費，只因為限於資格，他不配。而且連書籍也看不見。」「我們中國的文字，對於大眾，除了身份、經濟這些限制之外，卻還要加上一條高門檻：難。」〔註9〕再者，文字刻在竹簡上，或寫在布帛上，不僅昂貴，而且費時費力。「口耳相傳」因而成為重要的傳播方式，如孔子的「述而不作」、「三百五篇，遭秦而全者，以其諷誦，不獨在竹帛故也」（《漢書·藝文志》）。詩書禮樂的文化傳統主要依靠口頭傳播，而「瞽」正是樂文化傳統的重要傳承者和傳播者。

春秋之前從事音樂的「瞽」源於「巫」，〔註10〕並進一步職業化、專業化、伎藝化。

一、職業化

天生的盲人，或被霍其目（以馬糞薰瞎眼）的奴隸，地位低賤，在春秋之前是專職的樂官，稱為「瞽矇」。瞽者為什麼能從事音樂呢？《禮記·王制》：「暗、聾、跛、斷者、侏儒、百工，各以其器食之。」《國語·晉語》：「文公問人疾，胥臣對曰：『戚施權賻，遽除蒙繆，侏儒扶盧，矇瞍循誦，

〔註7〕 臧立《我國說唱藝術探源》，《社會科學輯刊》，1982 年第 3 期。
〔註8〕 馮沅君《古優解》，《馮沅君古典文學論文集》，山東人民出版社，1980 年，頁 13。
〔註9〕 魯迅《門外文談》，《魯迅全集》，西藏人民出版社，1996 年，頁 1592、1593。
〔註10〕 「巫者技藝漸分化為各種專業，而由師、瞽、醫、史一類人來分別擔任。」馮沅君《古優解·古優的起源》，《馮沅君古典文學論文集》，山東人民出版社，1980 年。

聲聵司火』。」瞽人與戚施、遽除、侏儒、聾聵一樣，都是身有殘疾的人，又各因所有，各盡其用。瞽人失明而聽覺靈敏。《毛詩》鄭箋：瞽矇「目無所見，於音聲審也。」正義曰：「以目無所見，思絕外物，於音聲審故也。」《周禮‧春官‧序官》：「以其無目，無所眡見，則心不移於音聲。故不使有目者為之也。」歷史上有名的樂人師曠生而目盲，善辨聲樂。瞽人又長於記憶，可以諷誦詩文。因而彈奏樂器諷誦詩歌就成為瞽人的職業。《詩經》裏已經有瞽者彈奏樂器諷誦詩歌的描述。《周頌‧有瞽》：「有瞽有瞽，在周之庭」；《大雅‧靈臺》：「鼉鼓逢逢，矇瞍奏公」。瞽人在從事音樂活動時有專門的人員引導、幫助。「無目而可用者，有視瞭者相之」。「視瞭」就是扶工。《周禮‧春官‧序官》：「瞽矇上瞽四十人，中瞽百人，下瞽百六十人」，注云「視瞭三百人」，是一瞽矇一視瞭，引導瞽師登堂，幫助瞽師背負、放置樂器。

　　《周禮‧春官》設「瞽矇」之官，「掌播鼗、柷、敔、塤、簫、管、弦、歌，諷誦詩，世奠繫，鼓琴瑟，掌九德六詩之歌，以役大師。」《周禮‧春官》：「瞽矇為大師之屬職」。《周禮‧春官‧序官》注「凡樂之歌必使瞽矇為焉。命其賢智者以為太師、小師，是以才智為差等，不以目狀為異也。」《國語‧楚上》：「宴居有師工之誦。」注：「師，樂師也；工，瞽矇也。太師為樂官之長。」《儀禮‧鄉飲酒禮》注「師冕」：「師，即大師之官，無目矇瞽之長也。」太師之為瞽者，還有以下例證：

　　　　《國語‧周上》：「庶人傳語，瞽史教誨。」注：「瞽，樂太師。史，太史也。」

　　　　《論語‧衛靈公》：「師冕見，及階，子曰：『階也。』及席也，子曰：『席也。』皆坐，子告之曰：『某在斯，某在斯。』師冕出，子張問曰：『與師言之道與？』子曰：『然，固相師之道也。』（《儀禮‧鄉飲酒禮》注引曰：師，即大師之官，無目瞽矇之長。）

　　　　《韓詩外傳‧八》：「晉平公使范昭觀齊國之政，……范昭不說，起舞，顧太師曰：『子為我奏成康之樂，願舞。』太師對曰：『盲臣不習。』」

　　　　《禮記‧樂記》「子貢見師乙而問焉。師乙曰：『乙，賤工也，何足以問所宜。請誦其所聞。』「子貢問樂。」（注：師，樂官。《周禮‧春官》注：「師乙乃魯之大師，瞽之無目知音者。」）

瞽者為樂官，因此樂官也稱瞽官。《辭源》：「瞽，樂官。古代樂官多以瞽者為之，因即以瞽官之稱。」瞽樂官精通音樂。《漢書‧食貨志》：「行人采詩，獻之太師，比其音律，以聞於天子。」《文心雕龍‧樂府》：「匹夫庶婦，謳吟土風；詩官採言，樂盲披律……師曠覘風於勝衰。」「詩為樂心，聲為樂體。樂體在聲，瞽師務調其器；樂心在詩，君子宜正其文。」但瞽樂官主要的專業還是「歌」。《周禮‧春官‧序官》：「學士主舞、瞽人主歌。」可見春秋之前，從事音樂、歌諷詩篇已是瞽人的專職。

二、伎藝化

　　瞽人精通音樂，有時為「行人」所采之詩配樂，《漢書‧食貨志》「行人采詩，獻之太師，比其音律，以聞於天子。」有時為歌者伴奏，有時自己主「歌」。瞽樂官的另一職責是諷諫。《禮記‧王制》：「天子五年一巡守，……命太師陳詩以觀民風」，《國語‧周語上》：「故天子聽政，使公卿至於列士獻詩，瞽獻曲，史獻書，師箴，瞍賦，矇誦，百工諫，庶人傳語，近臣盡規，親戚補察，瞽史教誨，耆艾修之，而後王斟酌焉。是以行事而不悖。」《左傳‧襄公十四年》：「史為書，瞽為詩，工誦箴諫。」

　　瞽人要成為樂官，須經過專門的訓練，太師、小師教授瞽樂工奏樂歌詩。瞽者伎藝的傳承，類似後世藝人的「師徒相授、口耳相傳」。《周禮‧春官》注：「凡樂之歌必使瞽矇為焉。命其賢知者以為太師、小師，是樂工之長也。」「太師」教授「瞽矇」奏樂歌詩。《周禮‧春官》：「太師教六詩……凡國之瞽矇正焉。」這伎藝代代相承，經驗越來越豐富，技藝的提高就成為必然。《尚書‧夏書‧胤征》：「工執藝事以諫」，樂工的「藝」表現為「歌唱詩篇而以樂器伴之」。

　　　　「歌」、「諷」、「誦」、「賦」是瞽人歌唱詩篇的不同伎藝。

　　　　「帥瞽登歌」、「瞽諷誦詩」——《周禮‧春官》

　　　　「瞽獻曲、師箴、瞍賦、矇誦」，「師工之誦」——《國語‧楚語上》

　　　　「矇誦瞽賦」——《韓詩外傳》

　　　　「曲合樂曰歌」(《毛詩》)、「有瑟依詠詩曰歌」(《儀禮‧鄉飲酒禮》)；

「背文曰諷，以聲節之曰誦」（《周禮·春官·大司樂》）；

「不歌而誦謂之賦」（《漢書·藝文志》引劉向語）。

「歌」即是樂工隨著琴瑟伴奏歌詠詩篇，「諷」、「誦」、「賦」一類是不用樂器伴奏，諷誦都是暗讀詩，不依琴瑟吟詠，誦有吟詠。瞽樂官諷誦的內容，《詩經·大雅·靈臺》：「鼉鼓逢逢，矇瞍奏公」，《爾雅·釋詁》「公，事也。」《周禮·春官》：太師「大喪，帥瞽而歌，作柩諡。」注：「謂諷誦其治功之詩……陳其生時行迹為作諡。王喪將葬，使瞽蒙歌王治功之詩。」除此之外，瞽樂官諷誦的是《詩》。其中，《頌》被認為是周部族的史詩。

三、儀式化

　　瞽樂官與禮樂文化是一體的。瞽人之樂雖也用於祀神，如《尚書·夏書·胤征》中「瞽奏鼓」以祀天，但已脫離「巫」的原始宗教色彩；而主要用於國家祭祀大典和民間節日。春秋之前以禮樂治國，行禮奏樂是重大的社會文化或政治儀式。瞽樂官是禮樂文化的傳播者、禮樂政治文化儀式的參與者。瞽樂官在祭祀、宴享、大射、大喪等重要時刻，出入宮廷、太廟或鄉校，以歌樂娛神，詠祖先之功烈，「以紹其功」，有極強的禮儀化、儀式化的色彩。瞽者在《詩經》「雅」、「頌」中出現並非偶然。據《周禮》記載，瞽人歌唱有一定的儀式程序。瞽人所歌唱的內容主要是「誦詩」、「奏事」。什麼場合吟唱什麼詩，是被規定的。因此，無論形式還是內容，瞽人唱詩有極強的程序化傾向。

　　從以上三個特點可以看出，春秋之時的瞽者，專職承擔「歌」、「樂」；他們經過專業訓練，技藝精通。瞽人伎藝的傳授，類似後世瞽藝人的「師徒相授、口耳相傳」。瞽樂官以彈唱為職業，這與後世瞽藝人不得不以說唱謀生的境況相似，如《揚州畫舫錄》記乾隆時「人參客王建明瞽後，工弦詞，成名師」。後世瞽藝人說唱故事雖然主要在民間，但也曾在宮廷風行，不也和瞽樂官在宮廷、宗廟、鄉校諷誦史詩一樣嗎？瞽樂官可謂後世瞽藝人的遠祖。

　　瞽者的結局如何呢？隨著春秋之時禮樂文化的衰落，音樂成為君王「娛心自樂，快意恣欲」的工具，以致戰國時的魏文侯「端冕而聽古樂則惟恐臥，聽鄭衛之音則不知倦」（《禮記·樂記》）。本來瞽者「執藝事以諫」，已具有一定的娛樂性質。此時，瞽樂人為了生存，不得不改變以前程序化的伎藝表演，向娛樂化的方向發展。也許，甚至他們會向「優」學習滑稽娛人的技巧，與

俳優一樣，成爲人主遊戲的工具。《淮南子・繆稱篇》：「侏儒瞽師，人主之困慰者也，人主以備樂。」瞽樂官另外的可能是，隨著禮樂文化的衰落和終結，彈唱歌詩的瞽樂人自然會逐漸淡出宮廷，漸漸泯入民間，成爲民間的藝人。加納爾論及法國 Jongleur 時說：「時間降低了 Jongleur 的地位，腓力伯奧舉斯特在一一八一年，竟至將他們驅逐出宮廷。自然他們還保有個地盤，但逐漸消滅於卑賤裏。」〔註11〕這種情況也適合瞽樂官。

〔註11〕加納爾《法國御優的史的研究》，轉引自馮沅君《古優解》。

附錄二　上古說唱伎藝考 ^[註1]

內容提要

「說唱」的歷史源遠流長。它叙生於民間，又藉宮廷得以保存。口語傳播「眾聲喧嘩」的特性造成「說唱」的豐富與多樣。禮樂文化的繁榮促使「說唱」伎藝進一步提高與完善。奢華的宮廷文化催生「說唱「伎藝日益趨向娛樂化。上古禮樂文化的終結裹挾「王官」泯入民間，彙為民間的「說唱」洪流。這些上古時期的說唱伎藝人，代表了我國說唱伎藝的萌芽階段。

關鍵詞：先秦　口頭傳播　說唱　禮樂文化

〔註1〕本文原收錄於《戲墨集：中國戲曲學院戲曲文學系教師作品集》，文化藝術出版社，2005 年。

　　宇宙從何而來？人從何而來？流傳在初民口中的「創世紀」應該就是說唱傳播的開始。〔註2〕文字的產生使這種傳播有了更堅實的載體，但亦無妨口語的傳播，雖然不久這便成為一種特權，被巫祝所壟斷；說唱的歷史可謂眾聲喧嘩、源遠流長。而且，就像漂浮海面的冰山，留在我們視野中的，也許僅僅是冰山之一角，海面下湧動著我們難以料想的龐大而豐富的資源。

　　說唱伎藝是以口頭「說」和「唱」為中心的藝術。上古乃至秦漢，口耳相傳一直是社會文化傳播的重要方式。孔子「述而不作」；秦火後，典籍藉口傳得以保全。《漢書‧藝文志》：「三百五篇，遭秦而全者，以其諷誦，不獨在竹帛故也。」《尚書》因伏生女兒口授而流傳。〔註3〕所以，我們在考察說唱伎藝的起源時，必須考慮口語傳播的多樣性及其對說唱伎藝的影響。「說唱」伎藝或藝術的分類，現代的學者有不同的看法。孫楷第、任二北等認為可分為有說有唱、無說有唱、無唱有說三類；陳汝衡則認為說書史可劃分為三個系統：純粹說書、講唱兼用、純粹唱的敘事歌曲。〔註4〕這種分類，符合「說唱」發展的歷史；而造成這一歷史的正是上古多樣化的口語傳播。

一、說唱詩人：「瞽矇」與「瞽史」

　　先秦詩書禮樂文化傳統主要依靠口頭來繼承和傳播，而「瞽」正是禮樂文化傳統的重要傳承者和傳播者。胡士瑩的《話本小說概論》和陳汝衡的《說書史話》在討論說唱藝術的起源時，都曾談及瞽者與說唱的關係。〔註5〕有人進一步考證，認為「同說唱藝術關係最為密切的是春秋之前瞽者的活動。」〔註6〕

〔註2〕 魯迅：「昔者初民，見天地萬物，變異不常，其諸現象，又出於人力所能以上，則自造眾說以解釋之：凡所解釋，今謂之神話。神話大抵以神格為中樞，又推演為敘說，而於所敘說之神，之事，又從而信仰敬畏之，於是歌頌其威靈，致美於壇廟，久而愈進，文物遂繁。」《中國小說史略》第二篇《神話與傳說》，東方出版社，1996 年。

〔註3〕 《史記‧儒林列傳》，中華書局，1959 年。

〔註4〕 陳汝衡認為，廣義的（說書）包括散說與講唱二種，說書史劃分為三個系統：純粹說書、講唱兼用、純粹唱的敘事歌曲。參見《陳汝衡曲藝文選‧說書史話‧緒論》，中國曲藝出版社，1985 年。葉德均先生所謂「講唱文學」，不包括散說的評話。參見葉德均《宋元明講唱文學》第一節，古典文學出版社，1957 年。

〔註5〕 胡士瑩《話本小說概論》第一章「『說話』的起源和演變」，中華書局，1980 年。《陳汝衡曲藝文選‧說書史話‧緒論》，中國曲藝出版社，1985 年。

〔註6〕 臧立《我國說唱藝術探源》，《社會科學輯刊》，1982 年第 3 期。

對於這個問題，本文擬就筆者所見的文獻材料作更深入的探討，時間主要是先秦。

《周禮》是瞭解春秋之前禮樂文明的重要資料。〔註7〕根據《周禮》，參以《尚書》、《左傳》、《國語》、《詩經》，我們可以瞭解春秋之前的「瞽」的特點。

（一）「瞽矇」

《周禮·春官》設「瞽矇」之官，是「掌播鼗、柷、敔、塤、簫、管、弦、歌，諷誦詩，世奠繫，鼓琴瑟，掌九德六詩之歌」的盲樂官。

先秦時期彈奏樂器歌諷詩篇已是「瞽」的專職。先秦時期，「瞽矇」、「師」、「工」是專門以「絃歌」爲業的盲樂人。著名的瞽樂官有師曠、師乙、師冕等人。〔註8〕瞽樂官的專業性表現在：「凡樂之歌必使瞽矇爲焉。」（《周禮·春官》）《左傳》、《國語》記載先秦公卿大夫於宴享聘問之時「賦詩言志」，「賦」往往就由瞽樂官代勞。這在《史記·衛康叔世家》也有記述：「孫文子使師曹歌《巧言》之卒章。」

「瞽」的伎藝更加專業化，其伎藝表現爲「歌唱詩篇而以樂器伴之」。〔註9〕瞽樂官精通音樂，但主要的專業還是「歌」。《周禮·春官·序官》：「學士主舞、瞽人主歌。」瞽樂官經過不斷的表演，逐漸形成一些本職業特有技巧。如「歌」，樂工隨著琴瑟吟詠詩篇；「諷」、「誦」，暗讀詩（背文），不依琴瑟吟詠。

《周禮》記載，瞽者唱詩有一定的儀式程序。什麼場合吟唱什麼詩，是規定好的。瞽樂官諷誦的內容，主要是《詩經》。《國語》注「瞍賦矇誦謂詩也」。有非敘事詩；有敘事詩。如周部族的「史詩」。另外也會鋪陳故事（主

〔註7〕《周禮》原名《周官》，《史記·魯周公世家》：「周公作《周官》」，漢世初出，河間獻王得之，今文家以爲王莽時劉歆僞作。《周禮》也受到現代疑古派的質疑；但越來越多的研究者認爲，《周禮》是研究周代文明的重要文獻，具有參考價值。

〔註8〕《禮記·樂記》「子貢見師乙」，注：「師乙乃魯之大師，瞽之無目知音者。」《儀禮·大射禮》注：「師曠生而目盲，善辨聲樂。」《論語·衛靈公》：「師冕見，及階，子曰：『階也。』及席也，子曰：『席也。』皆坐，子告之曰：『某在斯，某在斯。』師冕出，子張問曰：『與師言之道與？』子曰：『然，固相師之道也。』」

〔註9〕參見馮沅君《古優解·古優的起源》，《馮沅君古典文學論文集》，山東人民出版社，1980年。

要是直陳國君的善惡等事迹）。《詩經・大雅・靈臺》：「鼉鼓逢逢，矇瞍奏公」。
《爾雅・釋詁》云：「公，事也。」《周禮・春官》：太師「大喪，帥瞽而歌，
作柩諡。」注：「謂諷誦其治功之詩……陳其生時行迹爲作諡。王喪將葬，使
瞽矇歌王治功之詩。」

由此可見，春秋前後的瞽者，以諷誦歌詩爲職業，練就有說有唱的伎藝，
所說內容有韻有散，是**職業化的說唱故事者**，禮樂文化的繁榮促使「說唱」
伎藝進一步提高與完善；其服務對象主要是帝王和貴族，且由「王官」逐漸
成爲娛樂的工具。

（二）瞽史

「瞽史」一詞在《國語》中出現五次：

> 《國語・周語上》：「單子對曰：『吾非瞽史，焉知天道。』」

> 《國語・周語上》：「故天子聽政，使公卿至於列士獻詩，瞽獻
> 曲，史獻書，師箴，瞍賦，矇誦，百工諫，庶人傳語，近臣盡規，
> 親戚補察，瞽史教誨，耆艾修之，而後王斟酌焉。是以行事而不悖。」

> 《國語・晉語四》：「吾聞晉之始封也，……《瞽史之記》曰：
> 『唐叔之世，將如商數。』

> 《國語・晉語四》：「唐叔以封，《瞽史之記》：『「嗣續其祖，如
> 穀之滋」，必有晉國。』」

> 《國語・楚語上》：「臨事有瞽史之導，宴居有師工之誦。」

「瞽史」是一個專用名詞，還是「瞽」與「史」的合稱，論者有不同的意見。
有人以爲，不存在「瞽史」一職；引第二條、第五條原文注「瞽，樂太師。
史，太史也，掌陰陽天時禮法之書，以相教誨者」，認爲「瞽史」是「瞽」
與「史」的合稱；推論第一、三、四條中的「瞽史」是特指某個史書作者。
〔註10〕

「瞽」與「史」關係密切，馮沅君先生曾有考證。〔註11〕從歷史資料來
看，「瞽」與「史」職責互兼。其一，「瞽」與「史」均知天道。《周禮・春官・
宗伯》大史「大師，抱天時與大師同車。」前一「大（音 dà）師」指大起軍

〔註10〕 楊燧《瞽史芻議》，《歷史學》，1989 年第 10 期。
〔註11〕 馮沅君《古優解・古優的起源》，《馮沅君古典文學論文集》，山東人民出版社，
　　　　1980 年。

師時，後一「大（音 tài）師」指瞽樂官。史官與瞽官都知天道，所以同乘一車共察天時。其二，「瞽」與「史」於喪禮共作誄諡。大史「大喪……遣之日，讀誄」（人之道終，於此累其行而讀之），大師又帥瞽欽之，而作諡。《周禮·春官·宗伯》太師「大喪，帥瞽而欽，作柩諡。」欽為興，言王之行，謂諷誦其治功之詩。也寫作「謠」，鄭司農：「謠，陳也，陳其生時行迹為作諡。王喪將葬，使瞽蒙歌王治功之詩。瞽史知天道，使共其事。」《公羊傳》：「制諡於南郊，瞽史以誄之。」其三，「瞽」與「史」共奠系世。小史「掌邦國之志，奠系世，辨昭穆。」瞽蒙的職責之一為「諷誦詩，奠世系」，注「系世謂帝系，世本之屬也。小史主定之，瞽蒙諷誦之。」

　　「瞽」與「史」的職責既可互兼，那麼，太師的職責，太史就能做，如《賈以誼新書·胎教十事》載「太史吹銅，太史蘊琴」。太史的事，太師自然也有插足。「史獻書」（「書」指歷史），「瞽」則「說書」（即講說歷史）。〔註12〕久而久之，「瞽」成為博占通今的一類人。因此，「瞽史」不應是特指某個史書作者，而應是一類人，即「瞽」中之「史」，抑或稱是成為「史」的瞽者。左丘明是「瞽史」中最突出的代表。司馬遷：「左丘失明，厥有國語。〔註13〕」《春秋》本是口頭流傳的，《漢書·藝文志》：「《春秋》有所褒諱貶損，不可書見，口授弟子，弟子退而異言。……及末世口說流行，故有公羊、穀梁、鄒夾之書。」「丘明懼弟子人人異端，各安其意，失其真，故因孔子《史記》具論其語，成《左氏春秋》。」（《史記·十二諸侯年表序》）口耳相傳本來也是「史」的一種傳播方式，而瞽蒙在講說歷史時，為了引起君主的重視和興趣，在尊重史實的前提下，對所講述的歷史極力渲染。〔註14〕

　　由此，我們可以總結：「瞽」，包括「瞽蒙」和「瞽史」，他們以講唱歷史為職業，服務帝王、貴族；他們的說唱伎藝隨禮樂文化的推隆而得以提高和完善。在奢靡的宮廷中，他們由「王官」淪為娛樂遊戲的工具；並隨上古文明的終結而最終泯入民間。

二、早期「講史家」：「誦訓」與「訓方氏」

　　「誦訓」、「訓方氏」都是「王官」。《周禮·地官》：「誦訓掌道方志以詔

〔註12〕《墨子·耕柱》：「能談辯者談辯，能說書者說書」。
〔註13〕司馬遷《報任安書》，見《漢書·司馬遷傳》。
〔註14〕參見臧立《我國說唱藝術探源》，《社會科學輯刊》，1982 年第 3 期。

觀事，掌道方慝，以詔辟忌，以知地俗。」《周禮・夏官》：「訓方氏掌道四方之政事與其上下之志，誦四方之傳道。」

「誦訓」的職責是「說四方所識久遠之事，以告王觀博古。所識若魯有大庭氏之庫、崤之二陵。說四方言語所惡之事以詔告王，使王博知地俗言語之事，令王避其忌惡。」（《十三經注疏》之《周禮・地官》注疏）

「訓方氏」的職責是：訓四方美惡而向王言之；傳道，世世所傳說往古之事也，爲王誦之。古昔之善道，恒誦之在口，王問則爲王誦之，以其善道可傳，故須誦之。」（《十三經注疏》之《周禮・夏官》注疏）

可見，「誦訓」和「訓方氏」專門講說歷史，而且專門講說四方往古久遠的歷史。他們所識的久遠之事，如「大庭氏之庫」，《左傳》注，大庭氏是在黃帝前的古亡國之君。大庭氏之庫，其處高顯。〔註15〕或如「崤有二陵」，〔註16〕是關於夏后皋、周文王的事迹。

「誦訓」與「訓方氏」以「誦」、「道」的方式進責。「誦」、「道」是兩種不同的技能。「誦」見前文的分析。「道」如《周禮・春官・大司樂》「以樂語教國子，興、道、諷、誦、言、語。」之「道」，注云「道讀曰導，導者，言古以剴今也。」他們可算是「有說無唱」型的口語傳播者吧。

「誦訓」與「訓方氏」講說的歷史故事在當時一定流傳頗廣。《國語・鄭語》敘述褒姒的來歷，引據是：

> 訓語有之，曰：夏之衰也，褒人之神，化爲二龍以同於王庭。
> 而言曰：「余褒之二君也。夏后卜，殺之、與去之、與止之；莫吉。
> 卜請其漦而藏之，乃吉。乃布幣焉而策告之，龍亡而漦在，櫝而藏
> 之，傳郊之，乃殷周莫之發也。及厲王之末，發而觀之。漦流於庭，
> 不可除也。王使婦人不幃而譟之，化爲玄黿以入於王府，府之童妾，
> 未既齓而遭之，既笄而孕，當宣王時而生，不夫而孕，故懼而棄之。

此「訓語」中之褒姒故事，可能就是「誦訓」與「訓方氏」所誦道的「四方久遠之事」。這個故事有濃重的神話色彩，可能「誦訓」與「訓方氏」講說的故事中保留了很多的神話。漢代《淮南子》以「訓」名篇，諸如「齊俗訓」、「天文訓」等等，應該是這類王官「誦訓」的遺響。

〔註15〕《左傳・昭十八年》：「宋、衛、陳、鄭皆火。梓慎登大庭氏之庫」。

〔註16〕《左傳・僖三十二年》秦蹇叔見師襲鄭：「哭而送之曰：『晉人御師必於崤，崤有二陵焉。其南陵，夏后皋之墓也；其北陵，文王之所辟風雨也』」。

三、傳承歷史碎片的「齊東野人」

《孟子》有兩處提到「野人」：

「此非君子之言，齊東野人之語也」。（《孟子·萬章上》）

「無君子莫治野人，無野人莫養君子」。（《孟子·滕文公上》）

孟子以「此非君子之言，齊東野人之語也」回答弟子咸丘蒙關於「瞽叟北面朝舜」的傳言。此「野人」，公木認爲是春秋戰國時出現的專門講故事的人。〔註17〕有論者認爲「齊東野人」指地處邊鄙的村夫野老一流人物，「一個『野』字，表明了他們社會地位的低微和文化水平的陋劣。」〔註18〕

看法的歧義在於對「野人」一詞的理解。孟子所言之「野人」，與「君子」相對。而在春秋戰國時代，「君子」、「野人」是兩個有特定內涵的名詞。

周滅殷後，行封建，設三監，實行殖民統治，統治者周人居國中爲貴族，稱「君子」或「國人」；被統治者殷人居野外（即都鄙，《周禮》所謂「六遂」），稱「野人」。〔註19〕因此，我們可以說「野人」就是「殷人」，「君子」就是「周人」。「野人」的確「地處邊鄙，社會地位低微」。這些受奴役的殷商遺民，又稱「大家」，住在田野，從事農耕。「齊東野人」之「東」，即《孟子》所注引《尚書》「平秩東作」之「東作」，是「治農事」之意。「野人」確爲「村夫野老一流人物」。

但是，「野人」固然地處邊鄙，地位低微，但絕非「文化水平低劣」。相反，孔子曰：「先進於禮樂，野人也」（《論語·先進》），意即「野人」（即殷人），在禮樂方面比「君子」（即商人）先進。

不難想到，在禮樂方面先進的「野人」掌握著文化「話語權」，擁有一整套關於社會、歷史及自然的「解釋」，周滅殷後繼承了殷商文明。周人接過了文化「話語權」，重新整合歷史，孔子曰：「殷因於夏禮，所損益可知也，周因於殷禮，所損益可知也。」（《論語·爲政》）所以「周監於二代，郁郁乎文哉」（《論語·八佾》），後來居上。而殷人即「野人」的「解釋」也許因國家的敗亡而成爲歷史的碎片，衍變成神話啊、故事啊、傳說等等在他們的口頭

〔註17〕 參見《先秦寓意概論》第三章第三節「汲取民間故事的現實主義精神」。齊魯書社，1984 年。

〔註18〕 王振良《說話伎藝淵源考略》，《明清小說研究》，1998 年第 4 期。

〔註19〕 楊向奎認爲，魯衛之分封六族、七族，實屬殷商貴族，也是居於國中的「君子」，不屬於都鄙的「野人」。「類醜」才是一般殷民，即野人。參見楊向奎《宗周社會與禮樂文明》，人民出版社，1997 年。

盤恒。在「子不語怪力亂神」的儒家「亞聖」孟子看來，當然因其「非君子之言」而斷然否定。

　　爲什麼孟子所稱之從事農耕的「野人」偏偏在「齊」？

　　首先是因爲《孟子・萬章上》中向孟子提問的弟子咸丘蒙是魯國人（咸丘蒙，《孟子》注者以爲是以魯國咸丘之地名爲氏），魯國孟子時爲齊所侵，孟子因以「齊」統稱之。齊人富有浪漫主義精神，善於想像，喜隱語，好「閎大不經」的「迂怪」之說。〔註20〕鄒衍有海外九州之說。所以，孟子認爲咸丘蒙是受了家鄉人的影響。更重要的原因是，「魯衛之國爲殷遺民之國」。〔註21〕《左傳・定公四年》載武王滅商後，「分魯公以……殷民六族，使率其宗氏，輯其分族，將其類醜……。分康叔以……殷民七族……命以《康誥》，而封於殷虛，皆啓以商政，疆以周索。」可見，孟子所謂「野人」的確是指「殷人」。

　　「瞽瞍朝舜」的歷史故事也見於《墨子・非儒》及《韓非子・忠孝》。可見類似的歷史故事和傳說經由「野人」口口相傳，在當時一定廣泛流傳，所以文無定準，「版本」各異。目前不能肯定「野人」一定就是「專門」講故事的人，但「野人」可稱得上是那時擅長講說故事的人。

小　結

　　現在，我們討論與說唱有關的幾個問題。

其一，「瞽」在說唱史上的地位。

　　胡士瑩認爲，秦漢侏儒俳優說故事的階段是「說話」伎藝的萌芽階段。文獻表明，這個時間應該提前。

　　「優」的歷史的確悠久。《列女傳》：「夏桀既棄禮義，求倡優侏儒狎徒，爲奇偉之戲。」《說苑・反質》「紂爲鹿臺、糟丘、婦女、倡優、鐘鼓、管絃。」《史記・殷本紀》紂「使師涓作新淫聲、北里之舞、靡靡之音。」《史記・太史公自述》：「樂者，所以移風易俗也。自雅頌聲興，則已好鄭衛之音，鄭衛之音所從來久矣。」

　　「優」的發展與「瞽」的衰落並行。「優」取代「瞽」成爲宮廷音樂的主

〔註20〕參見李長之《司馬遷及其時代精神》，《李長之批評文集》，珠海出版社，1998年。

〔註21〕傅斯年《周東封與殷遺民》，轉引自楊向奎《宗周社會與禮樂文明》，人民出版社，1997年。

角。「瞽」與「優」之間的承繼關係甚明。比如「優」也以樂爲職，志在諷諫。洪邁《夷堅志》丁集：「倡優侏儒，周伎之最下且賤者，然亦因能戲語，而箴諷時政，有合於古蒙誦工諫之義。」只是優以滑稽、歌舞、競技、音樂娛人，發展成爲專供聲色之娛的職業藝人。〔註22〕

因此，我們說，「優」不過是「瞽者」的繼續和發展，「瞽者」說唱故事才是說唱伎藝的重要的萌芽階段。劉向《列女傳》卷一：「古者婦人妊子……耳不聽淫聲。夜則令瞽誦詩，道正事。如此則生子形容端正，才德必過人矣。」胡士瑩認爲「瞽誦詩，道正事」「頗有後世『轉變、說話』韻散結合的苗頭」的看法是很正確的。〔註23〕

其二，「瞽蒙」等與「小說家」的關係。

《漢書・藝文志》：「小說家者流，蓋出於稗官，街談巷語，道聽途說者之所造也。」「瞽矇」、「誦訓」、「訓方氏」也應是所謂的「稗官」吧？

《漢書・藝文志》「小說家」有《伊尹說》二十九篇，《師曠》六篇。今已失傳。班固評論此二種「其言淺薄」。《呂氏春秋・本味》篇轉錄《伊尹說》的故事。〔註24〕關於伊尹的出生，充滿神話色彩。在史家看來，自然「其言淺薄」。大約瞽樂官泯入民間後，他們所講唱的故事中，更多地保留了「創世紀」的神話；或者他們講唱的流播四方，愈演愈俗。而伊尹是商湯的樂官，師曠是春秋晉平公的樂官，所以，就將「淺薄」的故事附會在「伊尹」、「師曠」這些有名的瞽樂官身上。可以推定，說唱故事的瞽者是「稗官」、也就是「小說家」的來源之一。

《隋書・經籍志》曾引《周禮》之「誦訓」和「訓方氏」以說明《漢書・藝文志》關於「小說」的概念：

小說者，街談巷語之說也，《傳》載輿人之頌，《詩》美詢於芻蕘，古者聖人在上，史爲書，瞽爲詩，工誦箴諫，大夫規誨，士傳言而庶人謗；孟春，徇木鐸以求歌謠，巡省，觀人詩以知風俗，過則正之，失則改之，道聽途說，靡不必記，周官誦訓掌道方志以詔觀事，道方慝以詔避忌，而訓方氏掌道四

〔註22〕參見馮沅君《古優解・古優的技藝》，《馮沅君古典文學論文集》，山東人民出版社，1980年。

〔註23〕胡士瑩《話本小說概論》第一章「『說話』的起源和演變」，中華書局，1980年。

〔註24〕參見李劍國《唐前志怪小說史》第二章第三節，南開大學出版社，1984年。

方之政事與其上下之志，誦四方之傳道而觀其衣物是也。

我們可以設想，「誦訓」和「訓方氏」與瞽官一樣，隨著王綱解紐，流散四方。他們滿腹的久遠之事傳爲「街談巷語」，成爲「小說家」的資源。

其三，荀子的《成相篇》。

關於《成相篇》，存在兩種有代表性的意見。清人盧文弨認爲《成相篇》「託於瞽矇諷誦之辭」，是古代的彈詞。俞樾則推定它是勞動人民的歌聲。放在瞽樂官說唱的大背景下考察，我們覺得，《成相篇》不單純是勞動人民的歌聲，也談不上就是古代的彈詞；盧文弨認爲「託於瞽矇諷誦之辭」，倒是極爲恰切的看法。

據《周禮》，瞽人「無目而可用者，有視瞭者相之。」「視瞭者」即《周禮・春官・序官》所謂「有目人、目明者」，據《周禮・春官・序官》：「瞽矇上瞽四十人，中瞽百人，下瞽白六十人。」注曰「視瞭三百人」，可知每個瞽者都有一個「視瞭」，引導瞽師登堂，幫助瞽師背負、放置樂器。所以「相」，指「視瞭者」，即扶工。據歷史學家研究，早期儒家的職業是從事相禮。〔註25〕原始的儒是術士，可能起源於殷商，殷商是最講究喪葬之禮的，相禮成爲儒家所長。他們熟悉禮樂，喪葬相禮。孔子是殷商的沒落貴族，沒落後以相禮爲業。〔註26〕孔子見師冕，爲之相。《論語・衛靈公》：「師冕見，及階，子曰：『階也。』及席也，子；『席也。』皆坐，子告之曰：『某在斯，某在斯。』師冕出，子張問曰：『與師言之道與？』子曰：『然，固相師之道也。』」

因爲儒是瞽者的「相」，耳濡目染，熟知瞽矇諷誦的形式，所以荀子「託於瞽矇諷誦之辭」，以韻語作《成相篇》，是很自然的事情。《成相篇》篇首以「如瞽無相」來比況「人主無賢」的「悵悵」之情，是個委婉的暗示。又，《成相篇》講君臣之道，進行諷諫，顯然不是來自民間，而帶有瞽矇唱詩諷諫的色彩。

春秋前後，專長「說」、「唱」技藝的「瞽」、「誦訓」和「訓方氏」等人，以「說唱」詩篇、「講說」歷史爲職業，最初是爲了諷諫，以資政道；隨著社會發展，其職能逐漸喪失。這些人和「野人」一樣，成爲民間擅長講說歷史的人。他們口口相傳的歷史，隨世推移，失去眞實準確的面貌，衍爲「閎大不經」的故事。這些說唱故事的人可以說是上古時期的說唱伎藝人，他們代

〔註25〕楊向奎《宗周社會與禮樂文明》，人民出版社，1997年，頁439。

〔註26〕同上。

表我國說唱伎藝的萌芽階段。

參考文獻

1. 《十三經注疏》，阮元刻本，中華書局，1980 年版。
2. 《左傳》，楊伯竣注本，中華書局，1990 年版。
3. 《史記》，中華書局，1959 年版。
4. 《漢書》，中華書局，1959 年版。
5. 《文心雕龍》，陸侃如注，1995 年版。

附錄三　孔子與瞽者[註1]

內容摘要

　　孔子之禮遇瞽者，表面看來是因爲孔子同情弱者，「恤其不成人」；深層的背景是因爲孔子尊崇禮樂，而瞽者擔任王朝及地方的樂官。瞽樂官是春秋前後禮樂文化、尤其樂文化的重要的傳播者和保存者。孔子推隆瞽者，與之關係密切，反映了孔子尊崇和恢復禮樂文化的態度和努力。但是，隨著禮樂文化的衰落，瞽樂官逐漸不可避免地喪失了傳播禮樂文化的職能。他們淡出宮廷，流落民間，淪爲以說唱伎藝謀生的民間藝人，可謂後代說唱伎藝人的遠祖，也標誌著孔子挽救禮樂文化傳統的努力終歸失敗。

　　關鍵詞：先秦瞽者禮樂文化說唱伎藝

〔註 1〕 本文原發表於《孔子研究》2003 年第 1 期。

《史記‧孔子世家》：「孔子見齊衰、瞽者，雖童子必變。」這一記載本之《論語》：「子見齊衰者、冕衣裳者與瞽者，見之，雖少必作；過之必趨。」（《論語‧子罕》）「（孔子）見齊衰者，雖狎必變。見冕者與瞽者，雖褻必以貌。」（《論語‧鄉黨》）

孔子爲什麼特別尊敬「齊衰、瞽者」？《論語》鄭箋云：「齊衰者，穿著孝服的人；冕衣裳者，大夫；瞽者，盲人。夫子見此三種人，雖少，坐則必起，行則必趨；狎、素親狎，褻、數相見。雖數相見，必當以貌禮之，是夫子哀有喪、尊在位、恤不成人。」（《十三經注疏‧論語注疏》卷九、十）根據注疏的意見，孔子是因同情即「恤不成人」而禮遇瞽者。其實，孔子之尊敬瞽者，有更深層的原因。那就是孔子尊崇禮樂。而瞽者，作爲樂官，正是春秋前後禮樂文化重要的傳播者和傳承者。

一、瞽者爲樂官

春秋時期，瞽人與戚施、籧篨、侏儒、聾聵一樣，作爲身有殘疾的人，各因其有，各盡其用。《禮記‧王制》：「瘖、聾、跛、躃者，侏儒、百工，各以其器食之。」《國語‧晉語》：「文公問人疾，胥臣對曰：『戚施權鎛，籧篨蒙璆，侏儒扶盧，蒙瞍循誦，聾聵司火』。」瞽人失明，聽覺卻靈敏，師曠「生而目盲，善辨聲樂。」（《儀禮‧大射禮》）

瞽者不僅是樂人，而且名列「王官」。《周禮‧春官》有「瞽矇」之官，「掌播鼗、柷、敔、塤、簫、管、弦、歌，諷誦詩，世奠繫，鼓琴瑟，掌九德六詩之歌，以役大師。」《周禮‧春官》：「瞽矇爲大師之屬職。」瞽矇的老師「大師」、「小師」，也爲瞽者。上古多以瞽者爲樂官，於「瞽官」的稱呼也可見一斑。《辭源》：「瞽，樂官。古代樂官多以瞽者爲之，因即以瞽官之稱。」瞽樂官精通音樂，善於歌諷誦詩。先秦公卿大夫於宴享聘問之時「賦詩言志」，往往由瞽樂官代勞。《左傳》、《國語》等史籍多有記載。

二、瞽樂官傳承禮樂文化

春秋之前以禮樂治國，行禮奏樂是重大的社會文化或政治儀式。《周禮》什九是西周的舊制，[註2]而瞽人名列《周禮》之「春官」。瞽樂官在祭祀、

〔註2〕楊向奎：《宗周社會與禮樂文明》，北京，人民出版社1997年，頁294。

宴享、大射、大喪等重要時刻，出入宮廷、太廟或鄉校，以歌樂娛神，有極強的禮儀化、儀式化的色彩。〔註3〕瞽者在《詩經》之「雅」、「頌」中出現並非偶然。《文心雕龍·樂府》：「匹夫庶婦，謳吟土風；詩官採言，樂盲披律……師曠覘風於勝衰。」瞽樂官的另一職責是以樂語諷諫。《禮記·王制》：「天子五年一巡守，……命太師陳詩以觀民風」，《國語·周語上》：「故天子聽政，使公卿至於列士獻詩，瞽獻曲，史獻書，師箴，瞍賦，矇誦，百工諫，庶人傳語，近臣盡規，親戚補察，瞽史教誨，耆艾修之，而後王斟酌焉。是以行事而不悖。」《左傳·襄公十四年》：「史爲書，瞽爲詩，工誦箴諫。」可以說，瞽樂官在上古禮樂文明中佔據著極爲重要的地位。

三、孔子與瞽樂官

　　孔子推崇周禮，崇尚禮樂文化。《論語·八佾》：「子曰：『周監於二代，鬱鬱乎文哉！吾從周。』《論語·泰伯》：「子曰：『興於詩，立於禮，成於樂。』」孔子「惡鄭聲之亂雅」（《論語·陽貨》），認爲治理國家就在於「放鄭聲，遠佞人」。因爲「使夷俗邪樂不敢亂雅，太師之事」（《荀子·樂論》），所以孔子與人師的關係特別密切。孔子曾擊磬，曾向衛國樂官師襄子「學鼓琴」，向齊太師學《韶》樂，三月不知肉味（《史記·孔子世家》、《論語》）。孔子讚賞魯太師摰正樂的舉動：「師摰之始，關雎之亂，洋洋乎盈耳哉。」（《論語·泰伯》）；曾多次和齊國、魯國的師曠、師乙、師摰、師冕等樂師討論「樂」，《史記·孔子世家》：「與齊太師語樂」；《論語·八佾》：「子語魯太師樂曰：『樂其可知也』」。「就太師以正雅頌。」（《文心雕龍·史傳》）〔註4〕孔子見師冕，爲之相：「師冕見，及階，子曰：『階也。』及席也，子曰；『席也。』皆坐，子告之曰：『某在斯，某在斯。』師冕出，子張問曰：『與師言之道與？』子曰：『然，固相師之道也。』」（《論語·衛靈公》）

　　孔子對於瞽樂官的態度可以看出孔子竭力恢復和挽救禮樂文化傳統的努力，這正是孔子「見齊衰瞽者，雖童子必變」的眞正原因。

　　然而當孔子之時，已是「變禮的時代」。〔註5〕「俗聽飛馳，職競新異。

〔註3〕　參見馮沅君：《古優解·古優的起源》，《馮沅君古典文學論文集》，山東人民
　　　　出版社，1980年。

〔註4〕　《論語·泰伯》：「子曰：『吾自衛反魯，然後樂正，《雅》、《頌》各得其所』」。

〔註5〕　鄒昌林：《中國禮文化》，北京，科學社會文獻出版社2000年，頁121：「純正
　　　　的古禮時代是三代。……春秋則是變禮的時代。但『尤存三代之直道』，雖非

雅詠溫恭，必欠伸魚睨；奇辭切至，則拊髀雀躍。詩聲俱鄭，自此階矣。」（《文心雕龍‧樂府》）《史記‧孔子世家》：「齊有司趨而進曰：『請奏宮中之樂。』景公曰：『諾。』優倡侏儒為戲於前。」《禮記‧樂記》「今夫新樂進俯退俯，奸聲以濫，溺而不止。及優侏儒，猶雜子女，不知父子，樂終不可語，不可以道古。此新樂之發也。」（亦見《史記‧樂書》）可見優倡侏儒演奏的宮中之樂為「新樂」、「淫樂」、「邪樂」，與孔子所提倡的「雅樂」、「古樂」、「正樂」即瞽樂官所傳之樂是相對立的。《史記‧魯世家》記載：「孔子誅齊淫樂」、「季桓子受齊女樂，孔子去。」代表古樂的瞽官禮樂文化已不敵代表新樂的俳優娛樂文化，「優」取代「瞽」，成為宮廷音樂的主角。〔註6〕

所以當孔子之時，作為禮樂文化傳統的傳承者 —— 瞽樂官雖然仍舊活動在宮廷中，但地位較之前大大降低，甚至越來越無法舉樂。《書》序：「殷紂斷棄先祖之樂，乃作淫聲，用變亂正聲，以說婦人。樂官師瞽抱其器而奔散，或適諸侯，或入江海。秦穆遺戎而由余去，齊人饋魯而孔子行。」魯哀公時禮壞樂崩，樂人紛紛離開，「大師摯適齊，亞飯干適楚，三飯繚適蔡，四飯缺適秦，鼓方叔入於河，播鼗武入於漢，少師陽、擊磬襄入於海。」（《論語‧微子》）魯定公時，「齊人歸女樂，季桓子受之。三日不朝，孔子行。」（《論語‧微子》）離開魯國時，魯國樂師師乙相送。《史記‧孔子世家》：「桓子卒受齊女樂……孔子遂行，宿於屯。而師乙送。」司馬遷在《史記‧樂書》評論道：「自仲尼不能與齊憂遂容於魯，雖退正樂以誘世，作五章以刺時，猶莫之化。」孔子藉重瞽者恢復禮樂文化的努力終歸失敗。

純正的古禮，但還能見古禮的面貌，還屬於古禮實行的時代，不過是其尾聲而已。戰國則古禮的實行時代已經過去，但古禮之制度和精神，仍為這個時代的學術界和學者們記錄、整理、闡發義理而保存下來」。

〔註6〕 馮沅君：《古優解》，《馮沅君古典文學論文集》，濟南，山東人民出版社1980年。

附錄四　眾聲喧嘩：《紅樓夢》「說唱」解[註1]

內容提要

　　《紅樓夢》中描繪了豐富多彩的「說唱」表演。「說唱」，一方面指以有說有唱、有說無唱、有唱無說等形式說唱故事的伎藝；另外也指作爲敘述內容的說唱情節。「說唱」作爲一種伎藝，反映了《紅樓夢》創作時說唱藝術繁榮的時代背景；同時，有關「說唱」的情節又是整部書的有機構成，起到了豐富、展現、暗示主要情節的作用。

　　關鍵詞：《紅樓夢》　說唱　伎藝　情節

〔註 1〕 本文原發表於《廣西社會科學》2002 年第 2 期。

　　《紅樓夢》烈火烹油、鮮花著錦般的熱鬧，少不了優伶的絲管絃竹，也活動著說唱藝人的身影。我們這裏所說的「說唱」，不同於陳汝衡先生所說的廣義的「說書」，〔註 2〕他認爲，廣義的說書包括散說與講唱二種，說書史劃分爲三個系統：純粹說書、講唱兼用、純粹唱的敘事歌曲；其中，「有唱無說」一類如蓮花落、唱曲，歸入曲藝。也不完全是葉德均先生所謂的「講唱文學」，〔註 3〕他將散說的說書屏除在講唱文學之外（葉德均認爲，講唱文學不包括散說的評話，蓮花落、唱曲等則歸入「樂曲系」講唱文學）。我們這裏所說的「說唱」，一方面指以有說有唱、有說無唱、有唱無說等形式說唱故事的伎藝；另外也指作爲敘述內容的說唱情節。

一、作爲伎藝的說唱

　　說唱是一項專門的伎藝。按照我們對於「說唱」的理解，《紅樓夢》中提及的說唱伎藝，包括散說的說書（即評話）、彈詞、蓮花落和唱曲。「蓮花落」的表演見於 54 回《史太君破陳腐舊套　王熙鳳效戲彩斑衣》：元宵夜放完煙火後，「又命小戲子打了一回『蓮花落』，撒了滿地的錢，命那孩子們滿臺搶錢取樂。」同回注釋：「蓮花落的演唱內容多爲民間傳說，打竹板按節拍伴奏。」「唱曲」見於 19 回《情切切良宵花解語　意綿綿靜日玉生香》：東府「賈珍這邊唱的是《丁郎認父》、《黃伯央大擺陰魂陣》」。趙景深《丁郎認父考》認爲出於夯歌，李家瑞《北平俗曲略》有載。〔註 4〕除蓮花落和唱曲外，《紅樓夢》中主要描寫的說唱伎藝是說書和彈詞。《紅樓夢》中關於說唱伎藝的記述，反映了清代說唱的某些面貌，反映了《紅樓夢》創作的時代背景。

說唱藝人

　　在賈府活動的說唱藝人，被稱爲「先兒」。43 回〔註 5〕《閒取樂偶攢金慶壽　不了情暫撮土爲香》王熙鳳過生日，「園中人都打聽得尤氏辦得十分熱鬧，不但有戲，連耍百戲並說書的男女先兒全有，都打點取樂玩耍。」「男女先兒」，同頁注釋爲：「男女盲藝人。『先兒』是『先生』的略稱，舊時習慣稱算命和說書唱曲的盲藝人爲『先生』。」

〔註 2〕《陳汝衡曲藝文選・說書史話・緒論》，中國曲藝出版社，1985 年。
〔註 3〕葉德均《宋元明講唱文學》第一節，古典文學出版社，1957 年。
〔註 4〕《紅樓夢研究集刊》第四期。
〔註 5〕《紅樓夢》，人民文學出版社，1990 年。

　　稱說唱藝人為先生，舊時極為普遍，於晚清的記載可見一斑。王韜《海陬冶遊錄》：「滬上女子之說平話者，稱為先生，大抵即昔之彈詞，從前北方女先兒之流也。」《申江名勝圖說》：「彈詞女郎皆稱先生，所以別於都知錄事也。」惜花主人《海上冶遊備覽》：「有專開設書場者，葺屋一大間，延請一二女先生或三四人……門外懸牌，大書『某日夜幾點鐘請某某先生彈唱古今傳奇』。」

　　說唱藝人不等同盲人；說唱一向是瞽人的專業，卻是事實。陳汝衡認為彈詞在過去一直是瞽人的專業。〔註6〕陸游《小舟遊近村》有「負鼓盲翁正作場」的詩句，明清文獻也多有記載〔註7〕：

　　　　明代瞿祐《過汴梁》詩：「陌頭盲女無愁恨，能撥琵琶說趙家」。田汝成《西湖遊覽志餘》卷二十：「杭州男女瞽者，多學琵琶，唱古今小說、平話，以覓衣食，謂之陶真。」田藝衡《留青日劄》：「曰瞎先生者，乃雙目瞽女，即宋陌頭盲女之流。自幼學習小說、詞曲，彈琵琶為生。多有美色，精伎藝，善笑謔，可動人者。」張岱《陶庵夢憶》記「揚州清明」有「瞽者說書」。

　　　　清代厲鶚《悼亡姬》：「閒憑盲女彈詞話」。張泓《滇南憶舊錄》（不分卷）：「金陵趙瞽以彈詞名」。《揚州畫舫錄》記乾隆時「人參客王建明瞽後，工弦詞，成名師」。嘉慶李調元《童山詩集》卷三十八：「曾向錢塘聽琵琶，陶真一曲日初斜，白頭瞽女臨安住，猶解逢人唱趙家。」

說唱藝人多為瞽者，盲女居多。這些說唱藝人有象戲班優伶那樣被富家養著的，如清末解弢《小說話》「幼年每當先祖母壽辰，輒見六七老瞽人彈詞祝嘏……蓋勝國中葉，家給人足，巨家消閒，豢瞽教歌」；而大多數說唱藝人則是走唱。〔註8〕

　　說唱藝人中有技藝非常高妙者。張岱《陶庵夢憶》卷五記柳敬亭「善說書。」雍正時葉霜林「每一談古人遺事，座客輒唏噓感泣」（阮元《淮海英靈錄》戊集卷三）。乾嘉間胡文匯「其音清越柔脆。如唱豔詞，能使人人骨醉，

〔註6〕　《陳汝衡曲藝文選・說書史話・清代說書》，中國曲藝出版社，1985年。
〔註7〕　胡士瑩《話本小說概論》第十五章「清代的說書和話本」，中華書局，1980年；及《陳汝衡曲藝文選・說書史話》，中國曲藝出版社，1985年。
〔註8〕　《陳汝衡曲藝文選・說書史話・清代說書》，中國曲藝出版社，1985年。

唱哀詞，能使人人墮淚，爲越都南詞第一。」（葉騰驤《證諦山人雜誌》卷四）。
這些說唱藝人有一個共同特點：詼諧滑稽。如柳敬亭生平詼諧，胡文匯善詼
諧。

　　賈府中的先兒，也是從外面請來的。54 回中「一時歇了戲，便有婆子帶
了兩個門下常走的女先生兒進來，放兩張杌子在那一邊命他坐了，將弦子琵
琶遞過去。」這兩個女先兒是否盲女呢？書中沒有明寫。比較同書類似的坐
杌子的敘述，如 16 回「平兒等早於炕沿下設下一杌，又有一小腳踏，趙嬤嬤
在腳踏上坐了，」43 回賈母「忙命拿幾個小杌子來，給賴大母親等幾個高年
有體面的媽媽坐了，」可推斷 54 回的女先兒應爲盲女。《紅樓夢》的注釋者
認爲先兒就是盲藝人，陳汝衡也認爲《紅樓夢》中提到的男女先兒是指唱彈
詞的盲藝人。〔註9〕後面 101 回鳳姐在散花寺求籤，周瑞家的提起：「前年李
先兒還說這一回書的」，可知其中一位姓李。「門下常走」，表明這兩個女先兒
不是走街唱賣、而是專走高宅大院的說唱藝人；既曰「常走」，想必有些技藝。
但此回回目「賈太君破陳腐舊套」，賈母破的就是女先兒所自稱的「倒有一段
新書」的舊套，可見女先兒的技藝比不得柳、胡諸人。

說唱演出場合及受眾

　　袁枚《隨園詩話》卷五：「杭州宴會，俗尚盲女彈詞」；葉騰驤《證諦山
人雜誌》卷四：「時人祝壽、完姻、生子諸喜事，必以胡小二南詞爲體面」。
賈府中的說唱活動的時間，也大都在節慶宴享、生日壽辰之際。如 43 回是鳳
姐生日，54 回是元宵節，19 回是元宵節後兩三天，62 回是寶玉生日。另外消
夏解悶，也多用說唱。「園亭銷夏，閨閣開尊，間亦招之。」（郭麟《樗園消
夏錄》）焦東周生《揚州夢》卷三《夢中事》：「至婦女消夏，則喜瞽女琵琶唱
才子佳人傳奇。」書中記述的演出多是在賈府內宅，內宅的規矩：「童僕十四
以上，不許入後廳，凡內外傳呼，擊雲板或木魚。」〔註10〕自然說唱者爲女
藝人。

明清說唱的欣賞者總是比較複雜

　　比如說唱由民間走入宮廷，走入貴族大家，卻越來越不受文人的歡迎。
欣賞說唱在晚明猶是文人雅事。張岱《陶庵夢憶》卷四記朋友聚會，「楊與民

〔註 9〕同上。
〔註10〕《龐氏家訓》頁 8，《叢書集成初編》頁 976。

彈三弦子，羅三唱曲，陸九吹簫。與民復出寸許紫檀界尺，據小梧，用北調說《金瓶梅》一劇，使人絕倒。」同卷又記「演元劇四齣，則隊舞一回，鼓吹一回，絃索一回」。入清後，江南韓圭湖「善評話，順治中嘗供奉內廷」〔註11〕；乾隆時，王周士御前彈唱，封七品小京官，以說書遊公卿間。但彈詞不大受文人的歡迎。康熙間汪介《三儂贅人廣自序》（《虞初新志》卷二十）：「惡盲婦彈詞聲」〔註12〕山陰呂善報《六紅詩話》：「南之南詞，北之鼓兒詞，只足以娛村夫婦孺。若少有知識之士，便不屑聽，以故操斯技者，絕無雅人。」〔註13〕

鄭振鐸：「一般長日無事的婦女們，便每以讀彈詞或聽唱彈詞為消遣永晝或長夜的辦法。一部彈詞的講唱往往是須要一月半年的，故正投合了這個被幽閉在閨門裏的中產以上的婦女們的需要。」〔註14〕

在賈府內宅，女先兒的說書彈詞，專供賈母、薛姨媽、鳳姐這些有閒的太太奶奶們消遣解悶，年輕的小姐丫鬟是不聽的。一則「這正是大家的規矩」，「沒這些雜話給孩子們聽見」，賈母說：「我們從不許說這些書，丫頭們也不懂這些話。這幾年我老了，他們姊妹們住的遠，我偶而悶了，說幾句聽聽，他們一來，就忙歇了。」（54回）二則賈府小姐們更喜歡結社聯詩這樣清雅的事情，如林黛玉素習連戲文也不大喜看（23回），自然也不欣賞內容和審美趣味更俗的說唱。故62回在大觀園紅香圃為寶玉、平兒、寶琴、邢岫煙過生日，「<u>兩個女先兒要彈詞上壽</u>，眾人都說：『<u>我們沒人要聽那些野話</u>，你聽上去說給姨太太解悶兒去罷』」。的確，聽說唱的總是無事消遣的太太奶奶以及身邊的丫鬟僕婦。《清稗類鈔》中「盲婦傖叟，抱五尺檀槽，編輯俚俗塞語，出入富者之家。列兒女媼嫗，歡咳嘲侮，常不下數百人」的描繪，可以讓我們想見賈府欣賞說唱的盛況。

說唱表演內容及技藝

南方說唱有「說大書」、「說小書」之分。〔註15〕「說大書」即散說的評話，「一朝一事，或一人之始終榮枯，謂之大書。其擅長處不在唱之腔調，詞

〔註11〕鄧之誠《骨董瑣記》卷六《韓生評話》。
〔註12〕胡士瑩《話本小說概論》第十五章「清代的說書和話本」，中華書局，1980年。
〔註13〕《陳汝衡曲藝文選·說書史話》，中國曲藝出版社，1985年。
〔註14〕鄭振鐸《中國俗文學史》（下冊）第十二章「彈詞」，商務印書館，1998年。
〔註15〕葉德均《宋元明講唱文學》第一節，古典文學出版社，1957年。

之工拙，惟能即景生情，滑稽無窮者最。吾郡有沈建中以此得名，茶僚設肆，後至者無處可聽。<u>園亭銷夏，閨閣開尊，間亦招之</u>。」（郭麟《樗園消夏錄》）〔註16〕54 回女先兒說的「一段新書」，從小說中的敘述來看當是「說大書」，說大書不用樂器伴奏。女先兒說的《鳳求凰》是才子佳人的故事，反映了當時的風氣及小說創作的事實：順治至乾隆，盛行才子佳人小說，一時新作如潮，將近 50 部。這些故事情節曲折，很適合解悶消遣。焦東周生《揚州夢》卷三《夢中事》：「至婦女消夏，則喜瞽女琵琶唱才子佳人傳奇。」〔註 17〕可如賈母所言「這些書都是一個套子，左不過是些才子佳人，最沒趣兒」（54 回）

「說小書」即「狹義」的有說有唱的彈詞，又稱「南詞」、「弦詞」，流行在蘇、杭、揚州等地。彈詞表演有表、唱、白，而以唱為主。彈詞一人說唱的為單檔，多用弦子；兩人的叫雙檔，也喚做上手和下手，用弦子和琵琶伴奏。〔註 18〕范祖述《杭俗遺風》：「南詞，<u>說唱古今書籍，編七字句，坐中開口彈弦子，打橫者左以洋琴</u>。」在賈府中說唱的應為南方的彈詞藝人。54 回兩個女先兒說唱，應為雙檔吧。62 回女先兒要給寶玉等人「彈詞上壽」，這個「彈」是動詞，意為「彈一回詞」。54 回賈母不愛聽書，「女先兒回說：『老祖宗不聽這書，或者彈一套曲子聽聽罷。』賈母便說：『你們兩個對一套《將軍令》罷。』二人聽說，忙和絃按調撥弄起來。」這些都是彈詞表演，即「說小書」。

《紅樓夢》中沒有對鼓詞表演的明確記述。但女先兒除彈詞、說書之外，還為賈府內宅的其他遊戲活動助興，如「擊鼓傳梅」。62 回紅香圃慶生辰，女先兒彈詞上壽後，63 回接著寫第二天平兒在榆蔭堂還席，「當下眾人都在榆蔭堂中以酒為名，大家頑笑，命女先兒擊鼓。平兒採了一枝芍藥，大家約二十來人傳花為令，熱鬧了一回。」可見這女先兒當是又從外面請來的。又如 54 回王熙鳳說「趁著女先兒們在這裏，不如叫他們擊鼓，咱們傳梅，行一個『春喜上眉梢』的令如何」，「忙命人取了一面黑漆銅釘花腔令鼓來，與女先兒們擊著，席上取了一枝梅花」，「那<u>女先兒們皆是慣的</u>，或緊或慢，或如殘漏之滴，或如迸豆之疾，或如驚馬之亂馳，或如急電之光而忽暗。其鼓聲慢，傳梅亦慢；鼓聲疾，傳梅亦疾。恰恰至賈母手中，鼓聲忽住。」彈詞一般用琵

〔註16〕轉引自《陳汝衡曲藝文選·說書史話》，中國曲藝出版社，1985 年。
〔註17〕同上。
〔註18〕同上。

琶和三弦子伴奏，鼓詞用絃索伴奏和鼓板節拍。女先兒擊鼓「皆是慣的」，說明這些女先兒也會鼓詞？竟或在清代彈詞也有用鼓來伴奏的？明代倒是有彈詞以鼓來伴奏的。臧懋循《負苞堂文集》卷三「彈詞小紀」：「若有彈詞，多瞽者以小鼓、拍板，說唱於九衢三市，亦有婦女以被絃索，蓋變之最下者也。」

說唱效果及影響

顧炎武《日知錄》卷十三「厚重」條注引「錢氏曰」：「小說演義之書，士大夫農夫商賈無不習聞之，以至兒童婦女不識字者亦皆聞而如見之。」這即是說唱與戲曲普及的結果。《紅樓夢》涉及說唱的回目遠遠不及戲曲那麼多，但也同樣反映了說唱在清代社會人們生活中具有廣泛的影響。

聽「說唱」是重要的家庭娛樂活動

清代彈詞、鼓詞盛行，部分因為與戲曲比，請個說唱先生省錢得多。〔註19〕43 回尤氏為鳳姐生日操辦酒戲，湊分子的銀子約有一百五十兩。當時一桌酒席的價錢，查慎行《南齋日記》記康熙四十六年（1707）「早，過太兒天寧寺寓所，約酒二席，用銀四兩……同作半日聚」，乾隆時汪啟淑《水曹清暇錄》：「內外城向有酒館戲園，酒饌價最高……一席幾費十金」。尤氏若用自家的戲班子，湊的分子錢夠兩三日的用度；結果從外面請了一班戲，一百五十兩銀子只受用了一日。可見請一班戲的昂貴。而請說書藝人，張岱《陶庵夢憶》卷五記柳敬亭「一日說書一回，定價一兩」，乾嘉間胡文匯「聘請一日，必銀洋二元」（葉騰驤《證諦山人雜誌》卷四 ）。這說明與隆重的戲比，說唱是家常的，可以經常藉此消閒解悶，閒取樂。另外，彈詞的代言體可以儘量作內心的描寫，「舊戲雖偶有如此的方便，可以對臺外說話，究不及說的方便」〔註20〕。因此，女先兒們才在賈府「門下常走」。

「說唱」是女子「增長見識」的「教科書」

舊訓是女子無才便是德。即便是公侯大家，對女子的教育原則也「不過是認得兩個字，不是睜眼的瞎子罷了！」（3 回賈母語）。賈府中上數李紈這樣的奶奶，只認得幾個字，不過讀些《女四書》、《賢媛傳》、《列女傳》；下至襲人、晴雯這樣的大丫頭，也是不識字的奴才。鳳姐就是「睜眼的瞎子」，偏鳳

〔註19〕 參見鄧雲鄉《紅樓識小錄》53 則「螃蟹帳」，山西人民出版社，1984 年。
〔註20〕 趙景深《彈詞選導言》，轉引自《陳汝衡曲藝文選‧說書史話‧清代說書》，中國曲藝出版社，1985 年。

姐又「最是博古通今的」（101 回）。怎麼回事呢？16 回皇上恩准元春省親，鳳姐評論道：「可見當今的隆恩。歷來聽書看戲，古時從未有的。」「說起當年太祖皇帝仿舜巡的故事，<u>比一部書還熱鬧</u>。」原來說書起了作用！有論者認爲王熙鳳本人就具有說書人的某些特徵，使砌打諢已成爲王熙鳳的性格內涵。〔註21〕

40 回賈母攜劉姥姥逛大觀園，嫌寶釵的蘅蕪苑太素淨，「你們<u>聽那些書上戲上說的</u>小姐們的繡房，精緻的還了得呢。」43 回寶玉在水仙庵祭金釧兒，講起水仙庵的由來，緣由「當日有錢的老公們和那些有錢的愚婦們聽見有個神，就蓋起廟來供著，也不知那神是何人，<u>因聽些野史小說</u>，就信眞了」。賈母、鳳姐乃至那些有錢的老公們和愚婦們竟是這麼藉由說唱「博古通今」的！

二、作爲情節有機構成的說唱

《紅樓夢》中的說唱情節，表現了賈府內宅文藝活動的豐富多樣，比如僅說唱就有說書、彈詞、蓮花落、唱曲等；但作者並非僅僅是描繪幾種「說唱」伎藝，而是有機地把說唱情節和主要情節融和一起，起到了豐富、展現、暗示主要情節的作用。

54 回有全書中記述說唱比較集中、又有代表性的一段情節。女先兒說了半截子名爲《鳳求鸞》的書，書中的公子和鳳姐同名，也叫王熙鳳。後四十回的續者在 101 回提起這個頭緒，鳳姐在散花寺求得一簽「王熙鳳衣錦還鄉」，周瑞家的提起：「前年李先兒還說這一回書的」。**續者借這個說唱情節勾聯前後文，暗示鳳姐「哭向金陵事更哀」的結局不遠了。**可惜前文說這個故事發生在殘唐，這裏卻說是漢代。

其實，這個情節妙的是，賈母對這個半截子才子佳人故事的一段頗長的評論。賈母藉評論編者的無知大約想表達這樣的意見：一是在薛姨媽、李嬸娘面前顯示作爲仕宦讀書人家的大家規矩之嚴；二是表示對自由戀愛的反對。

聯繫前後情節看這段評論很有意思。首先，**這段評論充滿反諷意味。**賈母說：「我們從不許說這些書，丫頭們也不懂這些話。」賈母的這番話是對賈府規矩之嚴的得意？還是一種辯白？不說 23 回黛玉「接書來瞧，從頭看去，越看越愛看，不到一頓飯工夫，將十六齣俱已看完，自覺辭藻警人，餘香滿

〔註21〕汪道倫《〈紅樓夢〉對曲藝的融會貫通》，《紅樓夢學刊》，1994 年第 2 輯。

口」，看的就是寶玉給的《西廂記》；就連素來穩重的寶釵先前「姊妹弟兄都在一處，都怕看正經書。……諸如這些『西廂』『琵琶』以及『元人百種』，無所不有。他們是偷背著我們看，我們卻也偷背著他們看。後來大人知道了，打的打，罵的罵，燒的燒，才丟開了。」（42 回）這實則是對賈母所標榜的大家規矩的反駁，所以鳳姐笑稱賈母這番話為「掰謊記」。

　　其次，這段評論在寫法上是「一箭雙雕」，賈母批評佳人「只一見了一個清俊的男人，不管是親是友，便想起終身大事來，父母也忘了，書禮也忘了，鬼不成鬼，賊不成賊，哪一點兒是佳人？便是滿腹文章，做出這些事來，也算不得佳人了。」賈府中有誰如此呢？丫頭中小紅是個典型的例子。24 回小紅頭一次碰見賈芸「下死眼把賈芸釘了兩眼」，賈芸告辭時「一面走，一面回頭說：『不吃茶，我還有事呢。』口裏說話，眼睛瞧那丫頭 還站在那裏呢」。後來小紅聽見賈芸要帶花兒匠在大觀園中種樹，「不覺心裏 一動，便悶悶的回至房中，睡在床上嗤嗤盤算，翻來掉去，正沒個抓尋」。26 回「那賈芸 而走，一面拿眼紅玉一溜；那紅玉只裝著和墜兒說話，也把眼去一溜賈芸，四目恰相對時，紅玉不覺臉紅了，一扭身往蘅蕪苑去了。」小紅算是賈母所謂「見了一個清俊的男人，不管是親是友，便想起終身大事來」，但小紅遠不是賈母所說的佳人。

　　賈母的矛頭看似直指黛玉。因黛玉和寶玉的要好是眾人看在眼裏的。19 回黛玉試探寶玉：「你有玉，人家就有金來配你；人家有『冷香』，你就沒有『暖香』去配？」25 回黛玉念一聲「阿彌陀佛」，寶釵就說如來佛「又管林姑娘的姻緣了。」同回鳳姐打趣黛玉：「你既吃了我們家的茶，怎麼還不給我們家作媳婦？」32 回襲人錯聽了寶玉的一番話，「自思一定因黛玉而起」，這誠如脂批「二玉事在賈府上下諸人皆信是一段好夫妻，書中常常每每道及，豈其不然」。看看 57 回「慧紫娟情辭試忙玉」後，「眾人都知寶玉寶玉原有些呆氣，自幼是他二人親密，如今紫娟之戲語亦是常情，寶玉之病亦非罕事，因不疑到別事去」，「眾人不疑」其實是反話。賈母即使再溺愛黛玉，也不能不提醒她。

　　可是黛玉是「有心的」，寶釵又何嘗「無心」呢？

　　薛家上下沒一個不知「金玉良緣」的。8 回寶釵的丫鬟金鶯微露意：「我聽這兩句話，倒像和姑娘的項圈上的兩句話是一對兒」又說寶釵的項圈「是個癩頭和尚送的，他說必須鏨在金器上 ── 」，自是等著有玉的來配。來賈府

後，薛姨媽對王夫人等曾提過「金鎖是個和尚給的，等日後有玉的方可結爲婚姻」（28 回）。34 回寶玉挨打後，寶釵責怪薛蟠，薛蟠說：「我早知道你的心了。從先媽和我說，你這金要揀有玉的才可正配，你留了心，見寶玉有那勞什骨子，你自然如今行動護著他。」照理寶釵該遠著寶玉，可 35 回鶯兒打絡子，寶釵提醒「倒不如打個絡子把玉絡上呢」，這能說她無心嗎？！再來看 36 回寶玉在夢中喊罵：「和尚道士的話如何信得？什麼是金玉良緣，我偏說木石姻緣！」，寶釵聽了，「不覺怔了」，四字大可玩味。

寶黛有心，諸人皆信；薛家散佈的「吉讖」，大觀園內外豈能無聞？賈母在提醒黛玉之時，是否也在敲打薛家：不要太著痕迹？所以這段情節實是「不寫之寫」。

第三，這個情節暗示賈母對寶黛愛情的態度，也就暗示了以後情節的發展。

賈母對寶玉的親事是極上心的。起先是屬心於黛玉的，不然，鳳姐也不會貿貿然開「吃茶」的玩笑（25 回）。是不是元春在端午節賞寶玉和寶釵一樣的節禮（28 回）的暗示，賈母又看好寶釵，35 回王夫人的話：「老太太時常背地裏和我說寶丫頭好。」50 回時賈母「因又說及薛寶琴雪下折梅比畫兒還好，因又細問他的年庚八字並家內景況。薛姨媽度其意思，大約是要與寶玉求配。」此回中賈母對自由戀愛又如此反對，「只一見了一個清俊的男人，不管是親是友，便想起終身大事來，父母也忘了，書禮也忘了，鬼不成鬼，賊不成賊，哪一點兒是佳人？便是滿腹文章，做出這些事來，也算不得佳人了。」可見賈母心中黛玉已非佳選。可憐黛玉「父母早逝，雖有刻骨銘心之言，無人爲我主張」（32 回）。賈赦要討鴛鴦，找鳳姐；薛姨媽想給薛蝌說邢岫煙，找鳳姐；鳳姐是作媒的要緊人，她倒要爲寶玉說薛寶琴。黛玉期待薛姨媽眞的去給她保媒，那怎麼可能呢？等待她的只是一抔黃土罷了！

借一回說書，作者能將無限煙波容納進來，其高超的筆法不能不令人讚歎。

附錄五　中國古典戲曲在日本的傳播、譯介與研究概略

內容摘要

　　中國戲曲文本在明清時期即日本江戶時代開始傳入日本。至二十世紀上半葉，日本公私藏書機構及個人購藏大量戲曲典籍。從江戶到明治，在漢文日譯的兩次翻譯高潮中，戲曲的翻譯越來越受到關注和重視，日本對於中國戲曲的研究可以分成三個階段：大正初開始對元曲進行正式研究的鹽谷溫；構成戰前元曲研究頂峰的京都學派；戰後在中國戲曲的社會學研究中居於領先地位的田仲一成。日本的中國戲曲研究專家以京都大學和東京大學為中心，形成「京都派」、「東京派」的戲曲研究流派。

　　關鍵詞：中國戲曲　日本傳播　研究流派

一、中國古典戲曲在日本的傳播

據載早在十三世紀中葉，即南宋末年，中國戲曲藝術的信息就已經傳到了日本。〔註 1〕元曲在十六世紀下半葉傳入日本。明代萬曆末年興化人姚旅《露書》一書記載，明代琉球國有《荊釵》、《王祥》、《姜詩》等戲文演出。〔註 2〕明嘉靖癸丑（1553 年）重刻本《風月錦囊》選有《姜詩》九齣，與《躍鯉記》大體相同，可見此劇成於嘉靖癸丑。而萬曆時這一劇目已見於琉球上演。

江戶時代（1603～1867）開始有戲曲文本傳入日本。據統計，成立於 1602年（明萬曆三十年）的日本國家文庫——御文庫，從 1602 年至 1663 年，入藏《八能奏錦》、《西廂記》、《雍熙樂府》、《琴心記》、《紅梨記》、《盛明雜劇》等戲曲書籍 19 種：〔註 3〕

1602～1639 入藏：《八能奏錦》、《西廂記》、《雍熙樂府》（二十卷）、《琴心記》；

1639 年入藏：《紅梨記》、《曇花記》、《明珠記》、《繡襦記》；

1645 年入藏：《盛明雜劇》；

1646 年入藏：《元人雜劇百種》（四十八本）、《牡丹亭記》（六本）、《雙瑞記》（二本）、《吳騷合編》（四卷）；

1652 年入藏：《玄雪譜》、《千金記》、《尋親記》；

1653 年入藏：《花筵賺》；

1654 年入藏：《紅拂記》（二本）；

1663 年入藏：《嘯餘譜》。

御文庫入藏的作品非常豐富，既有元曲，又有傳奇，既有專集，又有曲書；說明日本對於中國戲曲接受的全面性。而且 12 部傳奇作品多為明刻本，一半的傳奇問世於萬曆前後，說明問世後極短時間內就傳到了日本。

〔註 1〕 張傑《明清之際我國戲曲在日本》，《戲曲研究》第 12 輯，文化藝術出版社，1984 年版，頁 169。

〔註 2〕 鄧紹基《〈國外中國古典戲曲研究〉序》，孫歌等著《國外中國古典戲曲研究》，江蘇教育出版社，2000 年版，頁 2。

〔註 3〕 青木正兒《御文庫目錄中的中國戲曲書》，青木正兒文集《江南春》，日本東京弘文堂 1941 年版。轉引自張傑《明清之際我國戲曲在日本》，《戲曲研究》第 12 輯，文化藝術出版社，1984 年版，頁 171。

　　另據統計，1692 年至 1860 年期間，至少又有《名家雜劇》、《笠翁傳奇十種》、《六才子書》、《嘯餘譜》等 20 多種戲曲書籍傳入日本。戲曲總集以《元曲選》（《元人百種》）、《六十種曲》及《盛明雜劇》最爲注目。《摘錦奇音》、《萬壑清音》、《八能奏錦》、《吳騷合編》、《玄雪譜》等明末刊行的戲曲選集，也較受日本讀者歡迎。值得注意的還有《綴白裘》。《綴白裘》的清初選刻本在康熙二十七年（1688）之前就傳入日本，玩玉樓主人重輯閏正堂刻本也在雍正四年（1726）傳入日本。錢德蒼乾隆三十六年增編的《綴白裘新集合編》本，第二年就輸送到了日本。〔註4〕

　　乾隆四十七年（1782）已有《審音鑒古錄》東渡的記錄。《審音鑒古錄》精選最盛行的崑曲，其中如《西廂記》、《琵琶記》、《荆釵記》各占兩冊以上，《牡丹亭》、《長生殿》則占一冊以上，繪圖精美，評點精到。僅《審音鑒古錄》一個版本，日本就藏有八套以上，分別在京都大學文學部、京都大學人文研、東洋文庫、東北大學、東京大學文學部、大阪大學、大谷大學、大理圖書館。今存者爲道光十四年（1834）東鄉王繼善所刊。

　　江戶時期的東渡戲曲作品中，最受歡迎、閱讀最廣的作品有《西廂記》、《紅雪樓九種曲》、《琵琶記》、《牡丹亭還魂記》、《笠翁十種曲》及《閒情偶記》。其中以《西廂記》占絕對優勢，總數在 40 部以上，雍正年間輸入最多，最多一次性輸入達到了 14 部。其次爲清蔣士銓的《紅雪樓九種曲》，僅 1800年即輸入了 21 套。高明的《琵琶記》總數達 10 部以上（含《六十種曲》本）。《牡丹亭還魂記》，總數也在 10 部以上，另有葉堂所訂《牡丹亭曲譜》2 套。李漁的《笠翁十種曲》和《閒情偶記》各在 6 套以上。〔註5〕這一時期日本民間也有不少戲曲收藏，據《以呂波分書目》所載就有戲曲書籍 6 種，《青柳文庫總目》也載有戲曲書籍 4 種。〔註6〕

　　戲曲文本在日本的傳播特點對後來日本學者的戲曲研究產生了重要影響。金井保三、久保天隨、田中謙二、傅田章等對《西廂記》版本的研究，

〔註4〕　黃仕忠《江戶時期東渡的中國戲曲文獻考》，《文化遺產》，2009 年第 2 期。
〔註5〕　參見〔日〕磯部祐子《江戶時代對中國戲曲的接受與擴展》，《中華戲曲》第 9輯，山西人民出版社，1990 年版；黃仕忠《江戶時期東渡的中國戲曲文獻考》，《文化遺產》，2009 年第 2 期。
〔註6〕　〔日〕大庭修《關於江戶時代中國船漂流日本的資料》，《日本研究》，1987年第 3 期。〔日〕大庭修《漢文書籍輸入日本的研究》，《山西大學學報（哲學社會科學版）》，1983 年第 3 期。

便是在這樣的背景下形成的。金井保三、久保天隨成爲最早系統研究《西廂記》版本的學者。明治中期日本學者開始關注中國戲曲研究時，湯顯祖、李漁是最早設有專冊介紹的戲曲家。王《西廂》及湯顯祖、李漁、蔣士銓，也是當今日本學者研究最爲深入的戲曲或戲曲家。

二十世紀上半葉，隨著日本現代漢學的形成，日本的公私藏書機構和個人又通過各種方式購藏了很多戲曲類書籍。如內閣文庫、東京大學東洋文化研究所、天理圖書館等藏書機構，戲曲文獻的收藏特別豐富。比如內閣文庫收藏了不少明代朱墨套印本戲曲，印刷十分精美，收藏的明代曲選也很有價值，其中有不少係在中國早已失傳的海內孤本。東京大學所藏戲曲書籍主要是日本著名漢學家長澤規矩也 1928 年在中國購得的舊藏，以抄本居多，如清廷內府抄本、車王府抄本、清百本張抄本等，其中的車王府抄本共 48 種 48 冊，19 個戲曲劇本及蓮花落、把山調曲本可以彌補中國大陸收藏之不足。天理圖書館藏有日本漢學家鹽谷溫的中國戲曲小說舊藏 625 種、吉川幸次郎的中國戲曲小說舊藏 375 種，該館僅《西廂記》的明清刊本就藏有 40 餘種。此外，日本其他圖書館也收藏了一定數量的戲曲文獻，如日本京都大學收藏戲曲文獻甚富，其中有不少珍貴的版本，如明宣德刊本《嬌紅記》、《周憲王樂府三種》、明金陵富春堂刊本《勸善目連救母行孝戲文》、《趙氏孤兒記》等；京都大學文學部圖書館所藏抄本《傳奇彙考》共收劇目 470 種，比之國內刊行石印本多出 200 多種；京都大學人文科學研究所收藏各類戲曲文獻 200 多種。

1979 年由吉川幸次郎、小川環樹主編的《京都大學漢籍善本叢書》影印出版。該叢書第一期 20 卷中，戲曲佔了很大的比重，每部書附有簡明扼要的解說。其中有明世德堂刊本影抄本《荊釵記》、明宣德間刊本《周憲王樂府三種》、明富春堂刊本《趙氏孤兒記》、明廣慶堂刊本《折桂記》等，均爲稀見版本，大多爲國內《古本戲曲叢刊》所未收。

1983 年日本思文閣出版的《中國戲曲善本三種》，由日本漢學家神田喜一郎所編、岩城秀夫解說。神田喜一郎收藏元明戲曲多年，有不少珍本秘籍，其中僅明刊本就達 20 種，有些係海內孤本。《中國戲曲善本三種》影印了他所珍藏的《北西廂記》、《斷髮記》和《竊符記》三種明代戲曲作品，所選底本均爲善本，海內流傳極少。戲曲史家岩城秀夫對這三部戲曲的作者、版本、本事、劇情等進行了簡要的介紹。〔註7〕

〔註7〕 苗懷明《二十世紀港臺及海外戲曲文獻研究述略》，《文獻》，2002 年第 4 期。

二、日本對中國古典戲曲的譯介

隨著江戶後期中國戲曲文本源源不斷傳入日本，爲滿足閱讀與研究的需要，翻譯成爲必要。從江戶到明治（1868～1912），在漢文日譯的兩次翻譯高潮中，戲曲的翻譯越來越受到關注和重視。〔註8〕

江戶末期在以岡島冠山（1675～1728）爲代表的俗語文學翻譯的影響下，開始了中國戲曲的翻譯與介紹。見於記載的譯介有：

1771 年刊行的歌舞伎演員傳記彙編書《新刻役者綱目》訓譯了李漁的《蜃中樓》第五齣「結蜃」、第六齣「雙訂」，

文化年間（1804～1817 年）有人試譯《西廂記》，後來金井保三、岸春風樓、官原民平都有過《西廂記》譯本，

1774 年刊行的留守友幸的《俗語釋》曾引用《西廂記》的注釋，

1775 年八文學屋刊行的《役者全書》中介紹了戲曲的角色，

1785 年刊行的《小說字彙》載有《西廂記》、《琵琶記》劇名，

1791 年刊行的《唐土奇談》介紹了戲曲，並介紹了託名李漁的《千里柳塘偃月初》的劇情梗概，

1806 年託名「嵐翠子」的日本人譯介《蝴蝶夢》傳奇，

日本僧人遠山一圭（1795～1832）首先介紹《西廂記》。1826 年學習「西廂、琵琶二記」，並有《北西廂注釋》。

這一時期的戲曲翻譯採用平安時代（11～12 世紀）的文語體日語，曲詞還夾有「漢文訓讀」體。「漢文訓讀」就是把漢文用日本語的語序改變排列，再在各個漢字後頭用日本假名加上日本語特有的動詞詞尾、助詞等，這樣從頭念起來就成爲字字對應的直譯的日本語文章。這種日本傳統的閱讀漢籍的「訓讀」法，適合閱讀文言，無法很好地處理口語作品。

1866 年至 1946 年的「言文一致」運動形成口語體和文語體的分家，才爲翻譯戲曲作品找到了很好的語言工具，並形成第二次翻譯高潮。這次翻譯出現在明治（1868～1912）末期到昭和（1926～1989）初年，以大正年間（1912～1926）最爲突出，貢獻最大的是鹽谷溫、金井保三和宮原民平等人。

明治前期譯介中國戲曲的先驅者是幸田露伴（1867～1947）。他在 1894

〔註 8〕參見張傑《明清之際我國戲曲在日本》，《戲曲研究》第 12 輯，文化藝術出版社，1984 年版，頁 173。孫歌等著《國外中國古典戲曲研究》，江蘇教育出版社，2000 年版，頁 5～10。

年以歌謠體部分譯介了鄭廷玉《布袋和尚忍字記》，1895 年以《元時代的雜劇》為題，介紹了喬孟符的《揚州夢》、《金錢記》、《兩世姻緣》，楊顯之的《瀟湘雨》、《酷寒亭》，關漢卿的《望江亭》、《竇娥冤》、《救風塵》，馬致遠的《漢宮秋》、《黃粱夢》、《任風子》、《陳摶高臥》、《薦福碑》、《青衫淚》等劇作的梗概。這是日本最早介紹元雜劇的文章之一。1903 年幸田露伴開始陸續發表《中國第一戲曲之梗概》（1903）、《〈拜月亭〉的故事》（1918.10）、《邯鄲與竹葉舟》（1918.11）、《〈雙珠記〉的故事》（1918.11）、《迷信劇》（1918.1）、《羊的戲劇》（1919.2）。

1911 年西村天囚譯介《琵琶記》，日本首次介紹南戲傳奇作品。

1914 年金井保三用日語文語體翻譯《西廂歌劇》；

1916 年岸春風樓翻譯《牡丹亭還魂記》。

1917 年《支那戲曲集》；

20 年代，宮原民平獨自翻譯了《琵琶記》、《燕子箋》、《風箏誤》、《漢宮秋》、《還魂記》、《西廂記》、《竇娥冤》等七種劇作。鹽谷溫在 20 年代先後翻譯了《琵琶記》、《桃花扇傳奇》、《長生殿傳奇》並作注釋。20 年代東京出版的系列叢書有四種收錄了中國戲曲譯本：

《國譯漢文大成》（1920～1924 版）收錄《琵琶記》、《長生殿》、《桃花扇》、《燕子箋》、《漢宮秋》等 7 種；

《古典劇大系》（1926 年版）收入最早使用口語體的譯本《琵琶記》、《竇娥冤》2 種；

《支那文學大觀》（1926 年版）收入《桃花扇》、《風箏誤》、《還魂記》3 種；

《近代劇大系》（1923～1924 年版）收入《桃花扇》1 種。

1932 鹽谷溫動員了研究生翻譯《元人雜劇百種曲》，採用一般漢文解說書的方式，注釋單詞的「語釋」，翻譯「訓讀」、用普通日本語寫的解說性翻譯，「通釋」。其中「楚昭公」、「漢宮秋」、「殺狗勸夫」三種，於 1932、1933 陸續出版。

40 年代開始出現高質量的戲曲譯本。1943 年吉川幸次郎用日語口語體翻譯《金錢記》與《酷寒記》，把道白全置換成日本的戲劇道白的文體，完全譯成了現代日本語，被認為是最成熟的譯本。鹽谷溫 1948 年推出《西廂記》完譯本，這本書後來經過修改，成為他的定本《歌譯西廂記》，1958 年由養德社

出版。曲子部分譯成七五調的日本語的文言詩歌（七五調就是反覆以七音、五音構成一句的格律，日本的定型詩一般以七五調和五七調爲最多），而道白部分基本上仍然保持訓讀的直譯語調。個別單詞順應文章脈絡置換成相應的更合適的日本語單詞，句子的結構仍是訓讀的直譯句法。

50 年代出版的《中國古典文學全集》第 33 卷爲戲曲卷，由京都學者青木正兒主編，收錄了由田中謙二、濱一衛、岩城秀夫翻譯的元明清戲曲的部分名作。

1967 年青木正兒翻譯的《元人雜劇》出版。

70 年代出版的《中國古代典文學大系》，第 52 卷和 53 卷分別收錄了京都學者田中謙二、吉川幸次郎、濱一衛、岩城秀夫翻譯的戲曲集。1974 年內田道夫出版《劉知遠諸宮調》譯本。

三、日本對中國古典戲曲的研究

江戶時代前期言及元曲的有三位人物荻生徂徠（1666～1728）、新井白石（1657～1726），太宰春臺（1680～1747）。新井白石和荻生徂徠是最早見於記載的介紹中國戲曲的日本學者，他們把元雜劇和日本古典戲曲進行了比較研究。新井白石藏有《元曲百種》，著有《俳優考》，認爲日本的猿樂是仿元曲而作。徂徠學派創始人荻生徂徠在其著作《南留別志》中認爲能樂是以元雜劇爲模型創造的。太宰春臺在其著作《獨語》中也表達了類似的看法。這些關於元曲的意見雖然零散，但爲日後整整意義的研究提供很高的起點，標誌著中國古典戲曲從作爲民間的娛樂性讀物成爲學術研究的對象。

但從總體上來看，雖然日本學者對中國戲曲的研究一直沒有中斷，但在 1868 年日本明治維新運動之前，由於受到傳統文學思想的影響，戲曲及其研究一直被認爲是不登大雅之堂的「末技」而不受重視。

出版於明治三十年（1887）醴川臨風的《中國小說戲曲小史》，標誌著日本對中國戲曲系統研究的開始。1898 年，東京大學教授、漢學家森槐南（1863～1911）開始講授戲曲，把一直遭受正統文人賤視的戲曲研究引人了大學殿堂，並陸續發表了《元人百種曲解題》等系列研究成果，產生了巨大的影響。1909 年開始，狩野直喜在其任職的京都大學主持「中國語學中國文學」講座，開展中國戲曲的教學、研究工作，並培養出青木正兒（1887～1964）、吉川幸次郎（1904～1980）等著名的中國戲曲研究專家，爲中國戲曲的研究奠定了

堅實的基礎。

　　而日本的中國戲曲研究熱潮也與我國戲曲研究專家王國維（1877～1927）
密切相關。〔註9〕1909 年以後，王國維的《宋元戲曲考》、《元人百種解題》、《曲
錄》、《戲曲考原》、《宋大曲考》、《優語錄》《古劇腳色考》、《曲調源流考》等
八部論著在日本引起學者的關注和學習。辛亥革命後，王國維流亡到日本京
都，京都大學的狩野直喜（1868～1947）和鈴木虎雄（1878～1963）親自與
王國維探討中國戲曲的研究。鹽谷溫（1878～1962）的《中國文學概括講話》
描述當時的景況說：「王氏遊寓京都時，我學界大受刺激，從狩野君山博士起，
久保天隨學士、鈴木豹軒學士、西村大囚居士、亡友金井君等都對斯文造詣
極深，或對曲學底研究吐卓學，或競先鞭於名曲底介紹與翻譯，呈萬馬驕鑣，
而馳騁盛況。」

　　現代日本對於中國戲曲的研究可以分成三個階段：大正初開始對元曲進
行正式研究的鹽谷溫；構成戰前元曲研究頂峰的京都學派；戰後在中國戲曲
的社會學研究中居於領先地位的田仲一成。〔註 10〕並且以京都大學和東京大
學爲中心，形成「京都派」、「東京派」的戲曲研究流派。主要研究者的傳承
關係如下：

　　　　京都派：狩野直喜 —— 青木正兒 —— 吉川幸次郎（1904～
1980）—— 岩城秀夫（1923～）

　　　　（1868～1947）（1887～1964）田中謙二（1911～）

　　　　入矢義高（1910～1998）

　　　　濱一衛（1909～）

　　　　東京派：森槐南 —— 鹽谷溫 —— 八木澤元（1905～1978）——
傳田章（1933～）—— 金文京（1952～

　　　　（1863～1911）（1878～1962）波多野太郎（1912～）田仲一
成（1932～）

　　鹽谷溫是森槐南的學生，日本全力研究戲曲的第一人。鹽谷溫曾留學中

〔註 9〕　參見張傑《王國維和日本的戲曲研究家》，《杭州大學學報（哲學社會科學
　　　　版）》，1983 年第 4 期；榮新江《狩野直喜與王國維 —— 早期敦煌學史上的一
　　　　段佳話》，《敦煌學輯刊》，2003 年第 2 期；程華平《王國維與近代日本的中國
　　　　戲曲研究》，《中華戲曲》，2006 年第 2 期。
〔註10〕　〔日〕傳田章《日本的中國戲曲研究史》，《文學遺產》，2000 年第 3 期。

國和德國，1920 年任東京帝國大學文科大學教授，同年以《元曲研究》論文獲文學博士學位。王國維的《宋元戲曲考》等一系列的研究著作給了鹽谷溫的戲曲研究很大的影響。鹽谷溫自己也承認王著是自己研究的基礎。鹽谷溫翻譯元曲，側重研究元曲的體例。1940 年，鹽谷溫所譯《元曲選》第一冊出版。《元曲選》序言《元曲概說》，敍述中國戲曲沿革，就元曲的產生、分類以及元曲的作家和體裁作了論述，對《元曲選》中所收一百種雜劇作了簡單的介紹；另外對元代前後的戲曲史也有扼要敍述。他的《支那文學概論講話》，是日本最早的正式以戲曲小說爲內容的中國文學史，三分之二的篇幅解說戲曲小說。1958 年發表《西廂記解說》。

　　京都派創始人狩野直喜在 1900～1903 期間留學清末中國，1912～1913 留學歐洲。1924 年狩野直喜創立支那學，強調文獻考證，爲日本的中國古典戲曲研究提供了必要的學術準備。作爲戲曲研究的奠基人，狩野直喜主要關注元曲和清代的崑曲。他的論文《元曲的由來與白仁甫的〈梧桐雨〉》，偏重於戲曲產生的社會背景、風俗民情的背景分析以及對於戲曲曲詞的鑒賞。他認爲：「在劇中最重要的是部分是曲。」在狩野、鈴木博士的培養及王國維的影響下，京都大學不久出現了後來被尊爲中國戲曲研究泰斗的青木正兒先生。

　　青木正兒的《支那近世戲曲史》（中譯名《中國近世戲曲史》）（1930 年，1935 年出版），意在繼承王國維塡補明清戲曲的空白。與狩野直喜不同，青木的研究從讀曲轉向觀劇，研究重點從詞曲研究、版本考證轉向情節、人物分析。《中國近世戲曲史》採用結構分析的基本方法，將情節結構作爲分析的核心內容。《元人雜劇序說》（1937 年，1942 年出版）重新界定本色派和文采派。1932 年發表的《劉知遠諸宮調》，系統討論了諸宮調。

　　進入昭和年代以後，日本的元曲研究被以吉川幸次郎爲中心的京都大學學派推進到新的階段。吉川幸次郎的《元雜劇研究》突破史論體例，建立起專題研究的框架，形成了日本戲曲研究的現代品格。在《元雜劇研究》中，吉川幸次郎建立起作家──文本──讀者的互動鏈條關係，正面提出聽眾問題。論述了元雜劇文學的意義、體裁、歷史、觀眾、作者、結構等方面，對雜劇的文章特色作了獨到性研究。《元雜劇研究》與青木正兒的《支那近世戲曲史》是戰前派中國戲曲研究的雙璧。

　　戰後戲曲研究戲曲的佼佼者還有田中謙二、岩城秀夫、八木澤元、傳田章等人。田中謙二主要研究元曲，以《西廂記》爲主。1948～1964 年間陸續

發表關於《西廂記》的六篇論文。從現實主義研究視角，關注人物性格的現實主義。岩城秀夫致力於明代戲曲的研究，集中在湯顯祖。試圖恢復戲曲文本的歷史語境。八木澤元師從鹽谷溫，1959 年出版《明代劇作家研究》，探討明朝劇作家的傳記及創作，在書中勾勒了明代 419 位劇作家的概況，詳細介紹了朱友墩、康海、李開先、湯顯祖、臧懋循及葉小紈等八位劇作家的生平資料與創作情況，發掘了很多鮮為人知的歷史材料。波多野太郎 1974 出版的《中國文學史研究》主要對元雜劇《漢宮秋》、《秋胡戲妻》、《西廂記》、《琵琶記》等作品的主題作了新的探討，對關漢卿亦作了再評價。傅田章編著的《明刊元雜劇〈西廂記〉目錄》收錄明代刊本《西廂記》，收錄較為完備，有不少罕見版本，特別是日本收藏的版本，將後世所出的影印本、翻刻本、排印本根據不同的版本特徵繫於各版本下，書後附有《清刊本簡目》、《近人校注本簡目》、《譯本簡目》和《參考書目》4 個目錄，著錄內容包括書名、版本、卷數、刊刻年代、刊刻者及收藏者，引證豐富。

　　日本新一代漢學家的代表是田仲一成。他的研究代表了日本戲曲研究的新趨勢。由狩野直喜、鹽谷溫、青木正兒等開創的中國戲曲研究，注重戲曲的文學性和文獻方面，基本依據書面文獻進行，而田仲一成走出書齋，通過實地調查等手段，充分挖掘和利用書面文獻之外的民間戲曲資源，關注中國民間祭祀戲曲。田仲一成八十年代以來發表的《中國祭祀演劇研究》（1981年）、《中國的宗族和戲劇》（1985 年）、《中國鄉村祭祀研究》（1989 年）、《中國巫系演劇研究》（1993 年），主要集中於中國地方戲的研究。《中國祭祀戲劇研究》用社會學的方法第一次系統地梳理「祭祀戲劇產生的原理」：古代社會中作為秘密儀式的祭禮禮儀，在逐漸失去其神秘性之後，作為儀式的意義逐漸淡化，而向戲劇、藝術方面轉化。

　　和田仲一成的研究比起來，就可以看到日本以前的研究之局限。青木正兒的《支那近世戲曲史》和吉川幸次郎的《元雜劇研究》都沒有超出對於戲曲劇本和作家研究的範圍。青木本人對於戲曲演出有過興趣，他在北京居留的時候，曾經寫了有關劇場建築格式和演出實況的文章。可是由於時代的限制，還不能達到對戲劇的社會結構的理解。到了吉川幸次郎，則不再關心戲劇的演出。《元雜劇研究》的重點，不是上篇的《元雜劇的背景》，而是下篇《元雜劇的文學》，他更重視書面的文學劇本，把文獻解讀的經學式的研究方法應用在元雜劇研究上。

　　從中國古典戲曲傳入日本開始，日本對於中國戲曲的譯介與研究取得了令人矚目的成績。他山之石，可以攻玉，我國戲曲研究應該借鑒，取得更大的研究成果。

參考文獻

1. 王麗娜編著，《中國古典小說戲曲名著在國外》，學林出版社，1988 年版。
2. 樂黛雲主編，《中國文學在國外》，花城出版社，1990 年版。
3. 宋柏年主編，《中國古典文學在國外》，北京語言學院出版社，1994 年版。
4. 夏康達、王曉平主編，《二十世紀國外中國文學研究》，天津人民出版社，2000 年版。
5. 孫歌等著，《國外中國古曲戲曲研究》，江蘇教育出版社，2000 版。
6. 嚴紹璗，《日本中國學史》，江西人民出版社，1993 版。
7. 〔日〕溝口雄三，李等譯，《日本人視野中的中國學》，中國人民大學出版社，1996 年版。
8. 黃仕忠，《日藏中國戲曲文獻綜錄》，廣西師範大學出版社，2010 年版。
9. 蔣星煜，《中國戲曲史探微》，齊魯書社，1985 年版。
10. 張傑，《王國維和日本的戲曲研究家》，《杭州大學學報（哲學社會科學版）》，1983 年第 4 期。
11. 張傑，《簡論日本近代的中國戲曲研究》，《社會科學戰線》，1984 年第 2 期。
12. 張傑，《明清之際我國戲曲在日本》，《戲曲研究》第 12 輯，文化藝術出版社，1984 年版。
13. 么書儀、洪子誠，《中國古代戲曲專家傳田章》，《兩意集》，學苑出版社，1999 年版。
14. 〔日〕磯部祐子，《日本江戶時代對中國戲曲的接受與擴展》，《中華戲曲》第 9 輯，山西人民出版社，1990 年版。
15. 〔日〕市川勘，《岡晴夫教授的中國戲曲研究》，《中國比較文學》，1998 年第 1 期。
16. 〔日〕瀧本裕造，《日本京都學派的學風——獨創性的學術研究方法與態度》，《中央音樂學院學報》，1999 年第 1 期。
17. 〔日〕傳田章，《日本的中國戲曲研究史》，《文學遺產》，2000 年第 3 期。
18. 錢婉約，《日本中國學京都學派芻議》，《北京大學學報（哲學社會科學版）》，2000 年第 5 期。
19. 苗懷明，《二十世紀港臺及海外戲曲文獻研究述略》，《文獻》，2002 年第 4

期。

20 崔放黎,《日本漢學家對中國元代戲曲的研究一瞥》,《劇作家》,2005 年第 3 期。

21 程華平,《王國維與近代日本的中國戲曲研究》,《中華戲曲》,2006 年第 2 期。

22. 黃仕忠,《江戶時期東渡的中國戲曲文獻考》,《文化遺產》,2009 年第 2 期。

23. 周閱,《噪聽花的中國戲曲研究》,《中國文化研究》,2010 年第 3 期。

24. 仝婉澄,《狩野直喜與中國戲曲研究》,《廣州大學學報(社會科學版)》,2010 年第 5 期。

附錄六　北京大學館藏程硯秋
　　　　玉霜簃藏曲述略

內容提要

　　程硯秋是民國以來著名的藏曲家，程硯秋玉霜簃藏曲主要來源於清末梨園世家金匱陳氏。這批藏曲主要爲梨園伶人手抄本，舞臺演出本居多，是瞭解清代乾嘉以來戲曲尤其崑曲劇目流傳和演出情況的原始材料。其中的珍本罕本有很高的戲曲文獻版本價值；大量的身宮譜和工尺譜也是傳承崑劇表演藝術的寶貴財富。這批藏曲亟待全面整理。

　　關鍵詞：玉霜簃　藏曲　崑曲　抄本

　　程硯秋（1904～1958），號玉霜（或御霜），書齋名「玉霜簃」。程硯秋不僅是京劇表演大師，也是著名的藏書家。〔註1〕程硯秋非常重視戲劇戲曲文獻資料的收藏。1930 年程硯秋任中華戲曲音樂院南京分院院長時期，創辦中華戲曲專科學校，主辦《劇學月刊》，搜求中外戲劇戲曲文獻。1932 年赴西歐考察戲劇時，曾專門參觀巴黎的圖書館，注意到國家歌劇院一切劇場的設備、參考資料的搜集，說：「人家的歌劇院，在院裏有特設的圖書館，隨時搜集各種史迹史料、寫眞、圖片。而國家圖書館的儲藏搜集，豐富偉融，又隨時供給劇院之採用。這種政府的當局、文學界、戲劇界、科學界通力合作的成績，我們比較起來，爲得不落伍呢，這似乎是中國上下應當共同努力的事。」〔註2〕程硯秋在歐洲搜求的戲劇書籍七八百種、劇本約兩千多種、圖片五千多張，陸續送回國內，發表、出版或存檔。對於戲曲文獻的搜集也傾其全力，成爲與梅蘭芳、齊如山齊名的戲曲收藏家。程硯秋「玉霜簃」藏曲現主要收藏在北京大學圖書館，小部分藏書收藏在中國藝術研究院圖書館，藝研院所藏包括：《程氏所藏南府昇平署劇本提綱》28 種；《程氏所藏清代南府昇平署劇本第一集》52 種；《程氏所藏清代南府昇平署劇本第二集》256 冊 230 餘種；《程氏所藏清代南府昇平署劇本集第三集（弌）》12 種；《寄子》等京劇劇本 8 種；《缽中蓮》梆子腔 1 種；傳奇、宮廷大戲等 10 餘種，此外還有數十種開團場吉祥戲。〔註3〕

一、玉霜簃藏曲與金匱陳氏

　　玉霜簃藏曲主要來源於京中梨園世家「金匱陳氏」舊藏，一部分源於「懷寧曹氏」舊藏。曹文瀾與陳金雀均爲乾嘉以來的崑曲名伶，都曾爲內廷供奉。曹氏藏曲主要部分歸於梅蘭芳之綴玉軒，後被商務印書館涵芬樓購得。緣依《秋葉隨筆》「寧府　張藜　曹文瀾」條：「玉霜簃所藏舊鈔零本，多出曹文瀾手。按文瀾名春江，茂苑人，與賀蘭蓀相友善，二人皆乾嘉時著名伶工。文瀾精律呂，爲譜曲若干，工書，有魏晉風味。能文，編有《十美合歡圖彈

〔註1〕吳新雷，程硯秋先生的崑曲演唱和曲學成就，程硯秋先生百年誕辰紀念文集，北京：文化藝術出版社，2003 年，苗懷明，二十世紀戲曲文獻學述略，北京：中華書局，2005 年，孫崇濤，戲曲文獻學，太原：山西教育出版社，2008 年。
〔註2〕陳培仲、胡世均，程硯秋，石家莊：河北教育出版社，1996 年，275。
〔註3〕熊靜，清昇平署文獻聚散考，圖書館雜誌，2011（6）。

詞》行世。」〔註4〕

　　金匱陳氏是有名的梨園世家，從見於記載的嘉慶年間開始一直到民國乃至建國後近兩百年間，金匱陳氏一直活躍在戲曲舞臺上。陳氏先祖陳金雀是乾嘉以來的崑曲名伶，與子陳壽峰、孫陳嘉樑三代爲清「內廷供奉」，以收藏崑班藝人抄本戲曲著稱，世代收藏崑班藝人手抄的曲本數千冊。「清末古都梨園世家，以藏抄本戲曲稱者，厥爲金匱陳氏、懷寧曹氏，兩家所藏，約計四十餘冊。」〔註5〕

　　陳氏祖籍江蘇鎮江，後居金匱（江蘇無錫），以「金匱陳氏」著稱梨園。〔註6〕陳金雀原名煦棠，嘉慶十六年（1811）由蘇州織造府送入宮廷承應。「金雀者，以善演金雀記，清嘉慶帝獨善之，賜以名。」（張次溪《燕京梨園史》）〔註7〕道光七年（1827），南府改昇平署之際，民籍學生全部裁退。陳金雀裁汰後，留京賃屋於南柳巷，搭四喜班出演。咸豐十年（1860），陳金雀又入宮承應，不久任總教習，除教習太監外，仍不時露演，深得咸豐欣賞（王芷章《清代伶官傳》），「金爵」一名即爲咸豐所賜（陳金雀兄賜名「大爵」，亦爲崑曲老生）。同治二年（1863）裁革，頤養於家至終老，卒年八十七歲。

　　陳金雀自稱學古篆伶人，額其門曰「餘慶堂」，書其房曰「觀心室」，著有《七聲反切易知》、《雜劇考原》、《見聞雜記考博》、《詞曲劇出群書目錄》、《塡詞姓氏考》、《明心寶鑒》六書。〔註8〕陳金雀收藏崑劇手抄本甚多，其

〔註4〕　綠依，秋葉隨筆，劇學月刊，1933（2）－9。

〔註5〕　傅惜華《綴玉軒藏曲志》序，1934年刊行。

〔註6〕　陳金雀及其子孫生平參見：清人董文煥，陳金雀傳，清季洪洞董氏日記六種，北京圖書出版社，1997，吳新雷，中國崑劇大辭典，南京大學出版社，2002年，王芷章，清代伶官傳，周明泰，道咸以來梨園繫年小錄，張次溪，燕京梨園史，民國京崑史料叢書，六，七，四，學苑出版社，2010年。

〔註7〕　明代傳奇《金雀記》，《遠山堂曲品》著錄，凡2卷30齣，演西晉文人潘岳故事。其崑劇舞臺演出本，陳金雀家傳之《崑曲目錄》收有20齣。後常演者爲《覓花》、《庵會》、《喬醋》、《醉圓》等，多爲生、旦戲，以《喬醋》一齣最爲流行。上述四折崑劇舞臺演出本，散見於《集成曲譜》、《崑曲大全》、《與眾曲譜》、《粟廬曲譜》中。京劇有《喬醋》。參見傅惜華《明代傳奇全目》，人民文學出版社，1959年，頁403；郭英德《明清傳奇綜錄》，河北教育出版社，1997年，頁495。

〔註8〕　清人董文煥《研樵山房日記》「同治三年八月初二」條：「繆可齋以伶人陳金雀所著之《七聲反切易知》、《雜劇考原》、《見聞雜記考博》、《詞曲劇出群書目錄》、《塡詞姓氏考》、《明心寶鑒》諸書就正。」劉達科《一份珍貴的戲曲史料——董文煥〈陳金雀傳〉摭談》，《洪洞董氏文化論文集》。均收錄在《清

中陳氏家藏手抄《崑劇全目》〔註9〕抄錄清代中葉盛行於舞臺的崑劇傳統折子戲目錄 1298 齣，是研究研究崑曲演藝史的重要資料。陳金雀於道光二十年（1840）抄錄了劉亮採輯本《梨園原序》和陳吾省撰《梨園辨訛》。也曾向乾隆時崑曲名伶奚松年借抄了吳永嘉的原本《明心鑑》，杜步雲又根據他的傳本傳抄，使這一珍貴的演劇論著得以完整地保存下來。玉霜簃抄本劇本中約三十餘種即有「餘慶堂陳金雀記」、「餘慶堂」、「陳金爵」等署名。

陳金雀有子三人。長子壽山，習小生，同治時曾搭三慶四喜班，年四十餘卒。次子壽彭，咸豐十年入昇平署，同治二年裁退，在內廷演出崑劇甚多；曾搭三慶四喜班，全福科班教習。三子壽峰最有名。陳壽峰也作壽豐，隸四喜班。〔註10〕工正生，擅演《小逼》、《牧羊》、《望鄉》、《彈詞》、《酒樓》、《訪普》、《草詔》、《大會審》等戲。曾創辦「萬年同慶」戲班。〔註11〕「及金雀亡歿，弟兄分鬮，壽峰遂賃大外郎營南口路西之宅以居，所分曲籍之富，近百年來推爲第一。」（王芷章《清代伶官傳》）

陳壽峰子陳嘉樑，「字筠石，江蘇元和人也，初習崑生，後改習懺笛，乃隨其祖金雀，爲內廷供奉」，「嘉梁初無赫赫名，民八曾從梅蘭芳東渡，爲蘭芳懺笛，名逐漸著，晚近懺笛者稀，幾成廣陵散，在茲人材日衰之際，如嘉梁者，實爲罕有之材。」（張次溪《燕京梨園史》）1925 年陳嘉樑去世後，約有兩千種陳氏藏曲售出，主要爲程硯秋和梅蘭芳二人所得。〔註12〕

季洪洞董氏日記六種》，董壽平、李豫主編，北京圖書出版社，1997 年。

〔註 9〕 《崑劇全目》卷首小序：「此本於咸豐十年三月攜入海甸圓明園昇平署內。八月二十二日英人入圓明園。因倉卒避難，不遑顧及，以致遺失。旋於九月初五日，偕二兒與杜步雲、方鎮泉回園。時值陰雨，在道旁水中復得之，且獲零星書籍，如見故人，此心大慰。遂急取曬晾藏諸篋中。同治元年閏八月十二日陳金雀記。」民國初年陳氏孫輩定居上海，曲家李薈岡藉此《崑劇全目》抄錄。現陳氏抄本已佚，李氏抄本保存在蘇州崑曲博物館。參見轉引自顧篤璜《崑劇史補論》附錄 1「乾隆以來崑劇上演劇目的狀況」，江蘇古籍出版社，1987 年，頁 176～188。

〔註10〕 「光緒九年各伶所在之班，其報廟之花名單」中，有四喜班老生陳壽豐。張次溪《近六十年故都梨園之變遷》，《劇學月刊》第 3 卷第 12 期（1934 年）。

〔註11〕 《上海梨園公報》刊登《陳壽豐供奉之軼事》：「文宗六弟奕欣猶嗜崑曲而重視之，謂能增學問也。嘗自備一班，有崑員十數名，如杜步雲（蘇州玉壺春主人）、徐小香、方振全、錢阿四、陳桂亭等諸前輩，到處相隨，而以陳供奉壽豐爲領袖，頗爲恭王所器，十數年如一日。」轉引自顧篤璜《崑劇史補論》附錄 2「清末民初蘇州崑劇演員簡介」，江蘇古籍出版社，1987 年，頁 220。

〔註12〕 傅惜華《綴玉軒藏曲志》序，1934 年刊行。

　　程硯秋後人透露，程硯秋自獨立唱戲後一直專注於戲曲抄本的收藏，對這份傳家寶始終全情呵護，抗戰期間曾抄本不離身，多次躲避了日本特務兵的圍捕。解放北平時期，葉劍英住在程家花園，將藏書原封不動地送交程硯秋。文革期間，此抄本先後由北京文物局和北京圖書館保管，文革後退賠給程硯秋。現存抄本均有當年北圖的藏書印。〔註13〕

　　程氏後人於2005年將玉霜簃藏曲經嘉德拍賣，北京大學圖書館由此收藏。

二、玉霜簃藏曲之價值

　　程硯秋玉霜簃藏曲，據杜穎陶先生《記玉霜簃所藏鈔本戲曲》記載，共有22大包，「粗記總數，大約近千，刻本極少見。」〔註14〕根據程氏後人2005年《關於玉霜簃抄本戲曲的幾點說明》、手寫編目《玉霜簃戲曲抄本目錄》（共52頁）及《函裝本清單》，玉霜簃戲曲手抄本有函裝本586冊，散冊本985冊。〔註15〕北京大學圖書館館長朱強介紹，程硯秋先生家藏「御霜簃」的戲曲抄本共有1436種、1563冊。〔註16〕這批抄本無論從傳承還是規模上，都稱得上「無出其右者」。

（一）戲曲版本的價值

　　玉霜簃藏曲以明清傳奇抄本居多。作為梨園手抄本，大略分為總本（又分完整本、脫略本）、零本；承應戲又有「內廷本」和「普通本」之別。從版本價值上則有孤本珍本、身段譜等珍貴的本子。這批抄本對於瞭解和認識明清崑曲劇目及版本有重要的價值。

　　玉霜簃藏曲抄本年代最早在萬曆年間。十六齣抄本《缽中蓮》，為明萬曆四十八年抄本。〔註17〕清葉稚斐撰《琥珀匙》，為康熙四十六年梨園抄本；清邱園撰《御袍恩》，為雍正十二年杭城高岱瞻抄本。

〔註13〕邱致理《秋拍烽火重燃北京拍賣行預展搶灘上海程硯秋藏〈玉霜簃戲曲鈔本〉首現》，《青年報》2005年10月11日「娛樂新聞版」。

〔註14〕杜穎陶《記玉霜簃所藏鈔本戲曲》，《劇學月刊》第2卷第3、4期（1933年）。

〔註15〕吳新雷《花落誰家？——程硯秋「玉霜簃藏曲」的最終歸宿》，《徐州工程學院學報（社會科學版）》，2010年第25卷第1期。

〔註16〕朱強《北京大學圖書館的歷史、現狀與展望》，《北京大學校報》第1298期，2012年11月4日。

〔註17〕有學者提出不同看法，認為《缽中蓮》是清中期梨園整理本。參看胡忌《從〈缽中蓮〉傳奇看「花雅同本」的演出》，《戲劇藝術》，2004年第1期；陳志勇《〈缽中蓮〉傳奇寫作時間考辨》，《戲劇藝術》，2012年第4期。

玉霜簃藏曲不乏孤本珍本。《記玉霜簃所藏鈔本戲曲》所收錄 90 餘種劇目，「一部分是其名目在《曲錄》等書裏已經著錄，而原書罕見傳本的；一部分是連名目都不曾見於記載的」。〔註18〕

比較罕見的劇目，如蘇州派曲家李玉《萬里圓》、《千忠戮》，朱佐朝《五代榮》、《石麟鏡》、《漁家樂》、《四奇觀》，葉稚斐《琥珀匙》、《四大慶》，張彝宣《讀書聲》等，多賴玉霜簃藏曲得以保留和傳佈。《古本戲曲叢刊》三集收錄玉霜簃藏抄本十五部，均為罕見之版本。

（二）舞臺演出本的價值

玉霜簃抄本多是伶人舞臺演出本，它與案頭的崑曲劇本有很大的不同。「崑劇以傳奇為腳本，但不照搬文人原作，藝人們有自己手抄的腳本。這種梨園本完全是為演出服務的。因此，嚴格地說，傳奇原作總是案頭劇，梨園本才是場上劇。梨園本不是凝固的，而是在不斷發展中的。……因此在某種意義上，把它看作是對原本的修正，甚至說是一種新創作，也不為過言。」〔註19〕「鈔本戲曲不獨供戲曲史料，亦舞臺真面之記載矣。」〔註20〕

玉霜簃所藏抄本常標有各種譜號，有的注有工尺（戲曲曲譜上曲詞右側所注音階符號）、鑼鼓和身段，有的只注身段，有的只注工尺。〔註21〕這些曲譜、身段譜和鑼鼓譜，均從罕見的傳奇雜劇中摘抄出來。如《玉霜簃所藏身段譜草目》中著錄的孤本、珍品就甚多。〔註22〕這些珍貴的工尺譜和身段譜，記錄了過去藝人表演的獨門絕技。北大圖書館請來深諳戲曲的老教授，對照著當場就能表演。

玉霜簃藏曲中最重要的就是崑曲身段譜。崑曲傳統稱文詞格律譜為「曲譜」（填寫曲詞句法、字數、平仄、押韻、板位的範例）；稱工尺樂譜為「宮譜」（宮為宮商樂音之意，如九宮大成南北詞宮譜》。宮譜改稱曲譜，約自乾隆五十四年《吟香堂曲譜》始）；記錄表演身段、情態，排場者，稱「身譜」。譜中文詞右側注工尺、板眼，左側及念白的句逗間，注身段、情態及排場，穿戴者，總名「身宮譜」。身宮譜的文詞多屬演出本。

〔註18〕 杜穎陶《記玉霜簃所藏鈔本戲曲》，《劇學月刊》第 2 卷 3、4 期（1933 年）。
〔註19〕 陸萼庭著、趙景深校《崑劇演出史稿》，上海文藝出版社，1980 年，頁 185。
〔註20〕 盧前《曹氏藏鈔本戲曲敘錄》，《暨南學報》第 2 卷第 2 號（1937 年 7 月）。
〔註21〕 傅雪漪《繪情繪聲為後世法 —— 談崑曲身宮譜》，《戲曲藝術》，1997 年第 2 期。
〔註22〕 杜穎陶《玉霜簃所藏身段譜草目》，《劇學月刊》第 2 卷第 6 期（1933 年）。

玉霜簃藏曲中，崑曲身段譜手抄曲本有 124 折，詳注身段的有 72 折，簡注身段的有 50 折左右。〔註 23〕

據傅雪漪介紹，程硯秋所藏零本《玉霜簃崑曲身段譜》共收 41 本傳奇中的單折戲 195 齣。該身段譜所收劇目多為舞臺上流行的折次。如《義俠記》誘叔、別兄、顯魂、殺嫂，《水滸記》中前誘、後誘、劉唐、殺惜、活捉，《人獸關》之演官，《吉慶圖》之扯本、醉監，《翡翠園》之切腳，《豔雲亭》之癡訴、點香，《黨人碑》之殺廟、拜師，《風箏誤》之驚醜，《西川圖》之三闖、敗悼、負荊，《雷峰塔》之雄陣、盜珠，《爛柯山》之逼休、悔嫁等，這些折子戲都以情節表演取勝。該身段譜鈔錄的演員有曹文瀾、陳金雀、金滕光、龔蘭生、馬鳳章、陳嘉梁等；標堂號者有耕心、郭睦、克復、壽寧、存善、餘慶等，以及標汝南郡、弘農郡、快雪堂孫、泰記等題識；書於扉頁上的年代有：乾隆五十五年，乾隆六十年，嘉慶四年。由此可知本身段譜也承載著乾、嘉折子戲表演傳統。〔註 24〕

這些身段譜是歷代藝人留下來的原始材料，是傳承崑劇表演藝術的寶貴財富，為瞭解清代劇目流傳和演出情況提供了一手資料，是「玉霜簃藏曲之價值猶勝過綴玉軒者」。〔註 25〕

（三）戲曲文獻資料的價值

玉霜簃藏曲的原藏者金匱陳氏，陳金雀祖孫三代為內廷供奉，又曾搭四喜三慶班演出。他們連接著「內廷」與「民間」，可以見出宮廷（南府、昇平署、寧府〔註 26〕、恭親王府）和民間戲曲演出的風氣與衍變；他們演出的歷史，就是乾隆嘉慶以來花部驟興雅部消歇、崑劇不敵亂彈的歷史。

〔註 23〕 吳新雷《花落誰家？——程硯秋「玉霜簃藏曲」的最終歸宿》，《徐州工程學院學報（社會科學版）》，2010 年第 25 卷第 1 期。

〔註 24〕 傅雪漪《繪情繪聲為後世法——談崑曲身宮譜》，《戲曲藝術》，1997 年第 2 期。

〔註 25〕 吳新雷《花落誰家？——程硯秋「玉霜簃藏曲」的最終歸宿》，《徐州工程學院學報（社會科學版）》，2010 年第 25 卷第 1 期。

〔註 26〕 緣依《秋葉隨筆》「寧府 張蘩 曹文瀾」條：「程氏玉霜簃所藏鈔本戲曲，中如虎符記、太平錢、斷樓觀、龍鳳配、宜男配等數種，皆有「寧府」及「養志堂玩賞圖書」等印記。按有清一代，只弘皎曾封寧郡王，則寧府當即弘皎之府也。弘皎，怡賢親王允祥次子，雍正八年八月封為多羅寧郡王，乾隆二十九年八月薨，諡曰良。子永福乾隆二十九年降襲多羅貝勒。相傳乾隆時有八大王府班，但無人能道其詳，寧府之班，或即其中之一也。」《劇學月刊》第 2 卷第 9 期（1933 年）。

（四）京劇程派藝術的研究總結價值

程硯秋嗜好藏書，不斷搜集戲曲資料。抄本劇本不僅涵蓋了程硯秋一生所有的表演劇目，也包涵了程硯秋對京劇表演藝術的心得體會，對於形成程派藝術起到積極的促進作用。

程硯秋一生排演的二三十本新戲，多出於羅癭公、金仲蓀、翁偶虹之手，也有一些是根據崑曲傳奇本子改編的。「有段時間，我見父親常捧在手裏讀的是一明代手抄本《漁家樂》，後來聽他說，是想把它改成京劇來演。」〔註27〕

在探索與總結表演藝術時，程硯秋說：「在我的藏書中，有一本《梨園原》，裏面有許多材料，對我們來說都是非常寶貴的；告訴我們，在表演時應該注意些什麼，怎祥才能改正我們表演上的毛病等等。關於水袖的運用，我根據個人的經驗，把它們歸納成十個字，即勾、挑、撐、衝、撥、揚、撣、甩，打、抖、這十個字裏面，用勁的地方各不相同；運用的時候，把它們聯繫、穿插起來，就可以千變萬化，組織成各種不同的舞蹈姿勢。」〔註28〕

程硯秋尤擅刻畫柔韌的婦女形象，而程派弟子卻無法再現其反串的精義。抄本中程硯秋總結了「鬆腰垂胯」四字，一語概括了旦角要義，也是他從未傳授給學生的金玉良言。京劇研究家劉曾復稱程派藝術的精華皆在其中。這套抄本是研究程派藝術的珍貴資料，對研究清一代戲曲藝術的發展具有極高的史料文獻價值。〔註29〕

三、玉霜簃藏曲的整理

玉霜簃藏曲可與綴玉軒藏曲、碧渠館藏曲、百舍齋藏曲等量齊觀，對於研究明清戲曲尤其崑曲有重要的參考價值。而玉霜簃藏曲的目錄、校勘、輯佚和刊印亟待展開。

玉霜簃部分藏曲 1933 年曾公開披露過。如《劇學月刊》曾全文刊載萬曆鈔本《鉢中蓮》（第 2 卷第 4 期）、鈔本《雙容奇傳奇》（第 2 卷第 2 期）、乾隆鈔本《花蕩工尺鑼鼓身段全譜》（第 2 卷第 1 期）；刊載順治十年鈔本《還帶記》、順治十三年鈔本《萬年歡》、乾隆鈔本《雷鋒塔‧遊湖》工尺身段譜

〔註27〕 曾炎《「師友」絕響 —— 民國的文人和藝人》，《三聯生活周刊》，2008 年第 45 期。

〔註28〕 程硯秋《略談旦角水袖的運用》，《程硯秋自傳》，江蘇文藝出版社，2012 年。

〔註29〕 邱致理《秋拍烽火重燃北京拍賣行預展搶灘上海程硯秋藏〈玉霜簃戲曲鈔本〉首現》，《青年報》2005 年 10 月 11 日「娛樂新聞版」。

等文獻照片（第 2 卷第 1 期）。

同時，玉霜簃藏曲由著名戲曲史家杜穎陶進行整理，先後編製成《玉霜簃藏曲提要》、《記玉霜簃所藏鈔本戲曲》和《玉霜簃所藏身段譜草目》〔註30〕。但是這些都不是全目。《記玉霜簃所藏鈔本戲曲》只收錄了《還帶記》、《五福星》、《虎符記》、《節孝記》、《青虹嘯》等 90 餘種劇目，《玉霜簃所藏身段譜草目》也只收錄了 20 種身段譜，不及身段譜總數之六分之一。

2005 年玉霜簃藏曲歸於北京大學圖書館後，得到統一的整理和修復。這批抄本書頁襯白宣紙托裱，修補為金鑲玉裝，又外夾板裝，又實木匣裝，貯以樟木書櫃。目前尚未完成編目。期待北京大學圖書館館藏的這批珍貴的戲曲資料能夠成為戲曲研究的重要資料。

表 1　梨園世家金匱陳氏

祖（嘉道間）	子（光緒午間）	孫	曾孫	玄孫
陳天爵 （昆亂老生，陳金雀兄，咸豐帝賜名。）	陳永林			
陳金雀（金爵） （1791～1877） 內廷供奉，名昆生。 「陳金雀有三子，長壽山，次壽彭，三壽峰，皆能繼承父志，傳奇祖業。」（《清代伶官傳》）	陳壽山(字永林或永齡) （1827～1870） 「陳壽山，字永齡，金雀長子。道光八年生，年四十餘卒。習小生，同治時曾搭三慶四喜班。子藝名嘯雲。」（《清代伶官傳》）	陳嘯雲（1861～1931） 「嘯雲為咸豐年昆亂老生陳天爵之孫陳金爵之任孫四喜昆生陳永林之子。」（《道咸以來梨園繫年小錄》（下簡稱《道咸》）1861 年條） 嘯云「為梅巧玲弟子，與余紫雲同門，兼長昆亂」，程硯秋「延師陳嘯雲教以各種歌曲」（張次溪《燕京梨園史》P54）	陳嘯雲 女 「嘯雲有女嫁唐彩芝」（《道咸》1861）	
		陳壽山女 「女嫁四喜青衫兼昆亂絢春堂姜雙喜」（《道咸》）	姜妙香	
	陳壽彭（陳連兒，字永年）（1832～1877） 「陳壽彭字永年，連兒者其小名也，金雀之次子，道光十二年閏九月初一日生。」（《清代伶官傳》）	陳桂亭（1856～） 「昆生陳桂亭生，號秋園，北京人，原籍蘇州，出陳蘭初之春復堂，隸三慶唱昆生，為名生陳金爵之孫，四喜部昆生陳永年之子。」（《道咸》「咸豐六年丙辰」1856 年條）	陳桂亭 長女， 嫁老生賈洪林	

〔註30〕杜穎陶《玉霜簃藏曲提要》，《劇學月刊》第 1 卷第 5、6、9 期（1932 年）；杜穎陶《記玉霜簃所藏鈔本戲曲》，《劇學月刊》第 2 卷第 3、4 期（1933 年）；杜穎陶《玉霜簃所藏身段譜草目》，《劇學月刊》第 2 卷第 6 期（1933 年）。

－157－

咸豐十年入昇平署，同治二年裁退。陳連兒在內廷演出的崑曲劇目甚多。 曾搭三慶四喜班。全福科班教習。光緒三年卒，年四十六。	陳桂璋，外出，隨京官爲吏		
	陳桂泉，外出，隨京官爲吏		
	陳桂嵐，習藝		
	陳桂馨，習藝		
	陳永年女，嫁武旦貫紫林	貫大元	
陳壽峰（陳壽豐） （1854～1903） 陳壽峰光緒九年至光緒二十九年入昇平署。 陳壽峰「有子四人：長嘉梁，工崑笛，亦爲供奉。有清遜位後，代梅蘭芳操樂授曲。次嘉棟，唱武生，己酉（宣統元年）年故於蘇。三嘉璘、四嘉祥，皆蒞滬獻藝。」（《清代伶官傳》下卷「陳壽峰」條） 年六十二，及金雀亡歿，弟兄分爨，壽峰遂賃大外郎營南口路西之宅以居，所分曲籍之富，近百年來推爲第一。	陳嘉樑（陳嘉梁） （1874～1925） 笛師，內庭供奉，將舊藏曲籍轉售於梅蘭芳程硯秋之手。「嘉梁有二子，皆不能世其業。女二，長曰靜嫻，次曰靜敏，工詩文，有才名。」（《燕京梨園史》）	陳富濤， 坐科富連成，老生	
		陳富瑞， （1904～1971） 坐科富連成，京劇淨角	陳松齡， 京劇丑角，
			陳玉申， 京劇淨角，《奇襲白虎團》飾演呂佩祿
		陳文瑞（盛泰） （1911～1988）， 坐科富連成，小生，1954年調戲曲實驗學校（今中國戲曲學院）任教。曾將家藏的清代崑曲手鈔本200餘冊及自己的戲裝無償捐獻給中國戲曲學校。	
		陳嘉樑長女靜嫻	
		陳嘉樑次女靜敏	
	陳嘉棟（—～1911），武生		
	陳嘉麟 京劇演員		
	陳嘉祥 京劇演員		
陳金雀長女， 適錢玉壽，即四喜部崑曲正旦瑞春堂錢四。「錢阿四，蘇州人，唱崑正旦，出南班，爲名生陳金爵之婿。」（《菊部群英》）	錢阿四子錢寶蓮， 崑旦，號秀珊，小名文玉，隸四喜春臺唱崑旦兼花旦。		
	錢阿四女， 嫁青衣嘉穎堂李豔儂		

陳金雀次女， 適梅巧玲。梅巧玲「妻爲昆生陳金爵之次女，名昆生永年之胞妹，小生桂亭之姑母也。」（《道咸》道光二十二年1842年條）	梅雨田 梅竹芬	梅蘭芳	
陳金雀三女， 適謝寶雲，「謝寶雲妻陳氏即名昆生陳金爵第三女。」（《道咸》咸豐十年1860年條）			

資料來源：《清代伶官傳》、《燕京梨園史》、《道咸以來梨園繫年小錄》。

表2 昇平署記錄陳氏內廷供奉基本情況

姓名	籍貫	職別	入值年月	入值時年齡	退值年月	退值時年齡	最後俸給	備考
陳金雀		小生	嘉慶十六年（1811）		同治二年			搭四喜班
陳壽彭		小生	咸豐十年三月二十一日		同治二年			搭三慶四喜班，同治十二年全福址辦教習。
陳壽峰	江蘇金匱	生	光緒九年四月初三日	三十歲	光緒二十九年十二月十五日病卒	五十歲	食銀四兩公費一貫	
陳嘉梁	江蘇吳縣	笛	光緒二十六年1900	二十七歲	宣統三年	三十八歲	食銀五兩公費一貫	壽峰之子

資料來源：松鳧《清末內廷梨園供奉表》，《劇學月刊》1934年第3卷第11期。

表3 陳氏內廷演劇目錄

	時　　間	地　點	劇　目	賞　　賜
陳金雀	嘉慶十六年（1811）由蘇州織造府送入宮廷承應（董明溲）		金雀記	（咸豐十年）臘月二十四日，帝忽欲知嘉慶年間，上過熱河人名，總管等即具列費瑞生陳金雀周雙喜范得保張開陳永年錢恩福錢恩壽八人以對。

	道光三年	二月十五日	重華宮	中興會	賞洋錢一個
		五月初五日，	同樂宮	闡道除邪	分錢二百五十文
	道光四年	正月初九日	重華宮	珍珠配	小刀一把
		正月十九日	同樂園	看狀	
		二月二十五日	同樂園	征西異傳（二段）第1、4、5齣飾李慶先	
		三月十二日	同樂園	征西異傳（二段）第4齣飾明月，第6齣飾唐太子	
		五月初五日	同樂園	闡道除邪	分錢二百文
		七月初一日	同樂園	征西異傳（八段）	賞香串一串
		八月十五日	同樂園	神州會	賞銀五錢
	咸豐十年	閏三月初一日	同樂園	定情 賜盒	銀八錢九分
		六月初九日	同樂園	演壽戲	賞大卷實地紗一疋二分之一
		六月十七日	同樂園	梳妝 擲戟	弟子表演受賞
		六月十八日	同樂園	琵琶行	銀一兩
		七月十二日	同樂園	鵲橋 密誓	
62歲	咸豐十一年	二月二十日	煙波致爽	琵琶行	
		四月初三日	煙波致爽	白羅衫	賞銀一兩
		五月十九日	煙波致爽	琵琶行	賞銀一兩 教習
陳連兒（陳壽彭）	咸豐十年	閏三月初一日	同樂園	喬醋	賞銀八錢九分
		四月初七日	同樂園	詫美	
		五月初四日	同樂園	謁師 獨佔	大卷醬色官用宮紬一疋三分之一
		五月初五日	同樂園	羅衫記	大卷醬色官用宮紬一疋三分之一
		五月十一日		後約	大卷醬色官用宮紬一疋三分之一
		五月十五日	同樂園	遊寺 偷詩	銀一兩

		五月二十二日	同樂園	雷峰塔	大卷醬色官用宮紬一疋三分之一
		六月初七日	同樂園	教歌 跪池 參相	
		六月初九日	同樂園	茶 敘 問病 舟配	
		六月初十日	同樂園	樓會	大卷實地紗一疋二分之一
		六月十七日	同樂園	跳牆著棋 遊園驚夢 相面報信	賞銀一兩
		六月十八日	同樂園	賞荷 秋江	大卷醬色官用宮紬一疋三分之一
		六月二十五日	同樂園	折柳陽關	大卷藍色官用宮紬一疋三分之一
		六月二十六日	同樂園	草橋驚夢	銀一兩
		七月十二日	同樂園	陳情	
		七月十五日	同樂園	園會 望鄉	十一月初四日頭撥往熱河
		十一月十一日	煙波致爽	偷詩	
		十一月二十一日	煙波致爽	遊寺	銀一兩
		十二月初一日	煙波致爽	喬醋	銀一兩
		十二月十五日	同樂園	跪池	銀一兩
		十二月二十三日	同樂園	跳牆著棋	銀一兩
		十二月二十九日	同樂園	絮閣	銀一兩五錢
咸豐十一年		正月初四日	福壽園	望鄉	
		正月十六日	福壽園	相面報信	銀一兩
		正月二十四日	煙波致爽	遊園驚夢	銀一兩
		二月初六日	福壽園	獨佔	銀一兩
		二月初十日	煙波致爽	盤夫	
		二月十三日	煙波致爽	賞荷	
		二月十六日	煙波致爽	醉歸	銀一兩
		二月十八日	煙波致爽	水門斷橋	
		二月二十日	煙波致爽	望鄉	
		二月二十二日	福壽園	三怕	賞銀一兩

		二月二十五日	煙波致爽	樓會	
		三月初一日	福壽園	風箏誤	銀一兩
		三月初四日	煙波致爽	折柳陽關 秋江送別	銀一兩 銀五錢 初五省親二十二日返熱河
		三月二十三日	煙波致爽	交賬送禮	銀一兩
		三月二十七日	煙波致爽	姑阻失約	銀一兩
		四月初三日	福壽園	桂花亭	銀一兩五錢
		四月初六日	煙波致爽	問樵	銀一兩
		四月十二日	煙波致爽	茶敘問病	銀一兩
		四月十六日	煙波致爽	跪池	
		四月二十一日	煙波致爽	盜綃	銀一兩
		四月二十六日	煙波致爽	浣紗記	銀一兩
		五日初一日	煙波致爽	偷詩	銀一兩
		五月初五日	煙波致爽	跳牆著棋	銀一兩
		五月十五日	同上	絮閣	銀一兩
		五月二十八日	同上	釵釧記前段	銀一兩
		六月初二日	同上	釵釧記後段	銀一兩
		六月初八日	福壽園	遊寺 連升三級	
		六月十四日	福壽園	三怕	
		六月十五日	福壽園	奪食	
		六月二十六日	煙波致爽	折柳	
		七月初三日	如意洲	拾畫叫畫	銀一兩
		七月初四日	如意洲	盤夫	銀一兩
		七月十一日	如意洲	湖樓	銀一兩
		七月十二日	福壽園	女詞	
陳壽峰	光緒九年四月初三日入署。 八月初一日「陳壽峰、張長寶等九名教習賞每月每名六兩錢糧。」朱家溍p450	六月十二日	漱芳齋	謁師	
		六月十三日	漱芳齋	逼婚 勸農	

		六月十五日	漱芳齋	假顚	
		十月初六日	長春宮	望鄉	
		十月十一日	長春宮	牧羊	
		十一月初一日	長春宮	梳妝跪池	
		十一月十五日	長春宮	看狀	
		十一月二十三日	長春宮	望鄉	
		十二月十五日	長春宮	訪普	
		十二月三十日	長春宮	跪池	
	光緒十年	正月初五日	長春宮	逼婚	賞銀十兩
		正月十八日	長春宮	勸農	銀十五兩
		二月十五日	漱芳齋	弔打	
		三月初二日	漱芳齋	逼婚	
		四月初三日	漱芳齋	召登	
		四月十五日	漱芳齋	牧羊	
		五月初一日	漱芳齋	（頭本）大審	
		五月初五日	漱芳齋	（二本）大審	
		六月十五日	同上	跪池	
		七月初一日	同上	（頭本）大審（二本）大審	
		七月十五日		逼婚	
		八月二十六日	漱芳齋	弔打	
		九月初二日	漱芳齋	望鄉	
		九月十五日	漱芳齋	梳妝跪池	
		九月二十日	漱芳齋	召登	
		十月初二日	長春宮	謁師	
		十月初五日	長春宮	回獵 勸農	
		十月初六日	長春宮	圓駕	
		十月十九日	長春宮	望鄉	
	光緒十一年	正月初一日	長春宮	勸農	
		正月初二日	同上	回獵	
		正月十三日	同上	小逼	

		正月十八日	同上	假顛	
		二月初一日	漱芳齋	逼婚 神諭	
		二月十七日	漱芳齋	看狀 謁師	
		三月十二日	麗景軒	望鄉	
		三月二十一日	漱芳齋	（頭本）大審	
		四月初二日	漱芳齋	小逼	
		四月初三日	漱芳齋	望鄉	
		四月初八日	漱芳齋	訪賢	
		四月十五日	漱芳齋	小逼	
		六月二十五日	漱芳齋	謁師	
		八月二十六日	同上	二本大審	
		八月二十七日	同上	看狀	
		九月初一日	同上	訪賢	
		十月十三日	長春宮	謁師	
		十月十四日	長春宮	勸農 假顛	
	光緒十二年	五月初二日	漱芳齋	訪賢	
		五月二十日	漱芳齋	頭本大審	
		六月初一日	漱芳齋	二本大審	
		六月十五日	寧壽宮	牧羊	
		七月十五日	寧壽宮	謁師	
		十月初一日	長春宮	望鄉	
		十月初八日	同上	謁師	
		十月十五日	同上	牧羊	
		十一月初一日	同上	望鄉	
		十一月二十八日	同上	訪賢	
		十二月初一日	同上	牧羊	
		十二月二十九日	同上	謁師	
	光緒十三年	二月二十三日	長春宮	小逼	
		六月十六日	漱芳齋	小逼	
		九月十五日	漱芳齋	望鄉	
	光緒十四年	十一月初一日	純一齋	小逼	
		十一月十九日	純一齋	放羊	
		十二月初一日	純一齋	望鄉	

		十二月初二日	長春宮	封王	
	光緒十五年	九月初九日	純一齋	望鄉	
		十一月十五日	純一齋	小逼	
	光緒十六年	閏二月初一日	純一齋	小逼	
		十月十二日	頤年殿	望鄉	
	光緒十八年	四月初一日	純一齋	牧羊　望鄉	
		四月十一日	純一齋	訪賢	
	光緒十九年	四月初八日	漱芳齋	逼婚	
		四月十五日	漱芳齋	假顛　望鄉	
	光緒二十七年	十二月二十九日	寧壽宮	回臟	
	光緒二十八年	正月初一日	寧壽宮	訪賢　望鄉	
		二月初一日	寧壽宮	訪賢	
		六月初一日	寧壽宮	看狀	
		十月十三日	頤樂殿	望鄉	
		十一月二十四日	頤樂殿	牧羊	
	光緒二十九年	五月初五日	頤樂殿	訪賢	
陳嘉梁	光緒二十八年	正月十九日	寧壽宮		賞銀八兩
		二月初一日			銀二兩
		二月十五日			三兩
		三月初三日			二兩
		三月二十三日			二兩
		五月初六日			四兩
		六月十五日			三兩
		六月二十七日			十二兩
		七月初一日/初七			三兩
		八月十五日/九月初一			四兩
		十月十一日			二十兩
		十月十五日			十輛
		十一月初一日			六兩
		十一月初十日			四兩
		十一月十七日/二十四日/二十六日			四兩

陳富瑞	宣統十四年（1922）	十月初三日	阮總管傳旨：新傳福連成班。朱家溍 p480		
		十月十六日	漱芳齋，富連成班，洋600元。		
	宣統十五年（1923）	八月二十二日	漱芳齋	《惡虎村》趙盛璧、陳富瑞	陳富瑞 30 元。富連成班銀五百五十元。

資料來源：王芷章《清代伶官傳》，《民國京昆史料叢書》第六輯，學苑出版社，2010 年。